LUZIFER
VERLAG

RETREAT #2
SCHLACHTHAUS

Stephen Knight
Craug DiLouie & Joy McKinney

aus dem Amerikanischen von Katrin Fahnert

Published by arrangement with Craig DiLouie, Stephen Knight & Joe McKinney

Deutsche Erstausgabe

Originaltitel: THE RETREAT #2: Slaughterhouse
Herausgeber: Craig DiLouie, Stephen Knight & Joe McKinney

Übersetzung: Katrin Fahnert

Umschlaggestaltung: Timo Kümmel

ISBN: 978-3-943408-54-6

Bibliografische Information der Deutschen Nationalbibliothek:
Die Deutsche Nationalbibliothek verzeichnet diese Publikation in der Deutschen Nationalbibliografie; detaillierte bibliografische Daten sind im Internet über http://dnb.d-nb.de abrufbar.

RETREAT ist eine fiktive Geschichte.

Die Geschehnisse um die 10. Gebirgsdivision der US Army und der Nationalgarde von Massachusetts sind frei erfunden, genauso wie die Schilderung der Stadt Boston und deren Umland.

Es ist nicht beabsichtigt, reale Personen, Organisationen oder Orte darzustellen.

Boston brannte.

Dunkle Wolken schwebten über der Stadt, während der Donner in unregelmäßigen Abständen dröhnte. Es hörte sich an wie ein geschwächtes Herz, das unregelmäßig schlug, bevor es nur Augenblicke später endgültig aussetzte. Aber die Wolken waren aus Rauch und das unregelmäßige Grollen wurde nicht von Donner hervorgerufen, sondern von Explosionen. Die Artillerie, die Königin der Schlacht, feuerte die letzten Salven, bevor sich der Vorhang senkte. Das Stück aus Mord, Tod und Wahnsinn war zu Ende. Boston verbeugte sich zum letzten Mal und die Menge tobte. Eine Wildheit, die aus lachendem Wahnsinn geboren wurde.

Die Infizierten tänzelten und huschten durch die verrauchte Dunkelheit, streckten ihre Zungen raus und versuchten die fallende Asche zu fangen, als ob es sich dabei um Schneeflocken handeln würde. Sie trugen grausige Trophäen – abgetrennte Hände, Köpfe, Brüste, Penisse. Sie kamen aus allen Bereichen des Lebens. Postangestellte. Feuerwehrleute. Ärzte. Saufbrüder. Schauspieler. Tischler. Kriminelle. Priester. Hausfrauen. Führungskräfte. Versicherungsvertreter. Alle lachten und gackerten vor unkontrollierbarer Freude, während sie diejenigen jagten, die schrien, versuchten zu kämpfen oder zu fliehen. Die Erwachsenen waren leicht zu fangen. Bei den Kindern war es schwerer, aber sie verdienten dadurch einen besonderen Platz unter den Klowns. Die Infizierten spießten die Jugendlichen auf und trugen sie an der Faneuil Hall vorbei, während sie sich wanden und schrien. Lebende Bildnisse der Beute, die sie jagten.

Die Klowns taten das, wovon die Briten Jahrhunderte zuvor nur geträumt hatten. In weniger als zwei Monaten war die Stadt Boston gemeuchelt worden und starb einen grausamen Tod durch tausende Schnitte, rostiger, salzverkrusteter Schwerter.

»Wizard Sechs, hier ist Tomcat Sechs. Over.«

Lieutenant Colonel Harry Lee konnte den leitenden Apache-Piloten über das Dröhnen der Doppelwellenturbinen und dem hämmernden Schlag der Rotorblätter kaum hören. Durch die Windschutzscheibe seines Humvees konnte er sehen, wie Kampfhubschrauber eine Meile entfernt ausschwärmten. Zwanzig AH-64D Apache Longbow wurden von vier kleineren OH-58D Kiowa Warrior flankiert. Der Konvoi hatte noch nicht einmal das Tor passiert und schon kreisten die Helikopter über der North Great Road.

Lee nahm den Hörer des AN/VRC-89 Funkgerätes und hielt ihn an sein Ohr. »Tomcat Sechs, Wizard Sechs. Over.«

»Wizard, hier ist Tomcat Sechs. Einige wenige Feindformationen auf der Route Zwei-Alpha, genau hinter der Phasenlinie Alpha, die von Osten nach Westen verläuft. Sieht aus, als wären es blockierende Streitkräfte. Sie haben Feuerwehrfahrzeuge und schwere Baumaschinen zur Kreuzung von … äh … Zwei-Alpha und dem Hanscom Drive gebracht. Wir würden sie jetzt gern unter Beschuss nehmen. Over.«

Lee zog eine Grimasse. Phasenlinie Alpha war der erste Wegpunkt des Konvois. Es war ein Schnittpunkt, der weniger als eine halbe Meile entfernt lag, dort wo der Hanscom Drive an der Route 2A endete. Das war eine zweispurige Strecke, die von Osten nach Westen verlief. Die Kampfhubschrauber hatten sie vor fünf Minuten passiert und berichtet, dass der Weg frei war. Mehrere Säulen schwarzen Rauchs stiegen in die Luft und bewiesen, dass die Apaches bereits eine kurze Trainingseinheit absolviert hatten. Aber die Klowns kamen wieder und dieses Mal mit anderen Vorrichtungen. Lee musste sich schnell etwas einfallen lassen.

Die Apache und ihre leichter bewaffneten Späher waren die gepanzerte Faust der Einheit. Sie waren in der Lage auf Ziele zu schießen, die Meilen entfernt waren. Sie könnten ein ganzes Hochhaus niederreißen, wenn es erforderlich war, und wurden sogar dazu benutzt, um Krankenhäuser, welche die Infizierten beherbergten, dem Erdboden gleichzumachen. Aber die Kampfhubschrauber waren eine endliche Ressource und sie wurden für die Langstrecke benötigt. Also konnte er sie nicht alles sprengen lassen, was sich auf der Straße befand und dann erwarten, dass sie ohne zu landen und sich wieder zu bewaffnen für den nächsten Kampf bereit waren. Der Hanscom Luftwaffenstützpunkt verschwand im Seitenspiegel des Humvees und Lee wusste nicht, wo die nächste sichere Landezone sein würde. In der Luft waren die Helikopter der leibhaftige Tod. Am Boden waren sie ein leicht verwundbares Ziel. Wie dicke, alte Männer, die Muskelshirts trugen, welche am Bauch hochgerutscht waren. Eine schlaffe Bauchgegend, die entblößt war, so dass sie jedermann sehen konnte.

Lee betätigte das Mikrofon. »Tomcat, Wizard. Ein Durchgang. Macht den Weg für uns frei und sichert dann Phasenlinie Bravo. Over.«

»Roger, Wizard. Wir machen einen schnellen Durchgang und berichten über die Ergebnisse. Over.«

»Roger, Tomcat. Break. Bushmaster, hier ist Wizard. Over.«

»Hier Bushmaster. Over.«

»Marsh, Sie und Ihre Jungs sind dran. Was auch immer die Flieger uns übrig lassen, Ihr Team muss sich da durchboxen. Begeben Sie sich zur Phasenlinie Bravo und halten die Stellung, bis Chaos vorbeihüpft. Genau so ist der Plan. Over.«

»Roger, Wizard. Bushmaster ist in Bewegung. Over.«

»Ich bin froh, dass wir nicht an der Spitze sind, Sir«, sagte Staff Sergeant Michael Murphy. Er hielt weiter beide Hände am Lenkrad des Humvees und ausnahmsweise steckte einmal nicht der übliche Kautabak in seinem Mund.

Das war ganz in Lees Sinne. Er hatte immer gedacht, dass diese Angewohnheit ekelhaft war.

»Das wird sich früh genug ändern«, erzählte ihm Lee.

Bei jeder Phasenlinie würden ein paar Squads aus der Formation fallen, das Ziel sichern und diese Sicherheit bewahren, bis der Rest des Konvois vorbeigerollt war. Die Zeit würde kommen und Teile von Lees Führungstrupp würden anhalten müssen, um sich abzuwechseln. Lee hatte bereits beschlossen, dass er an der Operation teilnehmen würde. Auch wenn es für ihn wenig taktischen Sinn machte, das zu tun. Schließlich war das dezente Abzeichen des Lieutenant Colonel an seinem US-Army Kampfanzug nicht wirklich seins. Er hatte sie dem ehemaligen Kommandeur des Bataillons, Lieutenant Colonel Prince, abgenommen. Etwas, das sowohl ordnungswidrig als auch illegal war. Ohne formale Beförderung hatte Lee kein Recht auf diesen Rang, aber die Welt hatte sich geändert. Boston war den Infizierten anheimgefallen und er war sich ziemlich sicher, dass Fort Drum ebenso untergegangen war. Lee hatte das Kommando über die Reste des Ersten Bataillons übernommen, weil der einzig verbliebene Offizier, Major Walker, sich für die Leitung als nicht geeignet erklärte. Nicht, dass Lee sich als besonders geeignet angesehen hätte. Nach weniger als fünfzehn Jahren im Dienst war sein offizieller Rang der eines Captains und er war nicht mal für die Beförderung zum Major vorgesehen gewesen. Den Übergang vom Kompanie-Rang zu einem kommandierenden Stabsoffizier zu schaffen war ein verdammt großer Schritt. Lee wusste, dass mehr als ein paar Offiziere und Mannschaften durch die plötzliche Reorganisation nicht nur verwirrt waren, sondern es ihm auch übelnahmen. Prince – Gott hab' ihn selig – war von der Army geprüft worden, bevor man ihm das Kommando über das Erste Bataillon, des 55zigstes Infanterieregiment gegeben hatte. Lee wurde es nicht, und auch wenn er einen hohen Dienstgrad hatte, musste er dem Rest des Bataillons immer noch etwas beweisen.

Eines der ersten Dinge, die er zu tun versucht hatte, nachdem er das Kommando übernahm, war es, dem kommandierenden Offizier des Kampfhubschrauberbataillons die Hand zu reichen, einem Lieutenant Colonel namens Jacoby. Lee kannte den Mann nicht persönlich, obwohl er ihn sicherlich während Meetings für diverse Operationen gesehen hatte. Aber Jacoby war an demselben Tag gestorben, als seine AH-64D in einem Feuerball aufging. Der Executive Officer der Einheit, Major Fleischner, war nicht an Lees Problemen interessiert gewesen.

»Sie wollen ein Lieutenant Colonel sein, dann ran an die Buletten«, hatte ihm Fleischer gesagt. »Ich habe meine eigene Einheit zu leiten. Wir werden all die Luftunterstützung zur Verfügung stellen, die wir können. Aber wenn Sie den Rang eines anderen Mannes annehmen möchten, dann ist das Ihre Sache. Sie haben die Kontrolle über alles unter einer Höhe von viereinhalb Metern.«

»Werden Sie meine Anweisungen befolgen?«, fragte Lee.

Fleischer zuckte nicht einmal mit der Wimper. »Soweit ich weiß, ist Wizard Sechs immer noch der gleiche Kerl, mit dem wir gestern noch gesprochen haben. Solange Sie uns nicht den Wölfen zum Fraß vorwerfen, werden wir da sein.« Fleischer hat absichtlich nicht das Wort Sir benutzt, aber das spielte für Lee keine Rolle. Alles, was er brauchte, war sicherzustellen, dass die Lufteinheiten den improvisierten Organisationsplan anerkannten.

Und das war es. Harry Lee wurde der kommandierende Offizier des Ersten Bataillons, des 55zigstes Infanterieregiment, einer der untergeordneten Einheiten der Zehnten Gebirgsdivision (Leichte Infanterie). Und wegen der unregelmäßigen Befehlskette, die er und Walker eingeführt hatten, fühlte Lee sich durch seine Ehre dazu verpflichtet, das Motto des Bataillons zu verkörpern: *Vorrücken*. Er musste seinen eigenen Beitrag leisten, während man nach Drum zurückging. Und wenn das bedeutete, sich selbst der Gefahr auszusetzen, dann war es das, was er zu tun hatte.

»Nun, lassen Sie es uns nicht zur Angewohnheit machen zu streiten, Colonel«, sagte Murphy. »Konzentrieren wir uns darauf, nach Drum zurückzukommen. Okay?«

»Genau das tun wir, Mike. Genau das tun wir.«

Foster ließ sich von der Kuppel des Humvees fallen, die er mit seinem großen M2 .50 Kaliber Maschinengewehr bestückt hat, das auf eine Zapfenbefestigung montiert war.

»Hey, Murphy? Wenn wir endlich anhalten, tust du mir einen Gefallen?«

»Willst du tanzen, Liebling?«

»Hä? Nein, du kannst nicht mit mir Schritt halten und ich weiß, dass du die Art, wie ich führe, hasst. Aber wenn wir endlich anhalten, könntest du aussteigen und für eine Weile auf und ab springen?«

Murphy behielt seine Augen auf der Straße. »Wozu das denn, zum Teufel?«

»Ich hoffe nur, dass dir deine Eier irgendwann abfallen«, sagte Foster. »Du magst voller Kautabak sein, aber was die Kriegerethik anbelangt, bist du ein bisschen schwach, Kumpel.«

»Aufgepasst, Sir. Geben Sie einem Kerl eine .50 und plötzlich ist er eine Mischung aus Rambo und Patton«, sagte Murphy.

Lee lächelte flüchtig. »Gehen Sie zurück an die Waffe, Foster.«

Foster nickte. »Hooah.«

»Ein Sack voll Schwänze kommt hoch«, sagte Sergeant First Class Renner.

Captain Terrence Mash wog seinen M4 Karabiner in seinem Schoß, während der aufgerüstete M1116, ein leichtes, geländefähiges Fahrzeug der US-Army – im Militär besser bekannt als Humvee – die von Bäumen umsäumte Straße hinunterraste, die Hanscom Drive genannt wurde. Die Straße verband den Luftwaffenstützpunkt hinter ihnen mit der Route 2A, und auch wenn sie nicht nur militärischen Zwecken diente, hatte das Militär sie schon Wochen zuvor gesperrt. Nichtsdestotrotz war sie hier und dort von Kadavern übersät. Aufgeblähte Leichen, die von schwarzen Fliegenwolken umhüllt waren. Die sterblichen Überreste von Menschen, die auf dem Hanscom Luftwaffenstützpunkt gelebt hatten, lagen zu ihrer Linken. Man hatte die Körper hinter einer Reihe dünner Bäume versteckt. Marsh wünschte, sie hätten die Bäume weggerissen, um eine bessere Sicht zu haben. Es war der Luftwaffe nicht gelungen, alle Familien von der Basis zu evakuieren. Viele von den Zurückgebliebenen waren wahrscheinlich infiziert worden und das letzte, was Marsh wollte, war, in einen Kampf zu geraten, bevor sie überhaupt zur ersten Phasenlinie gekommen waren. Aus diesem Grund hatte er dem Schützen des MK19 Granatwerfers in der Kuppel seines Humvees befohlen, die linke Baumreihe unter Beschuss zu nehmen, welche die vierspurige Straße von der Wohnsiedlung abgrenzte.

»Dann mal los«, sagte Marsh, während er aus den kugelsicheren Fenstern des Humvees starrte.

Vor ihnen schwebten zwei Apache über die Kreuzung, die Nasen nach Westen zeigend. Licht flammte unter ihren Stummelflügeln auf und jeder Hubschrauber feuerte vier Mark 66 Raketen ab. Ausgestattet mit Sieben-Kilo-Sprengköpfen schwirrten die Raketen durch die Luft und zogen feine Säulen schwarzen

Rauchs hinter sich her. Sie kurvten in Richtung Boden und verschwanden hinter den Bäumen, schlugen bei Zielen ein, die Marsh nicht sehen konnte.

»Der Kampf ist im Gange«, sagte Renner in einem Tonfall, als ob er über das Wetter diskutieren würde. Er fuhr das letzte Fahrzeug in der Kolonne, die aus vier Humvees und einem M925 Fünf-Tonnen-Lastwagen bestand. Der Lkw transportierte zwei Squads Lightfighter.

Zuerst würde Lieutenant Haberman seine Einheit direkt hinter der Einmündung des Hanscom Drive positionieren und den Concord Turnpike sichern, damit sich von Osten niemand nähern konnte. So sollte eine feindliche Invasion aus dieser Richtung verhindert werden. Marshs Humvee würde sich nach rechts wenden, weg von Habermans Einheit und weiter die Schnellstraße herunterfahren. Phasenlinie Alpha war die taktische Bezeichnung für den Kreisverkehr direkt hinter dem Concord, wo eine Kaserne der Staatspolizei vom Massachusetts Correctional Institute ihren Sitz hatte. Marshs drei Humvees und der M925 Lastwagen voller Lightfighter würden an der westlichen Seite des Kreisverkehrs anhalten und aussteigen. Mit ihren Fahrzeugen würden sie eine Straßensperre bilden und alle Fahrspuren, die in dem Kreisverkehr mündeten, zeitweilig abriegeln. Die Einheit direkt hinter Marsh – die auch Truppen der Bravo Kompanie einschloss – würde die östliche Seite des Kreisverkehrs sichern. Dies, gepaart mit Marsh Straßensperre, würde dazu beitragen, dass der Konvoi sicher durch das Gebiet fahren und dann nach Westen zum Union Turnpike gelangen konnte. Die Bravo Kompanie – die Bushmaster – würden die Position halten, bis die Fahrzeuge des Konvois hindurchgefahren wären. Marsh würde dann die Sperrung aufgeben und sich wieder der Formation anschließen. Bis zur nächsten Phasenlinie würden sie zunächst die Nachhut sein und sich durch die Kolonne nach vorne arbeiten, bis sie ihre nächste Position einnahmen. Das wäre bei Phasenlinie Golf, die ein paar Stunden entfernt war.

»Lasst uns hoffen, dass wir ein paar von ihnen kriegen«, sagte hinten einer der Soldaten, ein E-5 namens Weir. Er war ein kräftiger Junge aus Minnesota und sie nannten ihn ›Lars der Wikinger‹, wegen seiner breiten Statur, der käsigen Haut und dem blonden Haar.

»Lasst uns hoffen, dass es nicht so ist«, entgegnete Marsh. »Nach dem, was wir in Cambridge durchgemacht haben, wollen wir wahrscheinlich die Kugeln für den Moment sparen, an dem wir sie wirklich brauchen.« Die Bushmaster hatten Tage damit verbracht, sich in Harvard zu verschanzen. Danach war dem Kompaniechef nicht mehr nach Kämpfen, aber das Versteckspiel war noch schlimmer, weil man dauernd befürchten musste, eventuell entdeckt zu werden. Doch Kämpfen war auch kein Spaziergang durch den Park. Was Marsh wollte, wonach er sich jetzt sehnte, war Bewegung. Ständige Bewegung. Das nie endende Geräusch der großen, knorrigen Humvee-Reifen, die über das Pflaster heulten. Er dachte, sie würden Phasenlinie Alpha nicht mehr als zehn Minuten besetzen und Luftunterstützung von den Apache bekommen. Drei weitere Einheiten würden zusammen mit ihnen anhalten, damit sie drei .50, zwei MK19 und fünfundzwanzig Lightfighter hätten, die auf ihrem Posten sind und sich um das kümmern, was auch immer die Klowns nach ihnen werfen. Jeder trug seine Waffe in Alarmbereitschaft. Also wenn die Klowns kommen würden, gäbe es keine Diskussion.

»In Ordnung. Volle Schutzkleidung«, sagte Marsh. Er nahm seinen Helm ab und zog seinen Overall und die Handschuhe an, die ihn vor chemischen und biologischen Angriffen schützen sollten. Schlussendlich streife er sich eine Gesichtsmaske über. Der Schütze in der Kuppel war bereits in voller MOPP IV Montur. Das war das höchste Maß an Schutz, das den Soldaten gegen atomare, biologische und chemische Angriffe zur Verfügung stand. Weil es die primäre Mission der Klowns war, die Infektion auszubreiten, wurde etwas mehr benötigt als eine schusssichere Weste. Zwar gewährte diese dem Schützen einen angemessenen ballistischen Schutz, aber nicht gegen eine biologische Kontamination. Das Bataillon hatte zahlreiche Truppen an die »schmutzigen Bomben« verloren, die von den Infizierten benutzt worden waren. Gewöhnliche Luftballons, die mit Pisse gefüllt waren. Es wurde beschlossen, dass Kämpfer an vorderster Front ihre Operationen nur unter MOPP IV Bedingungen durchführen durften.

Nur SFC Renner blieb unmaskiert, weil er nicht aus dem Fahrzeug aussteigen würde. Es sei denn, die Kacke war am Dampfen, und für diesen Fall lag seine Maske griffbereit. Die Truppen hatten ihre Ärmel hochgekrempelt, die Handschuhe angezogen und sichergestellt, dass ihre Hemden fest in ihren ACU Hosen steckten und dass ihre Hosen an den Stiefeln befestigt waren. Ihnen lief trotz des klimatisierten Innenraums in dem Humvee der Schweiß am Körper herunter. Der bevorstehende schwüle Sommertag versprach nicht viel Erleichterung. Hydratisierung würde ein Hauptanliegen werden, weil das CBR X CamelBak Trinksystem, das den Truppen ausgegeben wurde, nur drei Liter Wasser fasste. Das würde wahrscheinlich bei der zunehmenden Hitze und der Luftfeuchtigkeit nicht lange reichen. Trotz des Schutzes vor Kontamination hatte die MOPP IV Ausrüstung eine erhebliche taktische Verschlechterung zufolge. Die sperrigen Outfits schränkten die Beweglichkeit, Sicht, manuelle Geschicklichkeit und die Fähigkeit zu kommunizieren ein, auch mit den Funkgeräten. Die Ausrüstung verschaffte ihnen gegen biologische Angriffe etwas Zeit, jedoch wurde es schwieriger für die Soldaten des Ersten Bataillons, die Klowns einfach zu erschießen.

Der Konvoi erreichte die Kreuzung und Habermans Einheit trennte sich und begab sich nach links. Dann kamen sie in der Mitte der Route 2A zum Stehen. Renner zog das Fahrzeug nach rechts und beschleunigte den Highway hinunter. Marsh sah aus seinem Fenster. Der Humvee schlingerte gefährlich nah an einer Leitplanke, die die Straße von einem brachliegenden Feld trennte. Dahinter stand in zirka zweieinhalb Meter Entfernung eine Steinmauer. Diese endete abrupt und Marsh starrte auf eine Baumreihe, während der Humvee quälend langsam auf sechzig Kilometer pro Stunde beschleunigte.

Gottverdammte Humvees…ein VW Käfer Baujahr 1970 beschleunigt besser.

Er überprüfte den Seitenspiegel. Der Rest der Einheit wendete auf der Straße hinter ihm, während Habermans Leute ausstiegen. Über ihnen waren Rotoren zu hören, aber es klang nicht wie ein Apache oder Scout. Marsh schaute hoch und sah einen rot-blauen Helikopter über der Einheit. Eine große, stilisierte 5 schmückte den Rumpf des Hubschraubers und Licht reflektierte von einer drehbar aufgehängten Kamera, die unter der Nase des Helikopters befestigt worden war. Die Kamera war direkt auf die Humvees gerichtet.

»Hey, wir sind im Fernsehen«, sagte Weir. Seine Stimme war durch die Maske gedämpft.

Marsh schaltet das Funkgerät ein. »Wizard, hier ist Bushmaster Zwei-Sechs. Ein ziviler Nachrichten-Chopper beschattet uns. Over.«

»Roger, Bushmaster. Man kümmert sich bereits darum. Over.«

Kaum waren die Worte aus dem Kopfhörer gekommen, da tauchten zwei OH-58D Kiowa Warrior Hubschrauber auf. Einer positionierte sich zwischen den Konvoi und dem Nachrichten-Chopper, während der Zweite hinter den zivilen Vogel zog. Die Scouts waren mit einem modifizierten M2 .50-Kaliber, das an die linke Waffenaufhängung montiert war und einem Sieben-Schuss-Raketenrohr auf der rechten Seite bewaffnet. Die olivgrünen Hubschrauber hängten sich einige Augenblicke an den helleren zivilen Flieger, bevor der Typ, der den Nachrichten-Chopper flog, reagierte. Der Helikopter drehte langsam ab und wandte sich nach Süden. Die Kiowa Warrior hielten ihre Position noch etwas. Dann flogen sie mit donnernden Rotoren weg.

»Verdammt, ich habe meine Nahaufnahme nicht bekommen«, sagte Renner. Er fuhr mit beiden Händen am Lenkrad. Seine Augen waren schwer zu lesen, weil sie sich hinter seiner Sawfly Sonnenbrille verbargen.

»Niemand will deine Fresse im Fernsehen sehen, Sergeant«, meinte Marsh.

»Das wurde mir bereits gesagt«, sagte Renner. »Von meiner eigenen Mutter.« Trotz der wachsenden Anspannung lachte Marsh hinter seiner Gasmaske.

Bei dem ersten halben Kilometer der Reise war es trotz der MOPP Ausrüstung leicht, so zu tun, als ob es einfach nur ein weiterer Tag war. Dann entdeckte Marsh vor ihnen dicke Rauchwolken. Sie stiegen langsam in den Himmel, schlängelten und wanden sich wie begriffsstutzige Schlangen. Die Kiowa Warrior umkreisten die Gegend auf neunzig Metern Höhe. Sie flogen im Uhrzeigersinn in einer Formation.

»Bushmaster, hier ist Birddog Fünf. Over.«

»Birddog, Bushmaster hört. Over.«

»Bushmaster, wir haben einige Autobrände auf einem Parkplatz, der etwa dreihundert Meter von deiner Position entfernt ist. Sieht so aus, als wäre es neben irgendeinem Park. Etwas ging dort runter. Viele Leichen, aber keine Aktivität. Vielleicht möchtest du die Bäume im Auge behalten. Durch unsere Wärmebildkamera sehen wir nichts, aber das ist keine Versicherungspolice. Over.«

Jeder Scout-Hubschrauber hatte ein eingebautes Wärmebildgerät über dem Hauptrotor. Marsh hatte sie unter die Lupe genommen und war von der Genauigkeit des Systems beeindruckt, besonders bei Nacht. Das System konnte auch Ziele mit einem Laser kennzeichnen, wodurch ein weiterer Hubschrauber mit Hellfire-Raketen oder anderer Munition angreifen konnte. Trotz ihres Alters, ihrer relativ langsamen Geschwindigkeit und recht kurzen Reichweite waren die kleinen, bewaffneten Scout-Hubschrauber dort ziemlich nützlich, wo Bodentruppen involviert waren. Auch wenn ihre abgerundeten, glotzäugigen und auf einem Masten montierten Kameras aussahen wie Kenny von *South Park*.

»Verstanden, Birddog. Wir halten die Augen offen. Over.«

Die Scouts brachen die Verbindung ab und surrten weiter. Während Renner den Humvee den verwaisten, zweispurigen Highway hinunterführte und sich einem alten Backsteinhaus mit vier Schornsteinen näherte, sah Marsh etwas am Straßenrand liegen. Er richtete sich auf und beugte sich zum Fenster. Es war eine enthauptete Leiche. Eigentlich war es sogar weniger als das – als der Humvee näherkam, sah er, dass es kaum mehr als ein blutiger Oberkörper war. Eine Patina aus Blut bedeckte die Straße. Er sah, dass die Tür zum Haus offenstand und weitere Leichen vor der Haustür lagen.

»McNeely, Augen auf!«, rief er dem Schützen in der Kuppel zu.

»Kann man wohl sagen, Sir!«, rief der Schütze zurück, während der Humvee an den Überresten vorbeirollte.

Die beiden Soldaten hinter Marsh rührten sich und er spürte, dass sie ihre Gewehre näher an sich heranzogen. Er tat das Gleiche.

Etwas brannte weniger als dreißig Meter von der Straße entfernt, auf einem Parkplatz auf dem Gebiet der ›Brooks Village Historical‹. Offenbar war es die Nachbildung einer alten, englischen Stadt, die im späten 17. Jahrhundert erbaut worden war. Marsh hatte keine Ahnung, was die Milizen des Unabhängigkeitskrieges von diesem Konflikt halten würden, in den Boston derzeit verwickelt war. Zur Hölle, Marsh wusste selbst nicht, was er davon halten sollte, und er hatte zu mehr Informationen Zugang, als die Soldaten aus dieser Epoche sich jemals hätten träumen lassen. Alles, was er wusste, war, dass es so schien, als hätte sich jede zweite Person im Bundesstaat Massachusetts in einen gackernden Verrückten verwandelt, der töten, verstümmeln und schänden wollte. Und infizieren. Immer infizieren. Marsh hielt mit den Fingern der rechten Hand seinen M4 Pistolengriff umklammert. Etwas würde passieren. Er konnte es instinktiv spüren und er suchte die Bäume auf beiden Seiten der Straße ab. Marsh wartete darauf, dass eine Menge bewaffneter Verrückter vor ihnen auf den Asphalt strömte.

An der Position von Renners Kiefer konnte er erkennen, dass er auch davon ausging, etwas würde schieflaufen. Aber als der Park mit seinen vielen brennenden Autos in der Ferne verschwand, zwang sich Marsh, zu entspannen. Er blickte nach unten und sah, dass sein rechter Zeigefinger schon fast am Abzug des Gewehrs lag und dass es entsichert war. Er erinnerte sich nicht daran, dies getan zu haben.

Verdammt. Er stellte den Hebel wieder auf SAFE.

Der Konvoi fuhr weiter den abgesperrten Concord Turnpike hinunter. Dort führte Marsh die Kolonne auf die linke Seite und blieb so weiter auf der Route 2A. Das würde sie am Stadtrand von Concord, Massachusetts, vorbeiführen. Sie wussten bereits, dass das Zentrum von Concord eine Welt des Schmerzes war, und sie wollten sich nicht in etwas verfangen, mit dem sie nicht bereit waren umzugehen. Obwohl das Bataillon bis an die Zähne bewaffnet war, war es das Ziel, den Kontakt zu den Killer Clowns so lange wie möglich zu vermeiden.

Die Straße erstreckte sich auf vier Fahrspuren, zwei in jede Richtung und der Verkehr wurde dichter. Die Scout-Helikopter machten einige Tiefpässe über die Autos und Trucks und versuchten sie so auf eine Fahrspur zu treiben. Renner drangsalierte den Verkehr auf der rechten Fahrspur mit dem Humvee und zwang einige zivile Fahrzeuge an die Seite. Marsh lächelte. Es ging nichts darüber, einen gepanzerten Humvee voller Waffen im Rückspiegel zu sehen, der sich auf deinen Arsch stürzte. Vor ihnen zeichneten sich rauchende Gebäude ab. Marsh überprüfte seine Karte und sah, dass es die Überreste des Emerson Hospitals waren. Das machte ihn nervös. Die Scouts berichteten nicht von übermäßigen Aktivitäten, aber sie verrieten ihnen, dass der Verkehr sich in Richtung Kreisverkehr ein paar Kilometer vor ihnen langsam verdichten würde.

Der Konvoi rollte an dem ausgebrannten Krankenhaus vorbei, dessen Parkplätze bis auf ein paar vereinzelte Autos und Trucks leer waren. Und Leichen. Viele Leichen. Marsh hielt die Augen offen. Das Krankenhaus war zweifellos voller rasender Verrückter gewesen, bevor sie es bis auf die Grundmauern niedergebrannt hatten. Also waren sie wahrscheinlich noch in der Gegend. Irgendwo. Er überprüfte seine Karte wieder und vergewisserte sich über ihren Standort.

»*Angriffsziel*«, schrie McNeely.

Marsh riss den Kopf hoch. Genau vor ihnen kreuzte eine weitere Straße die Schnellstraße und wurde von dunklen, inaktiven Verkehrssignalen überwacht. Als sich der Humvee dieser näherte, erschien ein ramponierter Schulbus. Er raste von rechts auf die Kreuzung zu und rammte Autos aus dem Weg. Seine gelbe Farbe war mit Blut bespritzt und mehrere seiner Fenster waren zerschlagen worden. An den Kühlergrill des Busses waren zwei nackte, verstümmelte Leichen gebunden. Sie hingen kopfüber am Bus. Das Weiß ihres blassen Fleisches wurde durch die dunklen Hohlräume in ihren Torsos wieder wettgemacht. Man hatte sie ausgeweidet. Auf der schmalen Brust eines der Leiber war das Wort GUTE mit etwas geschrieben, das aussah wie getrocknetes Blut oder vielleicht Exkremente. Auf der anderen Leiche stand FICKS. Als der Schulbus auf den Humvee zuraste, entledigte er sich allerlei Schmutz, der auf dem Dach lag – Zweige, Blätter, Gestrüpp. Alles, was man dazu verwendet haben könnte, die Umrisse des Fahrzeugs aus der Luft zu verschleiern und es unter den Blätterdächern der Bäume zu verstecken, die die Straße umgaben. Die Klowns, die das Fahrzeug besetzten, hatten gewartet, bis die Kiowas vorbeigeflogen waren. Dann waren sie in Position gekrochen und hatten gehofft, dass sie die Bushmaster in einen Hinterhalt locken konnten.

»Schieß!«, schrie Marsh.

Das Kommando ging in dem Getöse des vollautomatischen MK19 Granatwerfers unter, während McNeely das Feuer eröffnete. Hochexplosive Vierzig-Millimeter-Geschosse zerrissen die Vorderseite des Busses, sprengten dessen Kühlergrill und die grausigen Trophäen weg, die dort angebracht worden waren. Kunststoff, Blech und Fleischfetzen wirbelten durch die Luft. In weniger als einer Sekunde lag der Dieselmotor des Busses offen, nachdem der Motorraum, der ihn umgab, sich auflöst hatte. Als Nächstes taumelte der Motor selbst wie eine erschrockene Katze zurück. Er wurde durch helle, Funken sprühende, orange-graue Explosionen aus der Halterung gerissen, als die Granaten ihn pulverisierten.

Aber der Bus kam weiter auf sie zu. Er war ein Opfer seiner eigenen Dynamik. Marsh erhaschte einen Blick auf den Fahrer. Eine Frau war über das große Lenkrad gebeugt, das Gesicht mit Blut bemalt. Ihre Zähne strahlten brillant weiß gegen die

Dunkelheit ihres breiten Mundes, als sie schallend lachte. Ihr Gesicht verschwand, als die .50 Kaliber des zweiten Humvee hinter ihnen zu hören war. Sie war selbst über die MK19 zu hören, während sie einen Schuss nach dem anderen in den Bus feuerte. Die Fahrerin explodierte regelrecht, als die großen Geschosse den Fahrgastraum aufschnitten und sie in Stücke rissen.

Der Bus rollte weiter, auch als McNeely woanders hin feuerte. Er hob den Lauf der MK19, bis sie genau in den Fahrgastraum des Busses feuerte. Die Granaten explodierten, so dass überall Sicherheitsglas auf die Straße herunterregnete. Marsh sah zu, wie die schwarze Stoßstange auf ihn zu zielen schien, immer größer und größer wurde.

Dann schoss der Humvee wie ein glückliches, dickes Schwein vorbei, das es auf wundersame Weise geschafft hatte, an einem anstürmenden Nilpferd ohne Verletzung vorbeizueilen. McNeely drehte sich in der Kuppel um und schoss weiter auf den Bus. Sekunden später hörte er damit auf. Entweder war dem Soldaten die Munition ausgegangen oder er hatte sich an seine Ausbildung erinnert und das Feuer eingestellt, um die Fahrzeuge hinter ihm nicht zu gefährden. Marsh hörte wie die Vierzig-Millimeter-Geschosse auf dem Dach des Humvees herumrollten, während er in den Seitenspiegel schaute. Der Bus zog einen Rauchschweif hinter sich her, der aus dem verwüsteten Motorraum und dem schwelenden Fahrgastraum kam. Er raste wie ein tödlich verwundeter B-17 Bomber aus einem alten Zweite-Weltkrieg-Film über die Kreuzung und knallte in einer misstönenden Explosion gegen die Ampel auf der gegenüberliegenden Seite der Fahrbahn, wodurch zerbrochenes Glas und Blech durch die Luft flogen. Der Bus pflügte halb über einen Pickup-Truck und kam abrupt zum Stehen. Sein quadratisches Hinterteil ragte in den Himmel. Eine Fahrspur in östlicher Richtung wurde von seinem Kadaver blockiert, aber die westlichen Fahrspuren waren komplett frei. Der Rest des Konvois wäre in der Lage durchzukommen.

»McNeely, nachladen!«, rief Renner. »Nachladen, nachladen, nachladen!«

Marsh sah wieder nach vorne, während mehrere Dutzend Menschen aus den Bäumen zu beiden Seiten der Schnellstraße auftauchten. Sie grinsten gehorsam, waren in den Griffen einer großen Heiterkeit gefangen. Ihre Augen strahlten hell und voller Wahnsinn. Einige waren nackt, mit Halsketten aus Fingern, Ohren, Händen und Füßen geschmückt. Andere trugen Kleidung, von Jeans und Turnschuhen bis hin zu Polizeiuniformen und Businessanzügen. Sie trugen alle Arten von Gerätschaften, von Kettensägen bis hin zu Baseballschlägern, Golfschlägern und Jagdgewehren.

Die Gewehre fielen Marsh sofort auf.

»Wizard, Wizard, Bushmaster hat Feindkontakt!«, schrie er über Funk, während sich der Humvee auf die Menge stürzte.

»Nachgeladen!«, rief McNeely von der Kuppel aus.

Lee antwortete statt des erwarteten Funkers: »Bushmaster, hier ist Wizard. Geben Sie Ihre Position an. Over.«

Gleich hinter dem verdammten, brennenden Schulbus auf der Kreuzung, Kopernikus, wollte Marsh schreien. »Wizard, wir sind ungefähr vier Klicks westlich von Hanscom. Wir wurden aus dem Hinterhalt angegriffen, aber an dem ersten Element haben wir es vorbeigeschafft. Wir nähern uns jetzt dem zweiten Element.« Jemand trat aus dem Gestrüpp genau vor den Humvee und schleuderte etwas. Marsh erhascht einen Blick auf eine kleine Figur, die sich in der Luft immer wieder überschlug. Dann prallte sie gegen die Windschutzscheibe und hinterließ eine helle Blutspur.

»Haben die gerade ein verdammtes *Baby* nach uns geworfen?«, rief Weir durch seine Maske.

Marsh wollte nicht darüber nachdenken, aber die Vorstellung erschütterte ihn bis ins Mark. Er tastete nach seinem Mikrofon. »Wir brauchen ein paar Apaches hier oben. Wir sind gefährlich nah an einem Feindelement in der Größe eines Platoons. Over!«

»Bushmaster, Tomcat ist unterwegs. Over.«

»Was soll ich tun?«, fragte Renner.

»Was denkst du, möchte ich, dass du tust, Mann?«, schnauzte Marsh. »Fahr!«

Oben eröffnete die MK19 wieder das Feuer, als McNeely Geschosse in die Gruppe jagte, die wie tot vor ihnen stand. Die Klowns schienen es nicht einmal zu bemerken.

Genau genommen heulten sie jedes Mal vor Lachen, wenn einer von ihnen fiel, ihm die Beine weggerissen wurden und der Körper durch ein Schrapnell auseinandergerissen wurde. McNeely schwang den automatischen Granatenwerfer von einer Seite zur anderen, aber die Schussfrequenz war recht gering. Wenn es ein M2 gewesen wäre, hätte er sie mit nur ein paar Schwüngen niedermähen können. Obwohl die hochexplosiven Geschosse schreckliche Schäden verursachten, machte es die Geschwindigkeit des Humvees für den Schützen schwierig, sie alle lahmzulegen. Etwas anderes traf die Windschutzscheibe direkt vor Marshs Gesicht und riss einen großen Splitter aus dem Glas. Eine Kugel. Ein weiteres Geschoss prallte an der Motorhaube des Humvees ab und McNeely fluchte, als eine dritte Kugel in den Panzer einschlug, der seine Waffe umgab. Er feuerte weiter, aber trotz des Angriffs stürmten die Irren los und gackerten vor wahnsinniger Freude.

Marsh schob sich in seinem Sitz weiter nach hinten, als der Humvee mit fast hundert Stundenkilometern in die Menge brauste. Der erste Wegelagerer fand ein jähes Ende, als die verstärkte Stoßstange des Wagens gegen ihn knallte. Er wurde rückwärts in die Menge geschoben, bevor er aus dem Blickfeld verschwand. Die MK19 verstummte, und das Fahrzeug wackelte heftig. Renner fluchte und kämpfte gegen das Lenkrad, während er das Gaspedal weiter durchdrückte. Der Krach war fantastisch. Alles, was Marsh hören konnte, waren die schrecklichen Aufschläge, die nur von Schreien, Johlen und nie endendem Gelächter unterbrochen wurden. Der Seitenspiegel traf eine Frau, die eine Kettensäge hielt. Dadurch überschlug sie sich und der Seitenspiegel klatschte mit solcher Gewalt gegen die Tür, dass das Glas in Rahmen zersplitterte. Von hinten eröffnete die .50 Kaliber wieder das Feuer, was Marsh für ein gutes Zeichen hielt. Sie waren nicht von dem Rest des Trupps abgeschnitten und das war in positiver Weise herzerwärmend.

»Bushmaster, macht euch bereit für den Nahkampf!«, rief er über Funk. Er war sich ziemlich sicher, dass der Rest der Kolonne wusste, was vor sich ging, aber trotzdem wollte er sie warnen. Die Klowns griffen mit einer Begeisterung an, die er nie zuvor gesehen hatte. Sicherlich hatten sie in Cambridge ihr Bestes getan und versucht, die Lightfighters zu töten, aber noch nie hatte er gesehen, dass sie sich so leichtfertig selbst opferten.

Und dann waren sie durch.

»Wie steht es um den Humvee?«, fragte Marsh Renner.

»Er könnte eine Inspektion gebrauchen«, entgegnete Renner.

Marsh drehte sich in seinem Sitz, um nach den Soldaten hinter ihm zu sehen. Weir und Jacobs sahen ihn durch ihre MOPP-Masken hindurch an. Man konnte ihren Gesichtsausdruck nicht deuten. McNeely hatte sich zwischen ihnen herunterfallen lassen und hielt sich mit beiden Händen am Rand der Kuppel fest. Als Marsh ihm in die Augen sah, schien der Soldat zu seufzen, bevor er auf seinen Posten hinter den Steuergriffen der MK19 zurückging. Hinter dem beschleunigenden Humvee waren noch mehr Schüsse zu hören, bevor sie von dem BUMM-BUMM-BUMM-BUMM der Apache-Kettenkanonen übertönt wurden.

Marsh richtete den Blick wieder nach vorne. Vor ihnen explodierten Bäume. Dort lagen noch mehr gackernde Spinner auf der Lauer, aber sie hatten sich zu früh gezeigt und nun teilten die Apache ihre weltberühmten Dreißig-Millimeter-Schmerzmittel aus. Marsh sah nicht weniger als zwanzig Personen, die unter der vernichtenden Feuerkraft der Kampfhubschrauber zerfielen.

Er ging wieder an den Funk. »Birddog, hier ist Bushmaster. Ihr Jungs müsst beim Ausspähen bessere Arbeit leisten. Wir waren zwei Mal beschäftigt! Over.«

Der leitende Kiowa-Pilot antwortete. Die .50 Kaliber des Fluggeräts rasselte im Hintergrund. »Verstanden, Bushmaster. Wir räumen die Kreuzung südlich von Phasenlinie Alpha frei. Lass dir sagen, dass die Zufahrt zum Kreisverkehr verbarrikadiert wurde, aber mit euren Big Foots kommt ihr wahrscheinlich durch, wenn ihr nicht drum herum fahren wollt. Over.«

Marsh grunzte. Die M925 Trucks hatten den Spitznamen Big Foot bekommen, da sie keine Zwillingsräder auf ihren Hinterachsen hatten, sondern einzelne Mammutreifen. »Roger, Birddog. Wir haben etwas Spielraum um die Barrikade herum? Over.«

»Bushmaster, Birddog. Auf dem Mittelstreifen ist viel Platz, so dass man vorbeikommt. Lass dir gesagt sein, dass sich eine beträchtliche Streitmacht zu Fuß in dem Gebiet befindet. Wir machen sie fertig.«

»Eure Unterstützung rückt nach? Over.«

»Roger, Bushmaster.«

Drei Apache lösten sich aus der Formation und flogen zum Kreisverkehr, der sich noch außer Sichtweite befand. Die anderen Apache blieben und sprengten ihnen den Weg von den noch lebenden Klowns frei. Die Sprenggeschosse hinterließen Löcher in der Fahrbahn, und immer, wenn sie in der Nähe eines Klowns einschlugen, ging der Infizierte zu Boden … in Stücken.

»Renner, fahr etwas langsamer. Wir wollen nicht in ihre Schusslinie geraten.«

»Hooah«, entgegnete Renner und nahm seinen Fuß vom Gaspedal.

Während der Humvee langsamer wurde, hatte Marsh das Gefühl, vorne ein Hubbeln zu spüren. Die Apache-Attacke war vorbei und der vor ihnen liegende Asphalt war mit Körperteilen übersät. Nasses Blut glänzte im Sonnenlicht.

»Kannst du einen Blick auf den Rest des Konvois werfen?«, fragte Marsh.

Renner überprüfte seinen Seitenspiegel. »Roger, ich sehe sie.«

»In Ordnung. Setz dich wieder in Bewegung.«

Renner trat aufs Gaspedal und der Humvee beschleunigte wieder auf fast hundert Stundenkilometer. Die Reifen machten Spritzgeräusche, während sie durch das Blutbad fuhren, das die Kampfhubschrauber zurückgelassen hatten. Marsh sah, dass sich ein paar Körper noch bewegten, auch wenn es zwecklos war, denn ihnen fehlten mehrere Körperteile und das Blut floss buchstäblich aus grauenhaften Wunden. Die schwerverletzten

Klowns lachten immer noch, obwohl sie ihren letzten Atemzug taten. Ihre blutigen Gesichter waren dem Fahrzeug zugewandt.

Oh Mann…

»Bushmaster, Bushmaster Zwei-Sechs. Behaltet eure Formation bei. Haltet nicht an, um anzugreifen – überlasst das den Folgeeinheiten. Break. Wizard, wir sind immer noch auf dem Weg zur Phasenlinie Alpha. Ich vermute, wir sind in etwa vier Minuten auf Position. Over.«

»Bushmaster, Wizard. Verstanden.«

Renner räusperte sich. »Captain, ich muss Ihnen eine Frage stellen, Sir.«

»Nur zu«, sagte Marsh, und war froh, etwas zu haben, wodurch er nicht an das denken musste, was er gerade gesehen hatte – zerschmetterte, zerbrochene Menschen, die an ihrem eigenen Blut erstickten … und immer noch lachten.

»Captain – ich meine, nenne ich ihn Colonel? – Lee. Ist dieser Typ verrückt? Er versucht, sich als Stabsoffizier zu verkaufen.«

Es war eine berechtigte Frage, aber Renner hatte einen falschen Zeitpunkt dafür gewählt. »Scheiße, wenn ich das wüsste, Renner. Was ist dein Problem?«

»Ich will ja nur wissen, ob wir alle dafür schmoren werden. Ich meine, wir wissen, dass der Kerl kein Lieutenant Colonel ist, richtig?«

Eine weitere gute Frage, aber Marsh war nicht in der Stimmung, um eine Strafe aus dem Militärgesetzbuch zu erwägen. Er war sicher, dass Lee mehr als nur ein wenig zu erklären hatte, wenn alles vorbei war. Aber der Rest von ihnen befolgte nur Befehle und Major Walker hatte gesagt, das Bataillon solle auf Lee hören. Das passte Marsh ganz gut. Obwohl er sich nicht besonders um Harry Lee scherte, wusste er, dass Walker ein Blue Falcon war – ein Buddy Fucker, jemand, der einen anderen Soldaten bescheißen würde, wenn es zu seinem Vorteil war. In Hanscom hatte Marsh beschlossen, dass er lieber von Lee Anweisungen erhielte, der – so schien es zumindest –das Bataillon zu retten versuchte. Marsh war der Meinung, dass Walker nur sich selbst retten wollte.

»Denken ist nicht deine Stärke, Renner. Fahr den verdammten Humvee einfach dahin, wo ich es sage und überlass mir den Rest. Grübeln ist mein Job. In Ordnung?«

Renner bewegte seinen Kopf ruckartig. »Verstanden.«

Der Humvee raste die Schnellstraße entlang, wahrscheinlich schneller als nötig. Marsh sagte Renner, er solle etwas vom Gas gehen. Die Big Foots hinter ihnen, die die Lightfighters transportierten, waren für knapp neunzig Stundenkilometer ausgelegt und es würde ihnen schwerfallen mitzuhalten. Marsh wollte nicht, dass die Kolonne unnötig getrennt wurde. Der einzige Vorteil, den der Konvoi hatte, war die geballte Feuerkraft, und die Trucks waren auf den Feuerschutz angewiesen, den ihnen die Humvees boten. In gleicher Weise vertrauten die Humvees darauf, dass die nichtsnutzigen Flieger dasselbe für sie taten. Marsh verstand den Wunsch nach Geschwindigkeit, aber mit für die Mission unzureichenden Kräften an der Phasenlinie anzukommen, würde nicht für alle in einem Sieg enden.

»Bushmaster, hier ist Birddog. Over.«

»Birddog, Bushmaster hört. Over.«

»Bushmaster, Birddog. Wir haben zivilen Verkehr im Gebiet. Scheinen nicht infiziert zu sein. Es sind echte John und Jane Q. Das Volk versucht verdammt nochmal hier rauszukommen. Sie ziehen die Aufmerksamkeit von Infizierten auf sich. Sie werden sich euch wahrscheinlich in den Weg stellen, wenn ihr durch das Gebiet fahrt. Das ist nur ein Hinweis. Over.«

»Verstanden, Birddog. Break.« Marsh beschloss, dass er das ausweichend beantworten musste. Vernünftigerweise konnte der Konvoi nicht anhalten und jedem Zivilisten helfen, dem sie begegneten, aber er musste diesbezüglich sichergehen. »Wizard, hier ist Bushmaster Zwei-Sechs. Birddog berichtet, dass Zivilisten in dem Durcheinander da vorne sind. Ich brauche eine Bestätigung darüber, dass wir nicht mehr im Rettungsgeschäft sind. Over.«

Wenn er und der Rest der Kompanie aussteigen würden, mussten sie wissen, was sie erwartete. Lee hatte diesen Aspekt in Hanscom beschönigt und niemand hatte es ihm aufgedrängt.

Das ganze Bataillon wollte einfach nur zurück nach Drum und die Umstände zwangen die Lightfighter dazu, sich ganz auf ihre Ausbildung zu verlassen, ohne über die Folgen nachzudenken – wie die Zivilisten aufzugeben, obwohl sie einen Eid geschworen hatten, sie zu beschützen.

Lee ging sofort wieder an den Funk. Marsh musste zugeben, er versteckte sich nicht hinter dem Funker. »Bushmaster, hier ist Wizard Sechs. Sie werden auf dem Boden einige Entscheidungen zu treffen haben, Zwei-Sechs. Wir können nicht anhalten und jedem Zivilisten behilflich sein, der uns über den Weg läuft. Unsere Mission ist es, uns nach Fort Drum durchzuschlagen. Over.«

Du schiebst das verdammt nochmal nicht auf mich, du Scheißkerl. »Wizard, Bushmaster Zwei-Sechs. Sie müssen es aussprechen. Sagen Sie mir, dass wir den Zivilisten in der Zone nicht helfen sollen? Over.«

Lee antwortete: »Bushmaster, hier ist Wizard Sechs. Helfen Sie ihnen, wenn es möglich ist, aber geben Sie Ihre Position nicht dafür auf. Klar genug? Over.«

»Verstanden, Wizard.«

»Wir kommen auf sie zu«, sagte Renner.

Ein schwelender Honda Civic stand auf dem gegenüberliegenden Seitenstreifen. Im Inneren lag eine geschwärzte Leiche. Was immer dem Wagen passiert war, war der großen Schar von Krähen nach zu urteilen nicht kürzlich geschehen. Sie pickten an der Leiche herum. Die Vögel beobachteten, wie sich der Humvee näherte, dann ergriffen sie die Flucht und landeten auf den Stromleitungen, die parallel zur Straße verliefen. Wenn die Vögel blieben, war wahrscheinlich niemand sonst in der unmittelbaren Umgebung. Marsh musste es den Krähen lassen. Sie hatten Eier, hingen herum und machten ein Barbecue, während Apaches und Kiowas an ihnen vorbeidonnerten.

Auf ihrer linken Seite präsentierte sich die Justizvollzugsanstalt. Zunächst sah sie ganz normal aus. Dann sah Marsh, dass die Fenster des Wachturms fehlten und mehrere Leichen vom Fenstersims hingen. Alle trugen Schutzkleidung und alle waren schrecklich verstümmelt worden. Zu seiner Rechten erwartete Marsh die staatliche Polizeikaserne zu sehen, aber alles, was übriggeblieben war, war eine Ruine. Ein Großteil des Gebäudes war einfach nicht mehr da, als wäre es von einer Neunhundert-Kilo-Bombe getroffen worden. Geblieben waren verbogene Trümmer und aufsteigender Rauch. Neben der Kaserne befand sich eine Garage der Entsorgungsbetriebe. Alle Tore standen offen und enthüllten nichts als leere Parkbuchten. Nicht einmal ein einziger Müllwagen stand noch dort.

Vor ihnen lag der Kreisverkehr. Normalerweise führten zwei Zubringerstraßen den Verkehr zum Kreisel, jedoch blockierte ein umgestürzter Feuerwehrwagen den Weg. Seine rote Karosserie war von Kugel durchsiebt worden. Um das Wrack herum befand sich ein Ring von Leichen, die alle die ›schicke Stammeskleidung‹ aus Körperteilen trugen, ein Kleidungsstil, den die meisten Infizierten übernommen hatten. Daneben war ein PKW zum Stillstand gekommen. Seine Windschutzscheibe war völlig zertrümmert. Möglicherweise handelte es sich hier um Kollateralschäden eines der angreifenden Apache. Eine vierköpfige Familie kauerte hinter dem Wrack des Pkw und der Mann winkte dem sich nähernden Konvoi verzweifelt zu. Die Mutter kniete neben dem Auto und drückte ein Kleinkind an ihre Brust, während sich ein älteres Kind hinter sie verbarg. Verletzte Infizierte krochen auf sie zu. Sie hinterließen blutige Spuren, während sie ihre zerschmetterten Körper über den Boden schleiften. Die Infizierten lachten und zogen Eingeweide hinter sich her. Einer war schon so nah, dass der Mann aufhören musste, den Konvoi heranzuwinken. Stattdessen nahm er einen Baseballschläger und schlug dem Klown den Schädel ein.

»McNeeley, bist du da oben bereit?«, rief Marsh, während Renner den Humvee verlangsamte und in die linke Spur schlitterte. Marsh fiel auf, dass der Sergeant nur einen kurzen Blick auf den kleinen Sedan warf, als sie an ihm vorbeikamen.

»Waffe im Anschlag!«, erwiderte McNeely.

Marsh spannte sich wieder an, zog sein M4 einmal mehr näher an sich heran. Dann vergewisserte er sich, dass es gesichert war. »Okay, Renner … umfahre dieses verdammte Feuerwehrauto.«

»Hooah.«

Marsh sprach ins Funkgerät. »Bushmaster Vier, siehst du die Familie direkt vor dir? Over.«

»Bushmaster Vier. Verstanden. Over.«

»Kümmert euch um die Klowns, die versuchen, sie zu überrollen. Dann geht wieder auf Position. Over.«

»Verstanden, Zwei-Sechs.«

Der Humvee schob sich an der Familie vorbei. Marsh sah, dass der Mann sie anschrie und wollte, dass sie anhalten. Er konnte ihn über den Motor des Humvee hinweg aber nicht hören. Renner steuerte das Fahrzeug um das zerstörte Feuerwehrauto herum und fuhr über einige der Leichen, die es umgaben. Er beschleunigte auf dem grasbewachsenen Mittelstreifen und fuhr um einen UPS-Truck herum. Die geöffnete Hecktür enthüllte Dutzende Pakete, die für einige Zeit nicht geliefert werden würden. Der Scout-Pilot hatte Recht. Es war mehr als genug Platz vorhanden, um die improvisierte Straßensperre zu umfahren. Und die Mittellinie war trocken und fest, bot dem Humvee einen angemessenen Halt. In wenigen Augenblicken war das Fahrzeug wieder auf dem Beton. Renner beschleunigte wieder. Marsh sah, dass die Fahrbahnen in Richtung Osten größtenteils frei waren – zur Hölle, wer würde auch in Richtung Boston fahren wollen? – aber die Fahrbahnen nach Westen waren ziemlich belebt. Sie waren voller schwer beladener Fahrzeuge. Marsh sah zur Gulf-Tankstelle zu ihrer Rechten. Viele Menschen waren noch da, blieben bei ihren Autos. Sie sahen seinen Humvee mit einer Mischung aus Hoffnung und Angst an.

»Okay, Renner. Bring uns etwas auf die rechte Seite und fahr diese Straße hier entlang. Lass genug Platz für den Konvoi.«

»Verstanden«, sagte der Sergeant First Class und zog das Lenkrad nach rechts.

Der Humvee verließ wieder den Beton und hüpfte noch einmal über die grasbewachsene Mittellinie.

»McNeely! Versuch bedrohlich auszusehen mit deiner Mark Neunzehn«, rief Marsh. »Wenn du jemanden erkennst, der uns anmacht, dann hast du Schussfreigabe. Verstehst du das?«

»Schussfreigabe. Verstanden.«

Als der Humvee zum Stillstand kam, warf Marsh seine schwere Tür auf. Hinter ihm tat Weir das Gleiche und auch Kragen, der stille, schwarze Soldat, der neben ihm saß. Clad war in voller MOPP Ausrüstung. Sie würden wirken, wie angreifende Aliens von einem anderen Planeten. Das würde zweifellos die nicht-infizierten Menschen in den vorbeifahrenden Autos weiter einschüchtern, nicht zu vergessen diejenigen, die an der Tankstelle warteten.

Der M925 rollte heran, positionierte sich mitten auf der Straße, die in den Kreisverkehr führte – Elm Street sagte das Schild – und spuckte zwei volle Squads aus. Der Verkehr, der auf sie zurollte, kam plötzlich zum Stillstand. Die Tatsache, dass fast dreißig Soldaten ihre Waffen auf den Zivilverkehr richteten, war den Autofahrern nicht entgangen. Einige der Soldaten nahmen Angriffsposition ein. Sie und ihre Gewehre waren gefechtsbereit.

Hubschrauber hämmerten über ihnen hinweg und Marsh suchte nach Second Lieutenant Erskine, dem Offizier, der für die Fußtruppen zuständig war.

»Erskine!«, rief Marsh.

»Ja, Sir?« Erskines Augen schafften es, groß hinter seiner Maske auszusehen.

»Hören Sie, wenn nachher alles im Arsch ist, sollen Sie und Ihre Soldaten alles tun, um sich selbst zu schützen und dieses Gebiet zu sichern. Wenn das bedeutet, dass man Menschen in die Schusslinie stellt, dann tun Sie das. Haben Sie mich verstanden?« Als Erskine nicht sofort antwortete, schlug Marsh ihm auf die Schulter. »Erskine, hören Sie mich?«

»Hooah, Captain. Ich höre Sie«, sagt Erskine. »Ich schieße nicht auf wehrlose Menschen.«

»Niemand bittet Sie darum, so etwas zu tun. Halten Sie sie nur zurück und sorgen dafür, dass Ihre Männer in Sicherheit sind. In Ordnung?«

»Hooah.«

Marsh wandte sich ab und schrie in sein Funkgerät, während er den aufgestauten Verkehr begutachtete. »Wizard, hier ist Bushmaster. Wir sind in Position. Der Kreisverkehr ist gesichert. Die eingehenden Fahrspuren sind blockiert. Over.«

Es könnten Dutzende Infizierte da draußen sein und er würde es nie erfahren, bis sie etwas versuchten. Die Frage war, ob sie sich so lange zurückhalten konnten, niemanden sonst hier abzuschlachten, bevor sie bei den Soldaten der 10ten Gebirgsdivision waren.

»Verstanden, Bushmaster. Wir bewegen uns jetzt auf euch zu. Over.«

»Ich schlage vor, ihr bewegt euren Arsch schneller, Wizard. Viele Menschen versuchen hier rauszukommen. Over.«

»Verstanden, Bushmaster.«

Marsh schielte zur Tankstelle in dreißig Meter Entfernung. Sie war nur durch die grasbewachsene Mittellinie von ihnen getrennt. Auf ihrem Parkplatz gab es mehrere verlassene Fahrzeuge, darunter ein SUV, der ein Boot geschleppt hatte. Die Menschen dort wandten sich den Truppen zu. Sie gaben sich nicht aggressiv, was wahrscheinlich bedeutete, dass sie nur gestrandete Autofahrer waren, die nach Hilfe suchten. Ein Mann mit einer schmutzigen Baseballkappe ging über den Parkplatz auf Marsh zu. Marsh winkte ihn zurück. Dann hob er sein Gewehr an die Schulter. Der Mann mit der Kappe verstand die Botschaft und zog sich mit erhobenen Händen zurück.

Die wenigen Fahrzeuge hinter der Sperreinheit hatten ein ganzes Stück entfernt angehalten. Niemand wollte den Männern mit den Waffen zu nahe kommen. Vor allem, wenn sie so bedrohlich aussahen wie die Tuppen in ihrer MOPP Ausrüstung.

Eine Stimme knisterte über Marshs Headset. »Bushmaster Zwei-Sechs, hier ist Drei-Sechs. Over.«

»Drei-Sechs, hier ist Zwei-Sechs. Leg los. Over.«

»Zwei-Sechs, hier ist Drei-Sechs. Die westlichen Zugänge zum Kreisverkehr sind gesichert. Es ist zu erwarten, dass die Kolonne jetzt euren Weg einschlägt. Over.«

»Verstanden, Drei-Sechs. Halte deine Truppen auf Trapp. Over.«

»Drei-Sechs, verstanden.«

Der Nachrichtenhubschrauber von Sky 5 war zurück. Er kreiste in großer Höhe über ihren Köpfen, deutlich über den Apache und Scout Hubschraubern. Marsh ignorierte es. Wenn er auf die Flieger der Army traf, würden sie zusehen, dass er wegkam – auf die eine oder andere Art.

Marsh hielt seinen Blick auf die Vorkommnisse am Boden gerichtet. Die ersten Wagen des Konvois rollten vorbei. An der Spitze befanden sich die letzten beiden Platoons von Bravo. Unter dem Befehl des Executive Officers würden die übrigen Mitglieder der Bushmaster nach Süden zur Phasenlinie Bravo gehen, genau südlich der Interstate 495 Überführung. Dort würden sie dafür sorgen, dass das Gebiet sicher wäre, während die Luftwaffe sicherstellte, dass sich keine Klowns auf der Autobahnüberführung befanden. Die Scouts steuerten geradewegs darauf zu, um das Ziel zu fixieren und damit anzufangen, das Gebiet für den Konvoi vorzubereiten.

Und VORBEREITEN bedeutete, dass sie jegliche Feindformation mit Raketen und Maschinengewehrfeuer lahmlegten.

Marsh blieb in der Nähe des Humvees und beobachtete, wie die Soldaten sich aufstellten. Jeder hielt die Augen offen. Eines der Autos, die hinter der Sperreinheit angehalten hatten, ein Minivan voller Menschen und Gepäck, rollte langsam vorwärts. Marsh fragte sich, was zum Teufel sie dachten, was sie da taten. Die Soldaten, die dem Minivan am Nächsten waren, winkten dem Fahrzeug zu und bedeuteten so, es solle anhalten. Das tat es. Dann kroch es wieder langsam vorwärts. Das Fenster des Fahrers glitt nach unten und Marsh erhaschte einen Blick auf ein verängstigtes Gesicht, das sich den Soldaten zugewandt hatte. Es war eine Frau, wahrscheinlich eine Mutter, die versuchte, ihre Familie in Sicherheit zu bringen. Die Soldaten machten deutlich, dass sie anhalten sollte und die M240, die auf der Spitze des M925 angebracht war, bellte, als der Schütze kurz vor dem Minivan auf die Straße feuerte.

Entschuldigung, Lady.

Marsh hielt ein Auge darauf, wie der Konvoi vorankam. Humvees, mehrere M925er mit Soldaten darauf, monströse HEMT Tankwagen voller Diesel und Flugzeugbenzin, ein Truck mit Generatoren, sogenannte Wasserbüffel, ein paar M997 Krankenwagen, die sich auf Humvee-Plattformen befanden und ein paar Trucks, auf denen sich Soldaten mit Mörsern befanden. Ein ganzes Bataillon war in Bewegung, gefolgt von einer Reihe ziviler Fahrzeuge, die sie aus Hanscom mitgebracht hatten. Der Konvoi benötigte zehn Minuten, um durch den Kreisverkehr zu kommen und zu dieser Zeit war Phasenlinie Bravo bereits unter Kontrolle.

Marsh schöpfte dadurch Mut, denn es bedeutete, dass die Lufteinheiten und die nächste Kompanie in der Kette, die Charlie Kompanie, sich nach vorne durcharbeiten würden, um die nächste Phasenlinie sachgerecht zu sichern.

Neben der Tankstelle rollte ein Gulf-Tankwagen langsam auf den Parkplatz. Der Dieselmotor klapperte und die Luftbremsen zischten. Er zog an den Inseln, auf denen die Zapfsäulen standen, vorbei und kam wackelnd zum Stehen. Ein weiterer Sattelschlepper folgte. Für Marsh sah es so aus, als hätte endlich jemand beschlossen, dass man die Tankstelle befüllen sollte und so die Dinge wieder zum Laufen bekam. Wenn es nach ihm ginge, war das gut. Je mehr Menschen aus dem Großraum Boston herauskommen konnten, desto besser.

»Bushmaster Zwei-Sechs, hier ist Wizard. Over.« Dieses Mal war ein unbekannter Soldat am Funkgerät. Lee hatte offenbar Besseres zu tun, als mit seiner Nachhut zu kommunizieren.

»Wizard, hier ist Bushmaster. Schieß los.«

»Bushmaster, Wizard. Der Konvoi hat berichtet, dass alles frei ist. Alle fahren über den Union Turnpike zum Einsatzgebiet. Packt eure Zelte ein und haltet euch an den Marschbefehl. Over.«

»Verstanden, Wizard. Break. Bushmaster Drei-Zwei, ihr Jungs dürft euch von eurer Position zurückziehen. Over.«

»Zwei-Sechs, hier ist Drei-Sechs. Verstanden. Over.«

»Wie ist der Verkehr dort drüben?«, rief Marsh zu McNeely hoch, der immer noch die MK19 besetzte. Weil er in der Kuppel des Humvees stand, hatte McNeely einen eindrucksvollen Blick auf die Umgebung.

»Es wird immer belebter«, entgegnete McNeely und zeigte auf den Verkehr auf der anderen Seite des Kreisverkehrs.

»Was zur Hölle machen diese Leute? Warum kommen sie auf Boston zu?«

»Ich weiß es nicht«, antwortete Marsh.

»Wie bitte?«

Marsh winkte die Frage ab. »Egal, McNeely. Halt weiter die Augen auf.«

Weitere Fahrzeuge rollten vorbei und kamen die Schnellstraße hoch. Bushmaster Drei-Sechs rückte aus, dicht gefolgt von Lieutenant Habermans Wagen. Ein Apache flog über ihnen und gab den zwei Gruppen Deckung von oben, als sie ihre Riegelstellung aufgaben. Marsh schaute hinüber und sah, dass Lieutenant Haberman ihm ein Daumenhoch vom Beifahrersitz des führenden Humvees aus gab. Der Kerl tanzte aus der Reihe. Auf dem Highway hätte er das führende Element und nicht das Schlusslicht sein sollen, aber Marsh war zu müde und überdreht, um sich darum Sorgen zu machen. Er würde das später mit dem Lieutenant klären.

»Erskine!«, schrie Marsh.

Second Lieutenant Erskine drehte sich um. Er stand neben der beeindruckenden Frontschürze eines M925A1. Seine M4 hatte er fest an seine Schulter gedrückt. »Sir!«

»Sehen Sie zu, dass Ihre Männer aufsitzen. Wir schließen uns der Kolonne an!«

»Verstanden!« Erskine benutze Handzeichen und teilte seinen Führungskräften mit, dass sie ihre Männer zusammentrommeln sollten, damit sie sich alle beim wartenden Big Foot sammelten.

Marsh sah zu Weir und Kragen hinüber. Sie hielten an der anderen Seite des Humvees die Stellung und brachten das Fahrzeug zwischen sich und den angestauten Verkehr.

»Bleibt an euren Gewehren«, rief er zuerst Kragen und dann

Weir zu. »Gebt dem Rest der Truppe Deckung. Wir werden als Letztes aufsitzen.« Die Soldaten antworteten mit einem schnellen ›Okay‹-Handzeichen. Marsh schulterte sein M4 und beobachtete, wie die Lightfighter in den warteten Lkw stiegen. Das Klappern ihrer Ausrüstung wurde von den gackernden Dieselmotoren, die sich im Leerlauf befanden, und dem dumpfen Dröhnen des Verkehrs zu ihrer Rechten übertönt. Er überflog die blockierten Autos und Trucks. Verängstigte Gesichter starrten ihn durch verschiedene Windschutzscheiben an.

Ein einzelner Apache schwebte langsam in Richtung Einsatzgebiet. Seine Rotoren flackerten im Sonnenlicht. Marsh wurde es heiß und durch das starke Schwitzen war seine Uniform feucht. Dadurch juckte seine Haut, vor allem unter den Armen und der Panzerweste. Er konnte fühlen, wie sich Schweiß in seiner Gesichtsmaske sammelte. Zumindest wusste er, dass die Dichtung immer noch in Ordnung war. Die Temperatur ging auf sechsundzwanzig Grad zu und die Luftfeuchtigkeit war mindestens bei neunzig Prozent. Wenn er nicht bald seine Ausrüstung auszog, würde er aufgrund der großartigen Dichtung wohl in seinem eigenen Schweiß ertrinken.

Hinter ihm wurde die Luft von der Kakophonie zerreißenden Metalls, quietschender Reifen und kreischender Autohupen auseinandergerissen.

Marsh trat zwei Schritte zurück und hockte sich hin, während er sich in Richtung Tankstelle drehte. Zunächst dachte er, er hätte einfach nur einen Autounfall gehört. Es gab vieles, was die Fahrer ablenkte und die Aufmerksamkeit auf sich zog. Da waren die manövrierenden Soldaten, die kreisenden Kampfhubschrauber, konkurrierender Verkehr … Aber das Dröhnen hielt an, und als Marsh das Gewehr an seine Schulter brachte, sah er warum.

Der zweite Sattelschlepper, den er auf der gegenüberliegenden Straßenseite dabei beobachtet hatte, wie er auf das Tankstellengelände eingebogen war, fuhr über den Parkplatz. Dabei knallte er in die Autos und SUVs und schleuderte sie zur Seite, als ob es sich um Kinderspielzeug handelte. Metall wurde zerdrückt, Glas zerbarst.

Gepäck, Haustiere und Menschen wurden aus den Fahrzeugen geschleudert und machten Purzelbäume in der Luft. Der Sattelschlepper hüpfte und hob ab, während er durch ein Meer aus Blech und Glas pflügte. Wie eine bizarre Yacht mit einem Chromgrill, die einen stürmischen Ozean überquerte. Er bewegte sich nach Norden und schnitt mit einem heiseren Geschrei durch den Verkehr. Die gesamte Frontblende eines Autos flog durch die Luft, prallte an dem langen Anhänger des Trucks ab und zerfiel dabei. Ein abgetrennter Arm folgte ihr und zog eine Wolke aus Blut hinter sich her, während er durch die Luft wirbelte.

Und durch eine bereits mit Rissen übersäte Windschutzscheibe grinste ein Mann anzüglich. Hinter seiner Sonnenbrille schüttelte er sich vor Lachen.

»*Eröffnet das Feuer! Eröffnet das Feuer!*«, schrie Marsh.

Die meisten der Männer reagierten nicht auf seinen Befehl, nicht einmal Kragen, der direkt neben ihm stand. Trotz des Stimmenemitters, der in seine Maske eingebaut war, machte es der Lärm in Zusammenhang mit der dämpfenden Wirkung der Maske fast unmöglich zu kommunizieren. Aber als Marsh damit begann, sein M4 abzufeuern, machten die Truppen bei dem Spaß mit. Sie beschossen das Führerhaus des Trucks mit allem, was sie hatten. Der Fahrer verschwand hinter einer Explosion aus Glas und Funken, während Dutzende von 5,56 und 7,62-Millimeter-Geschossen das Führerhaus durchlöcherten. Der Seitenspiegel auf der Fahrerseite explodierte und das Fenster in der Seitentür verschwand in einem Wasserfall aus fallendem Glas. Der Körper des Fahrers wurde durch den Sicherheitsgurt an Ort und Stelle gehalten, zuckte hin und her, als er durch die Schüsse zerkleinert wurde. Das gedämpfte *Puff-Puff-Puff* der MK19 drang an Marshs Ohren. Funkensprühende Explosionen schwappten wellengleich über die Vorderseite des Sattelschleppers. Die Motorhaube wurde weggesprengt und der Motorraum wurde bis zum Hitzeschutzblech freigelegt. Der Dieselmotor schrie, während er in einem Knall öligen Rauchs starb. Weitere Explosionen erschütterten die Fahrerkabine und zerstörten alles, was von der Windschutzscheibe übrig war. Die halbe Fahrertür war weggeblasen und ein Geysir aus Sitzpolster und Körperteilen brach aus der neu geschaffenen Öffnung hervor. Der Vorderreifen des Trucks platzte und so wurde auch ausgefranstes Gummi in der näheren Umgebung verteilt, als der Truck in den Minivan knallte, der sich der Sperreinheit zuvor genähert hatte, und diesen in eine andere Limousine schob.

Schließlich kam der Truck zum Stehen. Rauch drang aus dem Motorraum und der Kabine, die mit Blut neu dekoriert worden war. Die Truppen feuerten weiter auf das Fahrzeug. Kleinteile aus Blech und Glasfaser wirbelten durch die Luft.

Marsh rief ihnen zu, dass sie das Feuer einstellen sollten, aber niemand hörte auf ihn. Er schlug Kragen hinten auf seinen Helm. Dann lief er um die Vorderseite des Humvees herum, winkte den Soldaten zu, dass sie aufhören sollten. Er gab McNeely ein Zeichen. Das letzte, was er wollte, war, dass dieser Bursche eine Sprenggranate in den Satteltank des Trucks feuerte. Marsh stieß einen Seufzer der Erleichterung aus, als der letzte Soldat seine Waffe sicherte.

Nur Sekunden später schrien Menschen an der Tankstelle.

Marsh drehte sich um.

Die Türen am Anhänger des Trucks hatten sich geöffnet und Klowns strömten aus den Tiefen heraus. Zerlumpte Kleidung. Rituelle Selbstverstümmelung. Kunstvoll gefertigte Dekorationen aus Körperteilen, viele davon waren noch blutig. Sie brachten den Gestank des Todes mit sich, und eine Wolke aus schwarzen Fliegen begleitete sie.

»*Soldier booyyyyysss, oh our little soldier booyyyyysss!*«, sang einer von ihnen mit einer hohen, kichernden Fistelstimme. Es war ein sehr fettleibiger, kahlköpfiger Mann, dessen käsige Haut mit blutigen Handabdrücken bedeckt war. »*We'll be so true to youuuuuuuuu…*« Während er die perverse Interpretation des früheren Hits aus den 1960zigern schmetterte, hob er ein von geronnenem Blut verkrustetes Beil über den Kopf. Er lief geradewegs auf Marsh zu. Sein riesiger Bauch und die schlaffen Männertitten zappelten und hüpften bei jedem Schritt.

Marsh schoss dem fetten Mann ins Gesicht, während er über den Mittelstreifen lief. Der Kerl brach zusammen und die Axt flog über den Rasen. Marsh hob sein Gewehr, um auf die anderen Klowns zu zielen. Er schnipste den Schalter auf AUTO und betätigte den Abzug. Er verballerte die elf Schuss, die im Magazin geblieben waren. Mehrere Klowns fielen und schrien nicht vor Schmerz, sondern vor Lachen. Marsh warf das leere Magazin aus und nahm ein Neues von seiner taktischen Weste. Seine dicken Handschuhe machten seine Finger langsam und schwerfällig.

Kragen rückte vor und bewegte sich, um sich neben Marsh zu stellen. Kragen eröffnete das Feuer und deckte Marsh, während dieser an seinem Gewehr herumfummelte, um es nachzuladen. Marsh bekam endlich das Magazin in den Schacht des Karabiners, löste den Bolzen und lud die Waffe durch. Der Rest des Trupps fing an zu feuern, aber die Hälfte von ihnen war nicht in der Lage gewesen, die reale Bedrohung richtig auszumachen. Sie zielten auf die zerschossene Kabine des Sattelschleppers.

Weir ging links von Marsh und Kragen in Stellung und feuerte in die entgegenkommenden Klowns. Es brachte nichts. Die Klowns kamen immer näher. Sie scherten sich einfach nicht darum, dass man auf sie schoss. Marsh schickte mehrere Ladungen in die Masse dreckiger, verrückter Menschlichkeit, die auf ihn zustürmte. Mehrere Klowns stolperten und fielen, brachten andere zum Stolpern, die drängelten, um an ihnen vorbeizukommen.

Die MK19 brüllte wieder und es kam zu Explosionen auf der Rückseite des Anhängers. Torsos und Gliedmaßen flogen herum, als die hochexplosiven Granaten das dünne Metall zerfetzten. Dann verstummte der Granatwerfer und der Schütze, der hinter der M240B auf dem Big Foot saß, feuerte los. Er stanzte dutzende Löcher in den Anhänger und hoffte offenbar, dass er jeden Infizierten durchlöcherte, der sich noch in ihm befinden könnte.

»Nachladen!«, schrie McNeely.

Das Klopfen der Rotoren hämmerte in der Luft, während der

Apache, der im Einsatzgebiet geblieben war, sich gegen das Steilufer neigte und dann über die Schnellstraße flitzte.

Marsh hoffte, dass die Piloten sich zu einer besseren Schussposition bewegten, denn seine Männer könnten die Hilfe gebrauchen. *Zeit, den Chef anzufunken.*

»Wizard, Bushmaster Zwei-Sechs! Over!«

»Bushmaster, hier ist Wizard. Over.«

»Wizard, Bushmaster ist gegenwärtig mit einem großen Feindelement beschäftigt! Sie nutzen Lastkraftwagen, um Infizierte zu transportieren, die dann aussteigen und angreifen! Over!«

Mit einem gedämpften Schrei fiel Kragen auf den Asphalt. Als Marsh nach ihm griff, zischte etwas an seinem Kopf vorbei – ein Pfeil. Wenn er sich nicht bewegt hätte, wäre er getroffen worden. Das Projektil traf die Spitze des Humvees, prallte ab und bohrte sich in den Arm des Soldaten, der das Maschinengewehr M240B oben auf dem Big Foot bemannte.

»Weir, feuere weiter!«, schrie Marsh.

Vier andere Soldaten rannten herbei und feuerten auf die Klowns, die weiter vorwärtsdrängten. Die Infizierten wurden rücksichtslos niedergemäht.

Kragen krümmte sich auf dem Boden und hielt sich das Bein. Seine Augen waren hinter den Brillengläsern seiner Maske fest verschlossen. Marsh kniete sich neben ihn und schaute auf den Pfeil, der aus Kragens linkem Oberschenkel ragte. Er war tief eingedrungen und Marsh zweifelte nicht daran, dass die Pfeilspitze in Kragens Oberschenkelknochen steckte.

Der Funk kreischte. »Bushmaster, hier ist Wizard. Over.« Es war wieder Lee.

»Wizard, Bushmaster hört. Over!« Marsh beugte sich über Kragen. »Kragen! Halte durch, Soldat. Ich werde dich hier rausholen!«

»Bushmaster, Wizard. Wir schicken die Apaches wieder zurück zu –«

Kragen setzte sich plötzlich auf. Seine Augen waren weit aufgerissen und glänzten. Er schauderte heftig und sagte etwas, dass Marsh wegen des Kampflärms nicht hören konnte. Marsh griff die Schulter des Soldaten und versuchte, ihn wieder nach unten zu drücken.

»Nicht aufregen, Kragen!«

»Überraschung, Wichser!«, rief Kragen, während er das M4 auf ihn richtete.

Er war infiziert. Die Klowns hatten den Pfeil mit etwas behandelt. Entweder war es Pisse oder Scheiße oder eine andere Körperflüssigkeit, und darum war Kragen auf die dunkle Seite gegangen.

Marsh war schneller. Er feuerte zwei Ladungen aus nächster Nähe auf Kragens Maske ab. Das Gehirn des Soldaten verteilte sich auf dem erschrockenen Weir, der wegsprang. Zwei Soldaten in der Nähe von Marsh wichen zurück. Sie sahen verwirrt aus und richteten ihre Waffen auf ihn.

Marsh sah, wie der Soldat, der an der M240B saß, den Pfeil aus seinem Arm riss und ihn dem zweiten Soldaten in die Seite rammte. Der andere Mann heulte auf und fiel nach hinten. Der infizierte Soldat drehte das Maschinengewehr dann auf seiner Halterung herum. Er richtete den Lauf so weit nach unten, wie er konnte, und fing an mit vollautomatischem Feuer auf die Soldaten auf der Ladefläche zu schießen.

»Schaltet ihn aus!«, brüllte Marsh.

Weir sah zu Marsh herüber. Dann bemerkte er, dass dieser auf den Truck deutete und drehte sich um. Der Soldat an der M240B drehte seine Waffe in Weirs Richtung. Sie feuerten beide zur gleichen Zeit. Weir verfehlte. Der Soldat am Maschinengewehr tat es nicht.

Weir tanzte und verkrampfte sich, während ein Hagel aus 7,62-Millimeter-Feuer an seinem Körper riss. Die beiden anderen Soldaten trennten sich, wendeten ihren Blick von Marsh ab und sahen jetzt zu dem Soldaten mit dem Maschinengewehr. Marsh feuerte sein M4 einhändig ab und jagte drei Ladungen in die Kabine des Big Foots. Dann traf er den infizierten Soldaten mit einer Vierten in den Oberschenkel. Der Treffer entmutigte den Soldaten nicht; er lachte nur lauter. Dann ging er endlich zu

Boden, da mehrere Kugeln in rascher Folge in seine Brust und den Kopf eindrangen.

Der andere Soldat, den er erstochen hatte, richtete sich auf und griff nach dem Maschinengewehr. Er riss seinen Helm und die Maske herunter und lachte hysterisch, während er die Waffe herumriss, um das Feuer wieder aufzunehmen. Marsh hämmerte drei Schüsse in das Gesicht und den Hals des Mannes.

»Einer von euch schnappt sich die Waffe!«, rief Marsh den beiden Soldaten zu, die den ersten Schützen beseitigt hatten. Er sah zu Weirs Leichnam herüber. Bäche von dunklem Blut sickerten über den Asphalt. Lars der Wikinger aus Minnesota lag regungslos auf dem Rücken. Seine Zeit bei der 10ten hatte ein jähes Ende gefunden.

McNeely schrie etwas und eröffnete mit der nachgeladenen MK19 das Feuer. Marsh wirbelte herum und sah, wie mehrere Klowns sich einen Weg über den mit Leichen übersäten Mittelstreifen suchten. Er hob die Waffe und schickte sie mit gezielten Schüssen zur Hölle. Die Mühe brauchte er sich gar nicht machen, da die meisten von ihnen von dem beschleunigenden Tankwagen überrollt wurden, während er sich einen Weg vom Parkplatz der Tankstelle suchte. Er fuhr parallel zu dem Weg, den der Fracht-LKW genommen hatte. Einige Klowns klammerten sich an die Kabine, standen auf dem Trittbrett, schrien und johlten selbst dann, als die Soldaten sich vorwärts bewegten. Sie bildeten ein paar Fireteams, die die Trittbrettfahrer mit präzisen Schüssen einen nach dem anderen ausschalteten. Noch mehr Ladungen wurden in dem Grill des Trucks versenkt. Dampfwolken entstanden unter der Haube, da der Kühler von Vollmantelgeschossen durchlöchert wurde. Dann fand die erste Ladung des MK19 ihr Ziel, preschte durch die Kabine … und kam am glänzenden Metallanhänger wieder heraus.

Dieser war vermutlich voller Benzin.

»McNeely, Feuer einstellen! Feuer einstellen!«, schrie Marsh. Er riss sich die Maske herunter und wiederholte den Befehl, aber McNeely hörte nicht. Er lehnte sich über seine MK19 und pumpte eine Ladung nach der anderen in den sich nähernden

Truck, ließ noch nicht mal von ihm ab, als das Fahrzeug langsam zum Stehen kam. Marsh rannte auf ihn zu, fuchtelte mit den Armen und brüllte. Die Welt wurde weiß und gelb, denn die Sonne schien aus dem Kreisverkehr aufzusteigen. Marsh nahm eine glühende Hitze wahr, die immer mehr zunahm. Dann erreichte ihn die Schockwelle und schleuderte ihn kopfüber in den Humvee.

Major Brad Fleischer saß auf dem Vordersitz von Tomcat Sechs, dem Führungshubschrauber. Die drei AH-64D Longbow Apache flogen in Richtung Osten über den Union Turnpike. Der Major war noch eineinhalb Kilometer entfernt, als er die riesige Explosion sah, die die Fahrbahn aufriss. Ein riesiger weiß-orangener Feuerball vernichtete alle Fahrzeuge in der unmittelbaren Umgebung. Er umhüllte sie mit züngelnden Flammen. Dicker, schwarzer Rauch waberte sofort hoch, als sich die starke Hitze durch alles brannte, was brennbar war. Dadurch wurde dicker Kohlenstoff erzeugt, der wiederum dafür sorgte, dass noch mehr Rauch entstand. Als Pilot wusste Fleischer, dass schwarzer Rauch nicht gut war. Schwarzer Rauch während eines Gefechts bedeutete, dass jemand ein schlechtes Ende gefunden hatte. Fleischer strich mit Zeigefinger und Daumen über seinen dünnen Schnurrbart und beobachtete dabei, wie der Rauch den Himmel aufwühlte.

»Hoppla!«, rief der hinter ihm sitzende Warrant Officer Smitty aus. Genau genommen flog er den Apache, während Fleischer für die Zielerfassung und das Markierungssystem zuständig war. Dabei saß er in einer Waffenkanzel, die sich auf der Nase des Helikopters befand. So konnte er mögliche Ziele beobachten und sie dann mit einem leistungsstarken Laser anstrahlen, um Informationen zu erhalten, die an die Feuerleitanlage weitergegeben wurden. Das Systemnetzwerk würde diese Informationen verarbeiten und sie in Daten für die Apache Waffensysteme umwandeln, vor allem für die acht AGM-114R Hellfire-Raketen, die an den Stummelflügeln montiert waren.

»Tomcat Zwei-Eins, Tomcat Sechs. Was ist passiert? Over«, fragte Fleischer über das Funknetz des Angriffsbataillons.

»Sechs, Zwei-Eins. Ah, sieht so aus, als hätten die Klowns einen Angriff mit einem Tanklaster gestartet … unsere Kugeln müssen ihm im Kampf schwer zugesetzt haben. Over.«

»Zwei-Eins, hier ist Sechs. Habt ihr in der Nähe des Ziels geschossen? Over.«

»Negativ, Sechs. Als es passierte, war die Kettenkanone nicht auf die Stelle gerichtet.« Während der Apache-Pilot, der die Sperreinheit im Einsatzgebiet aus der Luft Deckung geben sollte, Bericht erstattete, sah Fleischer noch mehr Explosionen, die den angestauten Verkehr auf der Schnellstraße erschütterten. Die Hitze aus dem brennenden Tanklastwagen entzündete das Benzin in den gestoppten Autos und Trucks. Die sekundären Explosionen führten bei der Feuersbrunst zu noch mehr Feuer und Rauch. Zivilisten stiegen aus ihren Autos aus und rannten so schnell sie konnten aus dem Sog.

»Es ist nicht mehr viel übrig, worauf wir schießen können, und es sieht so aus, als sei der größte Teil der Sperreinheit bereits verschwunden. Die Tankstelle ging gerade hoch, eine riesige Sekundärexplosion. Over«, endete der Pilot, während eine weitere Explosion wütender, gelborangefarbener Flammen in den Himmel stieß.

»Zwei-Eins, hier ist Sechs. Bleibt in Bewegung. Schwebt nicht in der Luft. Haltet eure Augen offen. Wir werden in wenigen Sekunden bei euch sein. Over.«

»Verstanden, Sechs.«

»Smitty, wenn wir an Zwei-Eins vorbeikommen, geh auf hundertfünfzig Meter hoch und fang an, das Einsatzgebiet zu umkreisen. Wir müssen sehen, wer da unten noch am Leben ist«, sagte Fleischer über das Intercom.

»Auf Hundertfünfzig hochgehen und kreisen. Verstanden«, erwiderte Smitty.

Sie flogen mit über zweihundert Stundenkilometern, darum benötigten sie weniger als fünfzehn Sekunden, um die letzten eineinhalb Kilometer zurückzulegen. Der Warrant Officer tat, was Fleischer ihm aufgetragen hatte. Er flog eine Rechtskurve, zog den Helikopter hoch und hielt ihn bei hundertfünfzig Metern Bodenhöhe. Fleischer konzentrierte sich nicht mehr auf das Zielerfassungssystem. Er benutzte lieber seine Augen und überwachte die Szenerie unten.

Es war eine Katastrophe. Der Tankwagen war nur zehn Meter von Bushmaster entfernt in die Luft geflogen. Ein Humvee verglühte praktisch – trotz seiner Panzerung – und auch der M925A1 Truck, der den Großteil der Truppen transportierte, war in Flammen aufgegangen. Die Körper der gefallenen Lightfighters lagen überall herum, viele von ihnen brannten. Ein kleiner Teil der Truppe versuchte verzweifelt, ihre Kameraden aus dem brennenden Truck zu schleifen. Der letzte Humvee bewegte sich ein paar Meter in Richtung Einsatzgebiet. Ein Soldat saß an der .50 Kaliber in der Kuppel und feuerte an dem brennenden Sumpf vorbei. Es dauerte einen Moment, bis Fleischer sah, worauf er schoss. Klowns, die aus dem ersten Anhänger des Trucks fluteten. Tomcat Zwei-Eins schwebte zum Einsatzgebiet und er beobachtete, wie sich einige der Infizierten dank der Dreißig-Millimeter-Kanone des Apache in organischen Müll verwandelten.

»Zwei-Eins, hier ist Sechs. Kümmert euch um den gesamten Anhänger. Over«, sagte Fleischer über die Funkfrequenz des Angriffsbataillons.

»Verstanden, Sechs. Wir bleiben dran.« Das dünne Metall des Anhängers wurde von der Kanone des Apache weggeblasen. Es war, als würde man einem unsichtbaren Metzger dabei zusehen, wie er ein großes Schwein aufschnitt. Drinnen lagen dutzende Leichen auf dem Boden, die das Bodenfeuer schon erledigt hatte.

»Wizard, hier ist Tomcat Sechs. Over.«

»Tomcat, hier ist Wizard Sechs. Schießen Sie los. Over.« Es war der mutmaßliche ›Lieutenant Colonel‹ Lee höchstpersönlich.

Fleischer schüttelte den Kopf. Es hatte keine Ahnung, was in Lee gefahren war, als er den Rang von Prince übernommen hat. Wenn die Einheit es zurück nach Drum schaffen sollte, dann könnte er der einzige Offizier der leichten Infanterie sein, der noch übrig war.

»Wizard, hier ist Tomcat. Bushmaster ist am Boden. Die Verluste belaufen sich auf mindestens fünfundsiebzig Prozent. Wir geben von oben Deckung, aber sie werden weitere Hilfe brauchen, damit die Gefallenen geborgen werden können. Vielleicht sollten wir darüber nachdenken, Catfish in Position zu bringen. Over.«

Man hatte dem Angriffsbataillon vier UH-60 Black Hawk Allzweckhubschrauber zur Unterstützung zugewiesen. Vor Sonnenaufgang hatte Lee den Black Hawks – Rufzeichen Catfish – einen kurzen Befehl erteilt. Sie sollten die an das Infanteriebataillon angegliederten Cavalry Scouts unterstützen. Die Black Hawks waren abgehoben und mit ihnen die einzig verbliebenen Mitglieder von Hanscoms bisherigen Bewohnern, das Air Force Internal Security Response Team. Man hatte sie zurückgelassen, nachdem der Rest der Zoomies, wie die Angehörigen der Air Force auch genannt wurden, ausgezogen war, um für Sicherheit auf dem Flugfeld zu sorgen. Offenbar misstrauten die Zoomies dem gesamten Bataillon der leichten Infanterie und kauften ihnen nicht ab, ihr Gelände ordentlich zu sichern. Die Black Hawks waren in Richtung des Wooster Regional Airports gestartet. Dort würden sie landen und die Kontrolle über die Betankungsanlage des Flugplatzes übernehmen. Die Apache waren durstige Biester, und obwohl der Flugplatz weniger als achtzig Kilometer von Hanscom entfernt war, würden die Revolverhelden und die bewaffneten Scouts, die sie unterstützten, einen sicheren Ort brauchen, an dem sie wieder auftanken konnten. Die Black Hawks hatten es ohne Zwischenfälle geschafft, und die Einheit der Cavalry war ein paar Stunden später mit ihren vier stark gepanzerten und minengeschützten Patrouillenfahrzeugen angekommen. Der Flugplatz war für den Moment unter Kontrolle.

»Tomcat, hier ist Wizard. Kann Ihr Team das Gebiet noch lang genug halten, so dass die Verwundeten am Boden geborgen werden können? Over.«

»Verstanden, Wizard. Tomcat hat vier Schützen auf Position. Die Situation ist kompliziert. Es gibt viele Zivilisten und die Sicht ist durch den Rauch eingeschränkt, aber wir können von oben Deckung geben für« – Fleischer überprüfte die Tankanzeige auf dem Display vor ihm – »weitere fünfzig Minuten. Black Hawks wären besser. Over.«

»Verstanden, Tomcat. Das mit den Black Hawks habe ich kapiert, aber wir brauchen sie genau dort, wo sie sind. Wir schicken zwei Trucks und zwei Humvees von Bushmaster Drei zurück. Wie ist die Situation mit dem zivilen Verkehr in westlicher Richtung? Over.«

Während Lee sprach, hörte Fleischer eine weitere Übertragung auf einem der Seitenkanäle – ein Funker sandte Bushmaster Drei den Marschbefehl.

Er sah sich um und versuchte herauszufinden, was unten vorging. Viele Zivilfahrzeuge standen in Flammen. Autos und Trucks rangierten herum und versuchten möglichst schnell von dort zu verschwinden. Er meldete Lee das und fügte hinzu:

»Sieht nicht so aus, als wäre der Konvoi im Moment unter unmittelbarer Bedrohung. Over.«

»Verstanden, Tomcat. Danke. Bleiben Sie auf Position, bis wir unsere Leute da rausholen können. Over.«

»Wizard, hier ist Tomcat. Verstanden. Wir geben Deckung, so lange wir können, aber wir haben nicht mehr viel Zeit. Wir müssen die Scouts auch irgendwann wenden, um wieder aufzutanken. Tomcat Zwei-Sieben und Zwei-Neun werden die Luftaufklärung übernehmen, während die Birddogs tun, was sie tun müssen. Over.«

»Verstanden, Tomcat.«

Fleischer gab seiner Einheit und dem Scout-Team ihre Befehle. Die OH-58D Kiowa Warrior würden ihre Spähermission den beiden AH-64D übergeben. Dann würden sie zum Wooster Regional Airport fliegen, um aufzutanken und sich wieder aufzurüsten. Sobald sie zurückkehrten, würden sich die Tomcats zum Betankungspunkt zurückziehen, Platoon für Platoon. Fleischer war froh, dass Lee daran gedacht hatte, genug Treibstoff zu organisieren.

Der Trip würde lang werden, und bisher war es ein verdammt anstrengender Vormittag gewesen.

Sergeant Sandra Rawlings beobachtete, wie ein in schwarzen Rauch gehüllter Feuerball in den Himmel stieg. Der Donner der Explosion schien direkt durch sie hindurchzurollen, obwohl der Truck, in dem sie fuhr, über einen Kilometer weit weg war. Trümmer schossen nach oben. Dann wirbelten sie wie ein schmutziger Regen wieder auf die Erde. Rawlings wusste nicht, was passiert war, und die Soldaten, die um sie herum saßen, auch nicht. Alle hielten ihre Waffen einsatzbereit, als der große M925A1, der irgendwo in der Mitte des Konvois positioniert war, sich den Union Turnpike hinunterschleppte.

Rawlings sah die Lightfighter an, die ihr gegenüber auf der anderen Seite der großen Ladefläche saßen. Wie bei ihrer alten Einheit – dem 164zigsten Transportbataillon der Nationalgarde von Massachusetts – waren sie ein Mix aus Jung und Alt, ein Sammelsurium von Rassen und Typen. Obwohl das Erste Bataillon des 55zigsten Infanterieregiments im Gegensatz zu den Muleskinners fast ausschließlich männlich war. Es gab nur wenige Frauen bei der leichten Infanterie und die meisten von ihnen gehörten zum Versorgungstrupp der Einheit. Rawlings musste sich nicht die Frage stellen, warum das so war. Obwohl Feministinnen und weltoffene Gutmenschen endlich alle Strassensperren niedergerissen hatten, die Frauen davon abhielten sich den kämpfenden Männern anzuschließen, hatten nur wenige Frauen Lust auf den echten Kampf. Dafür war die Army mitunter bekannt. Es war nicht überraschend, dass sie sich in einem See aus Testosteron wiederfand. Vor allen Dingen nicht, da ihre neue temporäre Dienststelle bei der sagenumwobenen 10ten Gebirgsdivision (leichte Infanterie) integriert war.

Nahezu alle Soldaten um sie herum waren schon lange einsatzerprobt gewesen, bevor die ›friedensstiftende‹ Operation in Boston begonnen hatte. Rawlings wusste, dass die Einheiten der 10ten, die in Afghanistan stationiert waren, nur Monate zuvor nach Hause geschickt worden waren. Die Division sollte sich ausruhen, wieder fit werden. Im militärischen Sprachgebrauch nannte man dies einen ›Neustart‹, wenn eine überaus optimierte Einheit abgezogen wurde, damit diese ihren kollektiven Scheiß in Ordnung bringen konnte. Neue Gesichter würden alte Zwischenräume füllen, alte Gesichter würden zu anderen Einheiten wechseln und ihre Erfahrungen teilen oder einfach die Uniform ausziehen und sich einer hoffentlich sichereren zivilen Gesellschaft anschließen. Egal, welchen Weg sie einschlugen, die Mühe war vergeblich. Dafür hatte die Krankheit gesorgt.

Auch wenn man das Geschlecht außen vor ließ, war sie offensichtlich keine von ihnen. Sie trugen alle Multicam Kampfanzüge. Diese hatte man während der Operation ENDURING FREEDOM in Afghanistan ausgegeben: modernste Kampfhelme, taktische Ausrüstung prall gefüllt mit Ersatzmagazinen und andere Ausrüstung wurde fest über die Körperrüstung gezogen, CamelBak Trinksysteme, viele hatten M9 Pistolen an einen Oberschenkel gebunden, riesige Rucksäcke voller taktischer Ausrüstung, zusätzliche Munition, Verpflegung, Schlafsäcke – ihre gewöhnliche Last überschritt meistens fünfzig Kilo. Die Hälfte von ihnen trug MOPP Ausrüstung, während die andere Hälfte ihre Schutzutensilien so zurechtgelegt hatte, dass sie diese sofort anziehen konnten. ›Leichte Infanterie‹ hatte nichts mit dem Gewicht ihrer Ausrüstung zu tun. Auch wenn die 10te was Panzer und schwere Ausrüstung anbelangte nicht viel vorzuweisen hatte, so trugen sie selbst wahrscheinlich mehr Ausrüstung als ihre Kollegen an der Front.

Rawlings trug ihrerseits einen schmutzigen Kampfanzug der Army und eine Feldmütze. Sie hatte keine Rüstung, kein Trinksystem, keine MOPP Ausrüstung und keinen Rucksack voller Zeug. In den Taschen ihrer Uniform hatte sie zwei Energy-Riegel, vier Ersatzmagazine mit 5,56 Millimeter Vollmantelgeschossen und ein Reifendruckmessgerät, das einzige Überbleibsel von ihrem früheren Beruf als Fahrerin eines Transporters für schwere Ausrüstung. Außerdem hatte sie ein ummanteltes K-Bar Messer unter ihrer Uniformjacke an den Hosenbund geklemmt.

Im Grunde war sie ein Pflanzenfresser, der von Fleischfressern umgeben war.

Sie versuchte sich vorzustellen, wie Scott Wade mit Soldaten wie diesen hier abhing. Als sie ihn gefunden hatte, war er praktisch ein gebrochenes Kind gewesen. Sein Platoon war von der Krankheit bezwungen und von dem Rest des Bataillons abgeschnitten worden. Während ihrer kurzen Zeit zusammen, hatte sie ihm wieder auf die Beine geholfen – und um die Wahrheit zu sagen, hatte er das Gleiche für sie getan. Sie war vielleicht sechs oder sieben Jahre älter gewesen als er, aber beim Stadion von Harvard spielte der Altersunterschied keine Rolle. Und auch wenn er wie ein Kind aussah, so kämpfte er doch wie ein Mann. Dann war er infiziert worden und hatte sich in einen Klown verwandelt. Er war mit mordlüsternen, verrückten Augen auf sie losgestürmt und sie hatte ihn mit einem M4 aus drei Metern Entfernung erschossen – drei Mal, weil ein Treffer in der Regel nicht genügte. Nur der Tod heilte die Infizierten.

»Also wie ist deine Geschichte?«, fragte jemand über das Rumpeln des Dieselmotors hinweg.

Rawlings schaute vom Fahrzeugboden auf, den sie angestarrt hatte. Der große Soldat, der ihr fast direkt gegenübersaß, hatte seine Hände um seine M4/M203 Kombiwaffe drapiert. Seine Haltung sah fast lässig aus, aber Rawlings bezweifelte, dass dies der Fall war. Sie war sicher, dass der Mann innerhalb von Sekundenbruchteilen einsatzfähig sein konnte. Er würde sein Gewehr herumreißen und jeden Klown eliminieren, der irgendetwas anstellen wollte. Er trug keine MOPP Ausrüstung, aber die anderen Soldaten auf beiden Seiten taten es. Generell war jeder Soldat in MOPP IV. Darum wurde auch Rawlings von ähnlich geschützten Soldaten gesäumt. Sie konnte seine Augen hinter der Sonnenbrille nicht sehen. Auf dem Namensstreifen, der auf seiner Weste angebracht war, stand MULDOON.

»Wie bitte?«

»Ich fragte, wie ist deine Geschichte?«

Rawlings dachte darüber nach. Der Rest der Soldaten blickte in ihre Richtung. Sie warteten auf eine Antwort, auch wenn sie ihre Augen aufhalten und nach Bedrohungen suchen sollten. »Keine Geschichte«, erwiderte Rawlings schließlich.

»Wirklich.« Muldoons Ausdruck veränderte sich nicht. »Keine Geschichte, aber du bist hier, ein vermöbeltes Mädchen der Nationalgarde, die eine Mitfahrgelegenheit bei einem Haufen Lightfighters gefunden hat. Mit wem warst du unterwegs?«

»Dem Transportbataillon Eins-Vierundsechzig.«

»Und was warst du? Eine Lastwagenfahrerin?«

Rawlings nickte. »Im Grunde genommen. Ja.«

»Was ist mit deiner Einheit passiert?«

»Im Harvard Stadion überrannt. Wir haben Versorgungsgüter transportiert und sind in einen Hinterhalt gefahren. Infizierte Polizisten haben uns gerammt, zusammen mit einem paar Dutzend anderer. Soweit ich weiß, ist die Stabskompanie immer noch bei dem Rest der Garde in Logan.« Die Nationalgarde hatte Einrichtungen am Logan International Airport, gleich hinter dem Callahan Tunnel, wenn man aus Richtung Innenstadt kam.

»Und was ist mit dir passiert?« Muldoon tippte auf sein Gesicht und wies auf die Stelle, an der sich der große Bluterguss befand, der Rawlings Wange bedeckte.

»Ich habe mich da rausgekämpft und habe einen Schlag gegen den Kopf bekommen.«

»Wirklich.« Wenn er beeindruckt war, dann zeigte Muldoon es nicht. »Was ist mit dem Kerl passiert, der das getan hat?«

»Ich habe ihm einen Kopfschuss verpasst. Ich jagte ihm die Kugel durch das Kinn in den Kopf. Sie trat an der Schädeldecke wieder aus.«

Muldoon nickte.

»So macht man das. Wie hast du hierher gefunden?«

»Ich bin gelaufen«, entgegnete sie.

»Den ganzen Weg vom Harvard Stadion?«

Rawlings hatte nicht den Willen oder Wunsch ihre Situation weiter zu erklären. »Ja. Größtenteils. Ich bin mit einigen deiner Jungs mitgefahren. Sie haben es nicht geschafft. Danach musste ich wieder zu Fuß gehen.« Sie deutete zum vorderen Teil der Kolonne. »Ich habe eurem Executive Officer alles darüber erzählt.«

»Walker?«

»Ja.«

Muldoon grunzte.

»Er ist ein Blue Falcon. Halt dich von ihm fern. Du weißt, was das bedeutet, Rawlings?«

»Ja. Ich weiß, was ein Buddy Fucker ist.«

»Bist du zum Schützen ausgebildet worden?«, fragte Muldoon.

»Ja, Sergeant Muldoon. Die Grundausbildung der Nationalgarde ist dieselbe wie eure.«

Muldoon schien sie anzustarren, aber sie konnte sich wegen seiner Sonnenbrille nicht sicher sein.

»Rawlings, du bist nicht wie wir. Denke nicht, dass du es bist.« Er schaute zum Führerhaus des Trucks. »Nun, du könntest sein wie Lieutenant Crais.«

»Ich bin zuständig«, sagten einige der anderen Soldaten gleichzeitig.

Muldoon deutete mit dem Kopf zum hinteren Teil des Trucks, wo ein blasser Mann saß. »Oder vielleicht wie Nutter.«

»Colonel Nutter, *Sir*«, sangen die Soldaten und salutierten dem Mann zu, auf den Muldoon gedeutet hat. Die Salute wurden in Höhe des Schritts gemacht.

Sie konnte Nutters Augen nicht sehen, weil er sich mit seinem M4 im Anschlag der Rückseite zugewandt hatte. Aber er hob seine linke Hand, um die Salute mit seinem Mittelfinger zu würdigen.

»Ich meinte damit nicht, dass ich mir anmaße, auch nur annähernd ein Lightfighter zu sein, Muldoon«, sagte sie. »Aber wir sind alle Soldaten.«

»Nicht John Wayne«, sagte ein dünner, schwarzer Lightfighter, auf dessen Namensstreifen JOHNSON stand. Er zeigte auf Muldoon. »Er ist kein Soldat. Er ist eine Waffe, sag ich dir.«

Mit Mühe hielt sich Rawlings zurück und rollte nicht mit den Augen. »Ich werde daran denken.«

»Gut«, sagte Muldoon. »Vergiss das nicht. Jetzt lehn dich einfach zurück und …«

Zwei Apache brausten vorbei, schnell und tief. Sie übertönten den Rest seines Kommentars. Rawlings las seine Lippen und war sich ziemlich sicher, dass er mit »Wir kümmern uns um dich« geendet hatte.

Großartig. Einfach nur großartig.

Sie kamen größtenteils wie geplant voran.

Lieutenant Colonel Harry Lee führte Buch über den Fortschritt der Kolonne, während sie über die Schnellstraße fuhr. Die nächste Sperreinheit hatte sich bereits aufgestellt. Die Scouts hatten ihre Mission an einige der Apache-Kampfhubschrauber übergeben, damit die kleineren Flieger sich aufmachen und nachtanken konnten.

Lee machte sich etwas Sorgen um das Scout-Element. Sie hatten einen langen Weg vor sich und die Kiowa Warrior hatten kurze Beine. Sie hatten nur etwas mehr als eine Stunde Begleitzeit für die Truppe – weniger, als wenn sie kontinuierlich flogen. Bei den Apache sah es nicht viel besser aus. Sie konnten sich vielleicht eine Flugzeit von drei Stunden erkämpfen, aber sie waren über eine Woche pausenlos geflogen. Man würde sie inspizieren müssen. Das bedeutete, man müsste sie aus der Truppe herausnehmen, irgendwo sicher unterbringen und sie vor den Klowns verteidigen – oder gegen was auch immer Gott beschloss, ihnen in den Weg zu legen.

Lee war ein Lightfighter, genau wie der Rest seiner Männer, aber er wusste ein bewaffnetes Angriffsbataillon auf Position zu schätzen. So bekamen sie Luftunterstützung, wenn sie diese brauchten. Er hatte keine Ahnung, wie viele Infizierte in Boston herumliefen, aber inzwischen mussten es Hunderttausende, wenn nicht sogar Millionen sein. Nur ein Bruchteil von denen war daran interessiert, den Konvoi des Bataillons zu beseitigen. Das war ein Segen, aber es war auch genauso ein Fluch. Diejenigen, die das Bataillon nicht angriffen, waren da draußen und infizierten andere. Das war deutlich schlechter für die Nation.

Und natürlich wusste Lee nicht, was zwischen seiner Einheit und Fort Drum lag. Ihre Route würde sie an einigen gut bevölkerten Einrichtungen vorbeiführen, aber wenn sie die kleineren Straßen benutzten, könnten sie die größeren Städte umgehen:

Framingham, Worcester und Springfield, die sich alle in Massachusetts befanden. Dann würde es nach New York gehen. Dort würden sie Albany, Schenectady und Utica umgehen, dann staatsaufwärts Richtung Watertown fahren und gleich dahinter lag Fort Drum. Die Heimat der 10ten Gebirgsdivision und einiger anderer Einheiten, von denen einige offenbar nicht mehr erreichbar waren.

Lee wusste nicht, was er davon halten sollte. Es war schon ein paar Tage her, seit er das letzte Mal etwas von der taktischen Einsatzzentrale der Kampfbrigade gehört hatte, und es war sogar noch länger her, dass es mit dem Führungsstab der Division Kontakt gab. Während sich das Bataillon aus Boston kämpfte, waren der Rest der Brigade und der Großteil der Infanterie aus Drum und die Luftwaffe nach Süden gegangen, um dabei zu helfen, New York zu stabilisieren. Wenn der Big Apple den gleichen Wandel durchgemacht hatte wie Boston, dann bezweifelte Lee, dass er in absehbarer Zeit etwas vom höheren Führungsstab auf dem Feld hören würde. Oder jemals wieder.

Er behielt den Überblick über den Fortschritt der Kolonne, indem er das GPS und eine Handheld-Karte nutzte und mit einem Fettstift ihre Phasenlinien einzeichnete. Die Überlebenden des Bushmaster-Elements hatte man geborgen, aber es waren nur noch sehr wenige übrig. Bushmaster hatte Verluste in Höhe von neunzig Prozent zu verzeichnen, einschließlich des Kommandanten der Bravo Kompanie, Captain Marsh. Der Verlust von Marsh traf ihn. Nicht, weil er ein enger Freund von Lee gewesen war, sondern weil mit ihm ein erfahrener, ranghoher Kommandeur gefallen war, der mit seinen Männern eine Menge Kampferfahrung gesammelt hatte; in Afghanistan und auch kurz im Irak. Die taktischen Fähigkeiten und das Wissen waren mit ihm gestorben und das war es, was Lee am meisten vermissen würde. Zur Verlustliste kamen erfahrene Unteroffiziere hinzu und andere qualifizierte Soldaten. Außerdem hatten sie mindestens zwei taktische Fahrzeuge verloren. All das schwächte das Bataillon.

Zum zwanzigsten Mal überdachte Lee ihre Route. Es schien der sinnvollste Weg zu sein, den Mass Turnpike zu nehmen und sich dann nach Westen zu wenden – bessere Fahrbahnen, mehrspurige Straßen, flacheres Gelände. Es gäbe auch weniger Gelegenheiten sie anzugreifen, weil sie sich von Boston entfernten, aber er hatte keine wirkliche Vorstellung davon, was jenseits ihres gegenwärtigen Operationsgebiets lag. Die unbemannten Luftaufklärungssysteme waren für das Schlachtfeld konzipiert und sie hatten einen Aktionsradius von knapp zehn Kilometern. Diejenigen, die für die Geräte zuständig waren, würden auch eine Pause machen müssen. Sie mussten die Flugzeugähnlichen Geräte mit der Hand starten und dann ihren Fortschritt überwachen. Die kleinen Drohnen flogen etwa achtzig Kilometer pro Stunde und erreichten eine Höhe von bis zu viertausendfünfhundert Metern. Sie konnten vieles tun, um Lees lokale Lageerkennung zu verbessern, aber das würde bedeuten, dass sie die Kolonne von Humvees, Trucks, Begleitfahrzeugen, zivilen Autos und Trucks anhalten mussten. Und ein Halt lud dazu ein, sie anzugreifen. Sie waren schon weit auf das indianische Land vorgedrungen. Darum war das Letzte, was Lee tun wollte, die Kolonne anzuhalten, nur um ein paar Spielzeugflugzeuge zu starten und einen Blick darauf zu werfen, was ein paar Kilometer vor ihnen lag. Sie hatten Hubschrauber zur Verfügung, die höher fliegen konnten, sich schneller vorwärtsbewegten und einen besseren Überblick hatten – und wenn es nötig war, verursachten sie mehr als nur kleine Schäden an allen Feindformationen, die sich ihnen in den Weg stellten.

Als sie weiterfuhren, blickte Lee aus den Fenstern des Humvees. Apache kreisten über ihnen. Der Rest der Bravo Kompanie hatte sich formiert und ihre Riegelstellung übernommen. Es gab keine Anzeichen für feindliche Aktivitäten – außer die Brände natürlich. Zur Rechten der Kolonne schwelten ein Bürogebäude und eine Lagerhalle. Von den Bauwerken waren nur noch skelettartige Überreste übrig. Die Straßenüberführung war pockennarbig und aufgeschwemmt. Entstellte Leichen hingen von den Laternenmasten. Als Lee darunter ein paar Kinder erkannte, schauderte er. Ähnliche Dinge hatte er in Afghanistan gesehen, aber das waren die Gräueltaten der Mujis gegen das eigene Volk gewesen. So versuchten sie, Angst und Respekt zu gewinnen und das Volk gegen die Amerikaner aufzubringen. Lee fiel es immer noch schwer zu glauben, dass Menschen, infiziert oder nicht, zu solch einer Barbarei in der Lage waren.

Murphy beugte sich nach vorne, schaute die schwingenden Leichen an. »Hängen nur herum und warten, dass etwas passiert.«

Wenn die Szene ihn überhaupt mitnahm, dann verriet seine Stimme es nicht.

Lee hatte dafür keinen Kommentar übrig und wandte sich lediglich seinen Karten und der GPS-Anzeige zu. »Ziehen Sie auf der anderen Seite der Brücke aus der Formation heraus.«

»Sir?«

»Ich möchte kurz den Kopf mit Bravos kommandierendem Offizier zusammenstecken«, erklärte Lee.

»Okay, Sir«, entgegnete Murphy, obwohl er die Idee nicht wirklich zu mögen schien. Lee war es egal. Er griff zum Funkgerät.

»Wizard Fünf, hier ist Sechs. Over.«

»Sechs, hier ist Fünf. Schießen Sie los. Over«, erwiderte Major Walker. Er war einige Fahrzeuge hinter Lee in einem anderen gepanzerten Humvee verborgen.

Lee teilte ihm mit, dass er für ein paar Minuten aus der Formation fallen würde.

»Äh… Sechs, warum das? Over.«

»Nur ein schnelles, vertrauliches Gespräch mit der Bravo Kompanie. Over«, sagte Lee, während Murphy den Humvee aus der Kolonne steuerte.

Sie kamen hinter einem M925A1 Truck zum Stehen. Die Soldaten in der MOPP Ausrüstung sahen die Neuankömmlinge durch die Brillen in ihren Masken an.

»Sechs, halten wir die Kolonne an? Over.«

»Negativ, Fünf. Fahren Sie weiter. Wir werden schon bald zurück in der Formation sein. Over.«

»Verstanden, Sechs«, sagte Walker, aber es klang so, als sei er nicht besonders glücklich darüber. Lee verübelte es ihm nicht. Er wollte auch verdammt nochmal hier raus, aber das Wichtigste zuerst.

»Hey, was ist los?«, fragte Foster von der Kuppel.

»Halb so wild. Bleiben Sie einfach nur wachsam da oben.« Lee wandte sich Murphy zu. »Ich bin gleich wieder da.«

»Sienkiewicz, geh mit ihm«, sagte Murphy. Lee war beeindruckt. Die meisten der Soldaten konnten Sienkiewiczs Namen nicht richtig aussprechen – Sen-kev-itch, der große, dünne Korporal hatte sie immer korrigiert – also nannten sie ihn nur ›Hexe‹.

»Nicht nötig«, sagte Lee. Er zog an der Türentriegelung des Humvees.

»Absolut notwendig, Sir«, sagte Murphy. »Sienkiewicz, mach schon.«

»Hooah«, bestätigte Sienkiewicz. Er zog seine MOPP Oberbekleidung über, setzte seine Maske auf und griff nach seinem Gewehr. Lee hielt sich nicht mit der MOPP Ausrüstung auf. Er trat einfach heraus und schlug die gepanzerte Tür hinter sich zu. Die Truppen, die den Sicherungsposten bemannten, standen aufrechter, als sie den alten Mann – der gar nicht so alt war – erkannten, der ihnen einen Besuch abstattete.

»Sir, warten Sie!«, brüllte Sienkiewicz.

Lee winkte ihm über der Schulter zu und ging weiter. Sein M4 hatte er über seine Brust geschlungen und seine rechte Hand war am Pistolengriff. Er sah sich um, achtete auf den Zivilverkehr, der sich auf den weiter entfernten Fahrstreifen befand, und den Konvoi der Army, der in einer Fahrspur fuhr, die ihnen am Nächsten war. Die Kolonne zischte mit konstanten achtzig Stundenkilometern an ihnen vorbei. Über ihnen kreisten Apaches im Himmel, blieben nie an ein und derselben Stelle. Sie bewegten sich immer in einem Muster, durch das sie nicht so schnell zu einem leichten Ziel wurden und wodurch ihre Waffensysteme so gut gesichert waren wie möglich. Am Horizont stieg Rauch auf, die Innenstadt von Boston brannte.

»Wo ist Ihr kommandierender Offizier?«, brüllte Lee die Soldaten an, die um den Big Foot Truck herumstanden.

Einer von ihnen wies nach vorne und Lee folgte seinem Wink. Er versuchte nicht allzu verärgert auszusehen, weil er ungeschützt war, auch wenn seine Gedärme sich anfühlten, als würden sie sich jeden Moment entleeren. Er riss sich zusammen. Jetzt war nicht die Zeit, um Durchfall zu bekommen. Schon gar nicht vor den Männern.

»Sir, Sie müssen auf mich warten«, sagte Sienkiewicz und trat neben Lee. Er trug sein Sturmgewehr in beiden Händen. Den hinteren Teil des Schafts hatte er in seine rechte Achselhöhle gedrückt.

»Gehen Sie nächstes Mal schneller«, sagte Lee.

»Das werde ich, aber Sie sollten auch die MOPP Ausrüstung anziehen, Sir«, sagte Sienkiewicz. »Ich meine, Sie waren derjenige, der den Befehl dazu gegeben hat, dass ungeschützte Truppen sie anlegen sollten, oder?«

»Vorrecht des Führungsstabs«, sagte Lee. »Beobachten Sie den Verkehr, Corporal.«

»Bin dabei, Sir.«

Er fand den neuen kommandierenden Offizier der Bravo Kompanie. Dieser stand neben seinem Humvee mit dem Hauptfeldwebel der Kompanie, zumindest vermutete Lee das. First Lieutenant Cassidy stand mit dem Rücken zu Lee und bemerkte nicht, dass dieser sich näherte. Der Unteroffizier neben ihm sah auf und Lee hätte schwören können, dass er sah, wie der Mann hinter seiner Gesichtsmaske eine Grimasse zog. Cassidy sah den Blick und drehte sich um. Als er Lee erblickte, salutierte er. Lee stöhnte innerlich. Cassidy hatte ihn gerade zum Ziel gemacht.

»Tut mir leid, Lieutenant Cassidy, aber ich muss Ihnen sagen, dass Sie der neue kommandierende Offizier von dem sind, was von der Bravo Kompanie übrig ist. Ich weiß, dass Sie bereit für eine Beförderung sind. Verstanden?«

»Verstanden, Sir. Wie viele sind noch übrig?«

»Im Moment ist das nicht bekannt, aber ich habe gehört, Marshs Element hat derbe Verluste erlitten. Etwa neunzig Prozent. Ich weiß noch nicht, wie viele gefallen sind. Hören Sie zu, das tut mir leid. Ich weiß, dass Sie viele Freunde dort hatten und Sie müssen jetzt mit der Tatsache klarkommen, dass Sie einige von ihnen nicht wiedersehen werden.« Während er sprach, bemerkte Lee, dass der First Sergeant der Kompanie ihn hinter seiner Maske anstarrte. Lee sah ihm in die Augen.

»Gibt es ein Problem, First Sergeant?«

»Also, nein, *Colonel*. Ich habe nur gerade festgestellt, dass Sie Ihre MOPP Ausrüstung nicht tragen. Es wäre eine Schande, wenn Sie ein Klown werden würden, Sir.« Die Art, wie er den militärischen Grad betonte, ließ Lee glauben, dass es ein absichtlicher, verbaler Nadelstich gewesen war, um ihn zu provozieren.

»First Sergeant, wie lautet Ihre Mission hier?«, fragte Lee.

»Ich sorge für die Männer der Bravo Kompanie, Sir.« Der ältere Soldat sah Lee weiter in die Augen. »Ich weiß genau, was meine Gehaltsgruppe ist und ich weiß, wer für die Truppenunterkunft zuständig ist. Hier gibt es keinen Größenwahn, *Colonel*.«

»Hey. Langsam First Sergeant Urena. Lassen Sie uns nochmal von vorne anfangen«, sagte Sienkiewicz. Lee dachte, dass es ungewöhnlich draufgängerisch war, wenn man davon ausging, dass sich ein Unteroffizier gegenüber einem Hauptfeldwebel so verhielt wie ein Bettler zu einem Milliardär.

Urenas Blick schoss zu Sienkiewicz. »Corporal. So sprechen Sie nicht mit mir.« Die Gesichtsmaske konnte das Knurren in seiner Stimme nicht verbergen.

»Urena, zügeln Sie Ihre Zunge«, sagte Lee mit Nachdruck. »Wenn Sie ein Problem haben, legen Sie Ihre Waffe nieder und geben Sie die Papiere ab. Ich sorge dafür, dass jemand im Department der Army die nötigen Formulare unterzeichnet und Ihr fröhlicher Arsch ist nicht mehr in der Army. Das sind Ihre Möglichkeiten. Noch Fragen?«

Urena starrte Lee an. Dann schnaubte er.

»Sie denken, Sie haben Zeit für all diesen Papierkram, *Colonel*? Ich meine, *Sie* sind der Kerl, der zur Verantwortung gezogen wird. Bedeutet Ihnen das Militärgesetzbuch etwas? Vielleicht würde dem *Colonel* eine kleine Auffrischung von Artikel Eins-Dreißig-Vier gut tun …«

»Haben Sie verdammt nochmal den Verstand verloren, Urena?« Cassidy wirbelte zu dem kleineren, älteren Mann herum wie ein Mungo, der sich auf eine Kobra stürzt. »Es werden schlimme Dinge passieren. Wollen Sie damit spielen? Ziehen Sie den Kopf aus dem Arsch, First Sergeant. Ein Großteil unserer Kompanie wurde gerade erledigt! Wir müssen uns auf unsere Mission konzentrieren und all den anderen Scheiß vergessen. In Ordnung?«

Urena schien bereit zu sein, wegen dieses Themas zu einem neuen Schlag auszuholen, aber nach einem Augenblick nickte er nur und ging zurück, um die Karte zu studieren, die auf der Motorhaube des Humvees lag. Der Soldat, der die .50 Kaliber in der Kuppel bemannte, sah auf sie herunter. Hinter der Gesichtsmaske waren seine Gesichtszüge nicht lesbar.

»Verstanden, Sir«, sagte Urena schließlich.

Cassidy wandte sich wieder Lee zu. »Das tut mit leid, Sir.«

»Das spielt keine Rolle, Lieutenant. Hören Sie zu, das ist ein verdorbenes Sandwich und wir mussten alle ein Stück davon abbeißen. Urena hat Recht. Das ist alles ein bisschen viel, aber wir müssen das Beste daraus machen. Jetzt haben Sie eine Kompanie, die stark in der Unterzahl ist und um die Sie sich kümmern müssen. Ich wollte nur sicherstellen, dass Sie davon wissen. So können Sie sich auf diese Veränderung vorbereiten. Sie haben einige qualifizierte Männer, die Ihnen Rückendeckung geben? First Sergeant, hören Sie zu?«

»Ja, Sir«, entgegnete Urena. »Wir haben qualifiziertes Personal, das die Kompanie unterstützt, Sir.«

Cassidy nickte. »Er hat Recht. Wir sind bereit. Wir haben ein paar gute Soldaten und die Bushmaster haben die besten FSO, die es in der Division gibt, Sir.« FSO war das militärische Kurzwort für Feuerunterstützungsoffizier. Ein Offizier, dessen Aufgabe es war, die Feuerkraft der Kompanie zu koordinieren, um den Angriffsplan des kommandierenden Offiziers zu unterstützen.

Lee suchte in seinem Gedächtnis, aber er konnte sich nicht daran erinnern, wer der FSO der Bravo Kompanie war.

»In Ordnung. Jetzt sind Sie im Bilde.«

»Ich schätze es, dass Sie angehalten haben, um mit mir von Angesicht zu Angesicht zu sprechen, Sir. Ich werde dafür sorgen, dass man sich um alles kümmert und wir werden da sein, um die nächste uns zugeordnete Phasenlinie zu übernehmen«, sagte Cassidy. Der Typ war sehr geschäftlich unterwegs, obwohl man ihm gerade einen Sack voller Schwänze überreicht hatte, der fünfundzwanzig Kilo schwer war. Mehrere Dutzend Kerle, die er kannte, einschließlich seines kommandierenden Offiziers, wurden ausgelöscht und er musste die Reste aufsammeln. Diese Pille musste er erst mal schlucken.

»Lassen Sie mich wissen, wenn Sie Hilfe brauchen«, sagte Lee.

»Das werde ich. Sie sollteen wahrscheinlich wieder zurück in die Kolonne gehen, Sir. Wir werden diese Position keine weiteren fünfzehn Minuten halten.«

»Verstanden. Viel Glück«, entgegnete Lee, und dieser Wunsch galt Urena und Cassidy gleichermaßen.

»Danke, Sir«, sagte Cassidy. »Von uns beiden«, fügte er hinzu. Daraufhin nickte Urena, ohne von der Karte aufzusehen.

Lee ging zurück zu dem wartenden Humvee und wurde von dem besorgten Corporel Sienkiewicz beschattet.

Es würde ein höllischer Road Trip werden.

Zündknopf. Uhr gestartet. Zitternde Hände. So viel Gelächter. Es war alles so verdammt lustig.

DC Voltmeter überprüft. Vierzehn Volt Gleichstrom, während N1 bei zehn Prozent war. Zwei Rotoren mit riesigen Flügeln waren an einem wippenden Rotorkopf befestigt und fingen langsam an sich zu drehen. Sie warfen flackernde Schatten durch das Cockpitfenster. Der Copilot kicherte über das ICS. Die gemessene Spannung nahm zu, während auch N1 zunahm.

Abgastemperatur stieg normal.

N1 Beschleunigung war normal. Die Hauptrotorblätter drehten sich jetzt bei fünfzehn Prozent N1 vollständig.

Die Motoröldruckanzeige leuchtete unruhig.

PUFF! Die große T53 Turbomaschine fing an, achthundert Ponys zur Hauptrotorwelle zu schicken. Es war saukomisch, wenn man an kleine Ponys dachte, die Seite an Seite liefen und mit ihren Hufen gegen die Hauptrotorwelle traten. Der Zündknopf wurde losgelassen, als das N1 den Vierzig-Prozent-Bereich erreicht hatte. Die Rotoren fingen an, durch den Himmel zu schneiden. Es sah mehr wie ein kreisförmiger Flügel aus als zwei wirklich große Bretter, die zusammengebunden waren. Der Messwert des Voltmeters stieg. Das Licht des Getriebeöldrucks und die Feuerwarnlampen: aus. Der Rotor hämmerte jetzt. Noch war alles im Leerlauf.

»Ich bin ein verdammter Italiener!«, schrie der Copilot über das Intercom. »Weißt du, wie man das erkennt? Mein Hubschrauber geht WOP-WOP-WOP!«

Alter Witz, aber es war plötzlich lustiger als alles, was Dangerfield, Carlin oder Louis CK jemals gesagt hatten.

Acht weitere UH-1H Hueys hoben gefechtsbereit ab. In vier von ihnen befanden sich Truppen. Vier waren fast leer, bis auf die Ballons voller Pisse, Kotze und Sperma.

Alle lachten.

Alle wollten töten.

Kurz nachdem der Konvoi die Überführung der Interstate 495 hinter sich gelassen hatte, gerieten sie in den ersten schonungslosen Hinterhalt. Rawlings spürte es kommen. Sie wusste nicht wie, aber sie tat es. Das Gelände war für einen Angriff nicht gerade optimal, weil es bis auf den Anstieg zu ihrer Rechten vorwiegend flach war. In zirka dreißig Metern Entfernung mündete eine Straße in die Route 2. Die Fahrspuren nach Osten waren das reine Chaos. Dort hatte es einen Auffahrunfall gegeben, in den ein Bus und ein Traktoranhänger verwickelt waren. Der Verkehr war zum Erliegen gekommen. Auf der Seite der Autobahn standen überall Menschen, die beobachteten, wie der Konvoi vorbeirollte. Ihre Gesichter waren angsterfüllt. Apaches kreisten über ihnen, unheilvoll und bedrohlich. Das Schlagen ihrer Rotoren verdrängte den Soundtrack des eigenen Todes. Jemand im Truck hatte einen Ghettoblaster eingeschaltet. Die Lautsprecher hämmerten Dopes ›Die Motherfucker, Die‹ heraus. Es war die Hymne eines wahren Kriegers. Rawlings hatte diesem Lied schon unzählige Male gelauscht, während sie in Afghanistan gewesen war. Selbst bei ihrer Kompanie war es das Lied gewesen, trotz der Tatsache, dass die riskantesten Dinge, mit denen sie es zu tun gehabt hatten – abgesehen von den zumeist erfolglosen rebellischen Angriffen – ein verschmutzter Ölfilter, ein platter Reifen und undichte Brennstofftanks waren. Während andere Truppen den Taliban und AQ ihre Whamburger und French Cries Bestellungen überbrachten, waren Rawlings und der Rest ihrer Landsleute alles in allem relativ sicher gewesen. Aber die *Falschheit* der gegenwärtigen Situation versetzte ihr regelrecht einen Schlag ins Gesicht. Sie war angespannt wie eine Sprungfeder, und sie wusste nicht warum. Sie schulterte ihr M4 und drehte sich um, zielte mit der Waffe auf die Fahrspuren, die aus dem Norden kamen. Sie spähte durch das optische Visier. Keiner der gestrandeten Autofahrer schien zu lachen, sie sahen normal aus – aber Rawlings kannte die Verrückten. Sie konnten sich für eine Weile verstellen, bis der Moment gekommen war, um die Maske abzulegen und mit dem Gelächter zu beginnen.

»Erschieß mich. Erschieß mich jetzt.«

Das habe ich getan, Wade und jetzt bist du tot. Halt dein verdammtes Maul.

»Du fühlst es auch, nicht wahr?«, fragte Muldoon.

»Fühle was?«, fragte Rawlings und untersuchte weiterhin die gegenüberliegende Seite der Autobahn.

»Jetzt werde nicht gleich feucht, Nasty Girl«, sagte einer der Lightfighter, der an der Seite des Lkw stand. Damit brachte er zum Ausdruck, dass er der Meinung war, Rawlings wäre für diese Situation zu aufgeregt und würde deshalb Fehler machen.

»Werde ich schon nicht«, antwortete Rawlings. In der Nähe waren mehrere Rauchschwaden zu sehen. Dann explodierte etwas, wodurch eine Pilzwolke erschien, die sich wütend ausbreitete. Eine Tankstelle oder etwas in der Art war gerade hochgegangen. Feurige Trümmerstücke zischten durch die Luft und zogen Rauch hinter sich her. Einen Augenblick später erreichte sie das tiefe Grollen und wühlte Rawlings Eingeweide auf. Sie drehte sich um und blickte zu Muldoon. Der große Unteroffizier starrte sie einen Moment lang an. Dann schob er seine Sonnenbrille hoch, die er auf seiner breiten Nase trug.

»Sie hat eine Idee«, sagte Muldoon. »Ihr Jungs müsst euch anziehen. Jetzt.«

»Komm schon, Muldoon«, sagte ein Soldat, der vorstehende Zähne hatte, und grinste. »Du nimmst taktische Hinweise von einem *Sonntagsschützen* an, Mann?«

»Skeeter, du musst nicht auf mich hören«, sagte Muldoon und griff nach seiner MOPP Oberbekleidung. »Du warst sowieso nie einen Scheiß wert.«

Hinter ihm bewegten sich Menschen inmitten der Bäume. Rawlings nahm ihr M4 hoch und Muldoon runzelte einen Augenblick lang die Stirn. Dann fügte er die Puzzleteile zusammen.

Der Soldat rechts von Rawlings sah es auch.

»Auf der rechten Seite sind Klowns!« Er hob gerade sein Gewehr, als ein Molotow-Cocktail durch die Luft zischte.

Rawlings feuerte so schnell drei Schüsse ab, dass es sich anhörte, als würde sie eine Salve auf Vollautomatik abreißen. Eine der Gestalten zwischen den Bäumen schwankte. Dann fiel sie mit dem Gesicht voran auf den Boden. Das Gelände rechts von der Kolonne war leicht erhöht. Nicht viel, aber genug, um den Angreifern einen kleinen taktischen Vorteil zu verschaffen. Als Muldoon seine Sonnenbrille wegriss und seine MOPP Oberbekleidung anzog, fingen auch mehrere andere Truppen an zu feuern. Sie ballerten dutzende Magazine in die Bäume, Büsche und Infizierten, die sich auf sie zubewegten.

Ein Molotow-Cocktail traf die Seite der Ladefläche des Big Foots und zerbrach, verteilte überall Benzin. Flammen umhüllten die hintere Hälfte des Trucks und Menschen schrien vor Angst und Schmerz. Die Angreifer wurden nicht durch das erwiderte Feuer der Soldaten in Schach gehalten, sondern durch einen Maschendrahtzaun, seitlich der Schnellstraße. Das gab dem Soldaten am M240B Maschinengewehr oben auf der Kabine des Trucks genug Zeit, um die Waffe zu drehen und das Feuer zu eröffnen. Er ging mit einem vernichtenden Kugelhagel auf die Klowns los.

Der Humvee hinter dem Truck wurde drei Mal in rascher Folge von Molotow-Cocktails getroffen, wodurch er sich in einen rollenden Scheiterhaufen aus orangenen Flammen verwandelte, die im Sonnenlicht tanzten. Der Soldat, der das Maschinengewehr in der Kuppel des Fahrzeugs bemannte, schrie so laut, dass sie ihn über den Motor des Trucks und die Schusssalven hinweg hörten. Der Humvee beschleunigte plötzlich. Der Fahrer war vermutlich von den Flammen und dem Rauch geblendet. Kurz bevor er hinten in ihren Truck krachte, drehte er nach links ab und zog aus der Formation der Kolonne. Er knallte in einen Minivan auf der nächsten Fahrspur.

Die Massenkarambolage, die das zur Folge hatte, war eine schreckliche Kakophonie aus berstendem Metall und quietschenden Reifen. Autos und Trucks wurden in einer Explosion aus Glas und Kunststoff unter ständigem Gehupe aufeinander geschoben. Rawlings sah, wie Gepäck durch die Luft wirbelte. Kleidung und persönliche Gegenstände wurden auf der Schnellstraße und der grasbewachsenen Mittellinie verteilt, die die östlichen Fahrspuren von den westlichen trennte.

Am Ende ihres Trucks kämpfte ein Soldat mit einem Feuerlöscher gegen die Flammen, die immer noch an der Seite der Ladefläche loderten. Ein anderer Soldat, der in MOPP Klamotten steckte, gab ihm Anweisungen, fuchtelte mit den Armen und schrie: »Ich habe das Sagen!« durch seine Gesichtsmaske.

»Verdammter Lieutenant«, rief einer der Soldaten in der Nähe von Rawlings. »Der Typ weiß einfach nicht, wann er die Klappe zu halten hat.«

Rawlings wollte ihn fragen, woher er wusste, dass es der Lieutenant war, als etwas ihre Aufmerksamkeit auf sich zog – das pochende *wop-wop-wop-wop* sich nähernder Hubschrauber.

Hueys. Die hatte nur die Nationalgarde der Army von Massachusetts.

Major Fleischer sah das Gefecht am Boden. Er versuchte, einen geeigneten Angriffswinkel abzustimmen, um den Feind zu bekämpfen, als sein Pilot sich über das Intercom meldete: »Major, Hubschrauber der Nationalgarde gesellen sich zu uns.«

Fleischer schaute aus dem Kabinendach und sah, wie in der Ferne vier Punkte auftauchten. Sie kamen langsam auf sie zu. Vier weitere Hubschrauber folgten in einer Linienformation, aber ihr Weg würde an der Kolonne vorbeiführen. Das Radarsystem des Longbow erfasste auch sie und die Software des Systems klassifizierte sie als UH-1. Das würde die Kampfunterstützungseinheit der Garde sein, die in Logan stationiert war.

Fleischer wusste von einem Verbindungsoffizier der Nationalgarde, der mit Hanscom in Kontakt stand, dass Logan Gefahr lief, von den Klowns überrannt zu werden. Zur Hölle, die Raven des Bataillons waren erst gestern über den Flughafen hinweggeflogen und es war von einem wahren Heer von Verrückten umgeben gewesen. Wenn Logan tatsächlich gefallen war, dann könnte man den Großteil der Streitkräfte der Garde abschreiben.

Fleischer hatte das im Hinterkopf, als er dachte, dass das plötzliche Auftauchen der Huey-Formation aus dem Chaos bedenklich war.

»Wie war ihre Bezeichnung?«, fragte er. »Bosox, oder?«

»Bosox, ja. Aber wenn Logan gegen die Wand gefahren worden ist, vermute ich, dass sie jetzt Nosox sind«, sagte Smitty.

»Hoffen wir, dass es nicht passiert ist.« Fleischer schaltete eines der Funkgeräte auf einen anderen Kanal, den sich das Bataillon mit der Garde teilte. »Bosox, hier ist Tomcat Sechs. Over.« Nichts. »Bosox, hier ist Tomcat Sechs. Sie fliegen in unserem Operationsgebiet. Sie müssen Ihre Absichten offenlegen. Over.«

»*Wir werden uns ein paar Hühner holen*«, kam die Antwort. Der Sprecher tat sein Bestes, um Foghorn Leghorn, den Hahn von den Looney Tunes, zu imitieren, während er gluckste.

Fleischers Blut gefror in den Adern. »Bosox, hier ist Tomcat Sechs. Bitte wiederholen. Over.«

»*Wir werden uns ein paar BOCK-BOCK Hühner holen, und du kannst mich Colonel Sanders nennen!*«, spottete die Stimme aus dem Funkgerät. »Ich mag meine *EXTRA-KNUSPRIG!*«

Das System des Longsbows berechnete, dass die vier Hueys in vollem Tempo mit zweihundertzehn Stundenkilometern unterwegs waren. Die Apache konnten mit zweihundertfünfundsechzig Stundenkilometern fliegen und sogar fast dreihundert Stundenkilometer erreichen. So wäre es kein Problem, den Hubschraubern der Vietnam Ära auszuweichen. Aber sie zu bekämpfen, wäre es schon. Obwohl die Apache leistungsstarke Munition hatten, so war sie doch nur für den Einsatz gegen Ziele gedacht, die sich am Boden befanden. Die Army hatte darüber nachgedacht, die Apache für Luftgefechte auszustatten und sogar das AIM-92 Air-to-Air Stinger System für ihren Einsatz vorgesehen, aber diese Systeme waren beim Angriffsbataillon niemals eingesetzt worden. Das Beste, das Fleischers Leute machen konnten, war, denen in den Hueys den Mittelfinger zu zeigen und zu schießen.

»Tomcats, hier ist Sechs. Rote Luft. Ich sage es noch einmal, rote Luft. Flügelmänner, formiert euch. Haltet euch bereit für weitere Befehle. Wizard, Wizard, hier ist Tomcat. Over.«

»Tomcat, hier ist Wizard Sechs. Sprechen Sie. Over.«

Lee klang sehr sachlich, auch wenn er sich wohl immer noch um den Hinterhalt kümmern musste, der sich unten abspielte.

Fleischer nahm sich eine Sekunde Zeit. Er sah, dass eine große Massenkarambolage im Gange war. Mindestens zwei Militärfahrzeuge standen in Flammen. Heilige Scheiße.

»Wizard, Tomcat Sechs. Hören Sie, das wird weh tun, aber die Klown kommen in Hueys der Garde. Ich weiß nicht, wie sie bewaffnet sind, aber sie sind luftbeweglich und …« – er zog die Datenbank des Longbow heran – »… und sie sind weniger als sechzig Sekunden weit entfernt. Over.«

»Ah … Tomcat Sechs, hier ist Wizard Sechs. Ich habe verstanden. Streitkräfte der Nationalgarde kommen in Helikoptern, um uns zu holen. Ist das richtig? Over.«

»Wizard, Tomcat. Sie haben Recht. Rote Luft kommt heran. Over.«

»Roger, Tomcat. Machen Sie weiter und schalten Sie sie aus. Over.«

»Wizard, hier ist Tomcat. Tut mir leid, aber ich muss Ihnen sagen, dass wir nicht für Luftkämpfe ausgerüstet sind. Over.«

Der sachliche Ton von Lee änderte sich plötzlich. »Tomcat, hier ist Wizard. Wollen Sie mir erzählen, dass Sie die Kolonne nicht vor roter Luft schützen können? Over.«

»Wizard, Tomcat Sechs. Das ist genau das, was ich Ihnen sagte. Unsere einzige Option ist es, auf den Boden zu feuern. Ich empfehle Ihnen, dass Sie mit allem gegen sie kämpfen, was Sie haben. Wir werden tun, was wir können, aber erwarten Sie nicht zu viel von uns. Over.«

»Tomcat, Wizard. Das ist nicht gut genug, Fleischer. Jetzt kämpfen Sie verdammt nochmal. Over.«

»Lasert sie«, sagte Smitty.

»Wie bitte?«

»Benutzt den Laser! Unsere Lasermarkierer sind nicht gut für die Augen. Wir könnten sie vielleicht blenden!«, sagte der Pilot. »Scheiße, die Hellfire fliegen mit achthundert Knoten. Wir könnten sie vielleicht auch damit bombardieren!«

Fleischer dachte einen Moment darüber nach. Die Hellfire-Rakete wurde in mindestens einem Luftgefecht von den Israelis gegen eine Cessna 152 genutzt. Natürlich hatten sie es nur geschafft, einen unberechenbaren Flugschüler zu töten, aber der Präzedenzfall war gesetzt worden.

»Wizard, Tomcat. Wir haben noch ein paar Tricks auf Lager, aber wir haben nicht viel Zeit. Ich vermute, dass einige böse Jungs an uns vorbeikommen. Over.«

»Tun Sie, was Sie können, Tomcat. Wir sind hier unten vorbereitet. Over.«

»Smitty, dreh um«, sagte Fleischer. Kaum hatte er den Befehl erteilt, da verlangsamte sich der Apache dramatisch, während sie eine Drehung nach rechts machten. Im Grunde vollführten sie eine Pirouette am Himmel, bis die Nase direkt auf die sich nähernden Hueys zeigte. Der Apache hatte sechs Hellfire dabei.

Mehr als genug, dachte Fleischer. Er befahl einer weiteren Apache-Einheit, sich auch gegen die entgegenkommenden Hueys zu stellen. Sie würden die Hubschrauber auf der linken Seite übernehmen, während Fleischer sich um die auf der rechten Seite kümmerte. Es gab keine Möglichkeit, sie alle zu treffen, da sie auf die herankommenden Helikopter würden lasern müssen. Außerdem mussten sie auf die altmodische Weise auf sie feuern. Das System des Longbow hatte keine Air-to-Air Softwaremodifikation.

Fleischer griff nach den Widderhorngriffen beidseits des Zielauswahl-Displays. Er hielt den Daumen auf dem Entfernungsmesser des Lasermarkierers und schwenkte das TADS zum ersten Ziel, dem führenden Huey, der auf die Kolonne zusteuerte. Er verwendete das Heads-Out Display, das zwischen den beiden Multifunktionsdisplays auf der Konsole vor ihm montiert war. Dann betätigte er den Laser. Licht, das für das menschliche Auge unsichtbar war, schoss heraus und traf den sich nähernden Huey. Das TADS las das reflektierte Licht des Lasers. Es übertrug die Daten zum Feuerleitrechner des Apache. Das System war in der Lage, das Ziel vom Hintergrund zu unterscheiden und dann wurden die Daten in den Hauptsystembus eingespeist.

Zur gleichen Zeit berücksichtigten die Flugdatensensoren des Apache – stabähnliche Geräte, die an jeder Seite des Helikopterrumpfes angebracht waren – die aktuellen Windverhältnisse. Diese wurden beim Feuern auch berücksichtigt und ein weiteres Stück wurde in das taktische Puzzle geworfen. Dadurch war es dem Apache möglich zu wissen, was sein Ziel war, wo es sich im Gesamtbild befand, wie schnell es unterwegs war und wie eine Hellfire-Rakete voraussichtlich fliegen musste, um das benannte Ziel zu erreichen.

Da all dies hinter den Kulissen stattfand, konzentrierte sich Fleischer darauf, weiter mit dem Laser auf den sich rasch nähernden Huey zu zielen. Der Apache war konzipiert worden, um Panzer und andere Landfahrzeuge zu zerstören. Den Huey im Auge zu behalten war keine leichte Aufgabe, obwohl Smitty ihm dies durch einen leichten Drift nach rechts etwas erleichterte. Er hielt die Nase weiter auf den anderen Helikopter gerichtet. Trotz des komplexen Tanzes zwischen Mensch und Elektronik war Fleischer innerhalb von zwei Sekunden schussbereit. Der UH-1 leitete überhaupt kein Ausweichmanöver ein, was nicht überraschend war. Die Klowns vernachlässigten die persönliche Sicherheit nicht nur generell, der Hubschrauber der Nationalgarde war wahrscheinlich auch nicht mit einem Laserwarnempfänger ausgestattet.

»Schussbereit«, sagte Fleischer.

»Jetzt ist der richtige Moment«, entgegnete Smitty. »Beeil dich. Er kommt zu nah an uns heran …«

Fleischer startete die Hellfire und sie raste mit einem scharfen Zischen aus der Schiene auf der rechten Seite. »Schuss!«

Fleischer hielt den Ziellaser weiter auf den sich nähernden Huey gerichtet, bemalte ihn mit Licht, auf das sich die teilautonomen Sucher der Hellfire-Nase ausrichten würden. Als sich der Hubschrauber näherte, konnte er mehr Details des Ziels ausmachen. Es war nur mit einem Doorgunner bewaffnet, einem Maschinengewehrschützen, der sich an den Türen des Luftfahrzeugs befand. Die zwei Piloten starrten durch das große Plexiglas-Kabinendach und grinsten. Die stumpfe Nase des Choppers war in eine etwas niedrige Position gerichtet, während sie sich den Humvees mit voller Geschwindigkeit näherten. Die Piloten hielten das Triebwerk definitiv die ganze Zeit in der roten Zone. Das teure T53-Triebwerk zu braten war nicht von Belang, solange sie ihr Ziel erreichen würden, um das zu tun, was auch immer sie zu tun planten.

Die Hellfire schlug direkt durch die Rotorscheibe des UH-1 und durchbohrte dessen Rumpf. Die Mission der Klowns endete, als sich der UH-1 auflöste. Fleischer hatte sich gefragt, ob der UH-1 genug Strukturdichte besaß, damit der Zünder der Waffe auslöste. Er wäre nicht überrascht gewesen, wenn die

Rakete einfach durch den Huey hindurchgerauscht wäre, ohne zu explodieren, aber scheinbar hatte es etwas mit genug Dichte getroffen und so wurde der Sprengstoff aktiviert. Der Hubschrauber verschwand in einem Feuerball, der sich immer weiter ausdehnte und eine Wolke wirbelnder Schrapnelle ausspuckte. Die Überreste des zerfetzten, glühenden Gerippes trudelten nach rechts und kamen ziemlich schnell runter, stürzten auf den Parkplatz eines Gebäudes, das direkt vor einem kleinen Fluss stand.

Jesus, ich habe gerade jemanden vom Himmel geholt. Fleischer grunzte und versuchte den nächsten Huey anzuvisieren.

Smittys Antwort war weniger verhalten. »Heilige *Scheiße*, das war genial!«, krähte er.

Smitty vermutete, dass der andere Apache einen weiteren Huey abgeschossen hatte und brüllte wieder, aber Fleischer wusste, dass es zu spät war. Der Huey war schon zu nah für einen Hellfire-Schuss und es gab keine Möglichkeit, dass sie ein anderes Luftfahrzeug mit Raketen treffen konnten. Er zog kurz in Erwägung, das Feuer mit der Dreißig-Millimeter-Kanone zu eröffnen, aber die M230 Kettenkanone war für diese Art von Gefecht zu ungenau. Alles, was er tun würde, war hochexplosive, panzerbrechende Geschosse über der Gegend abzufeuern und möglicherweise hilflose Zivilisten zu verstümmeln oder zu töten.

Der Apache wurde plötzlich nach links gerissen und seine zwei Motoren brüllten auf. Fleischer verlor seine Hoffnung. Er glaubte nicht daran, dass er die Zielerfassung aufrechterhalten konnte, während der Apache in einem steilen Aufstieg hochhüpfte. Seine Rotoren hämmerten, während sie nach oben zogen.

Bevor Fleischer fragen konnte, was vor sich ging, hatte er seine Antwort. Mehrere Schüsse trafen den Bauch des Apache. Einer ging direkt durch die Außenhaut des Helikopters und prallte mit einem lauten *Plopp!* gegen das Unterteil seines gepanzerten Sitzes, wodurch er gegen seinen Gurt gepresst wurde. Offensichtlich war der Doorgunner des Huey nicht daran interessiert, Fleischers zweites Ziel in der Luft zu werden. Fleischer fragte das Display des Millimeterwellenradarsystems um Rat und es bestätigte sich, dass zwei der Hueys tatsächlich unter dem steigenden Apache vorbeigeschlüpft waren.

»Wizard, hier ist Tomcat Sechs. Zwei Hueys sind durchgekommen!«

Muldoon sah nach oben, als er die hämmernden Rotorschläge der sich nähernden Hueys hörte. Wie die meisten im Trupp hatte er keine Ahnung, was jenseits des Angriffs gegen die Kolonne los war.

Sie waren gerade damit fertig, das Feuer zu löschen und versuchten zu entscheiden, was sie tun sollten – man musste sich den Truck ansehen und das Rawlings-Mädchen sah schon zur Seite, um eine Vorstellung davon zu bekommen, was mit dem linken Hinterreifen los war – also ahnten die Truppen nichts davon, dass da ein Hubschrauberkampf im Gange war. Aber der schlagende Rotor des UH-1 war definitiv eine Veränderung, der die Lightfighter ihre Aufmerksamkeit schenkten.

Zwei Hubschrauber steuerten auf die Kolonne zu. Große Rotoren blitzten auf und die Nasen waren gesenkt, während sie durch den Sommertag flogen. Hinter ihnen gingen mehrere Apaches hart in die Kurve, als ob sie die Hubschrauber verfolgen würden. Weiter hinten im Einsatzgebiet schwenkten zwei weitere Apaches ebenfalls. Und hinter ihnen stiegen zwei Rauchsäulen auf. Diese wurden von brennenden Wrackteilen hervorgerufen, die in der Mitte eines Kornfelds lagen.

Muldoon stand auf und packte das Geländer des Trucks. Es war nicht möglich, zu sagen, was da draußen brannte.

Aber es könnten Helikopter sein.

Er drehte sich um, um Lieutenant Crais etwas zuzurufen, aber dann kamen zwei Kiowa Warrior kreischend aus südwestlicher Richtung. Die modifizierten M2 .50 Kaliber, die an ihrer linken Seite montiert waren, klapperten, als sie vorbeirasten. Heiße Patronen regneten auf den Truck, während er auf dem Highway vorwärtskroch. Er zog immer noch Rauch von dem Brandschaden hinter sich her, der durch die Molotowcocktails verursacht worden war. Muldoon stellte fest, dass die Kiowa keine Bomben abwarfen.

Sie versuchten, die Hueys mit ihren Waffen zu treffen. Dann hörten sie das entfernte *Pop-pop-pop-pop* einer M240, als sich der Doorgunner in einem der Hueys revanchierte.

»Hey, was zum Teufel geht hier vor?«, rief Nutter.

»Lieutenant!«, brüllte Muldoon. »Hey, Crais!«

Lieutenant Crais drehte sich um, sein ständig gehetzter Ausdruck verwandelte sich in einen vollkommen angepissten Ausdruck, als er erkannte, dass Muldoon derjenige war, der ihn rief und noch dazu mit seinem Nachnamen. Lieutenant Crais war ein Offizier, der es nicht mochte, wenn man ihn in unhöflicher Weise ansprach. Das war schade, denn es bedeutete, dass er und Muldoon niemals Freunde sein würden.

»Muldoon, setz dich verdammt nochmal hin!«, brüllte Crais zurück. »Der Truck bewegt sich!«

Muldoon zeigte auf die Hueys. »Da kommt was!«

Mit seiner Antwort bekam er die Aufmerksamkeit der übrigen Soldaten, sogar Rawlings, die ihr M4 schnappte. Über dreißig Augenpaare drehten sich zu den näherkommenden Helikoptern. Muldoon sah, dass die Kiowas ihren wirkungslosen Angriff abgebrochen hatten.

»Na und? Setz dich hin!«, rief Crais.

»Lieutenant! Das sind Chopper der Garde, nicht unsere!«

»*Setz dich hin!*«, wiederholte Crais, sein Gesicht färbte sich vor Wut. »Ich weiß, wer …«

Muldoon drehte sich, um zu dem Soldaten hochzusehen, der die M240B auf der Kabine des Trucks bediente. Er starrte auf die sich nähernden Hueys, aber er hatte die Waffe noch nicht auf sie ausgerichtet.

»Schieß!«, schrie Muldoon.

»Was, wirklich?«, fragte der Soldat. Wie Muldoon trug er eine Sonnenbrille und hinter dieser waren seine Augen unlesbar.

»Schieß auf sie!«, wiederholte Muldoon. Er wandte sich wieder Crais zu, während der Schütze das Maschinengewehr herumriss. »Lieutenant, halt den Truck an!«

Das Maschinengewehr eröffnete das Feuer, schleuderte 7,62-Millimeter-Patronen in den nächsten Huey, der jetzt nur knapp achthundert Meter entfernt war. Die Chance, aus dieser Entfernung von einem Truck aus zu treffen, der sich bewegte, war verdammt gering, aber Muldoon war das egal.

Crais sprang auf die Füße. »*Was zum Teufel machst du da?*«, schrie er dem Schützen zu. »Feuer einstellen! Feuer einstellen!«

Der Schütze ignorierte ihn. Stur zog er noch fester an der M240. Crais raste den kleinen Gang in der Mitte der Ladefläche des Trucks hoch. Er schob Rawlings aus dem Weg und schrie aus voller Lunge: »Feuer einstellen! Das ist ein direkter Befehl! Ich bin hier verantwortlich!«

Muldoon packte den kleineren Mann an den Schultern. »Lieutenant! Halt für eine Sekunde dein verdammtes Maul!«

Crais glotzte zu ihm hoch. Muldoon war gute siebzehn Zentimeter größer. »Was hast du gesagt?«

»Halt. Den. Truck. An«, sagte Muldoon.

»Warum zum Teufel sollten wir das tun?« Crais versuchte an Muldoon vorbeizusehen, als die M240 wieder das Feuer eröffnete. »Verdammt nochmal, Christensen! *Feuer einstellen!*«

»Alle sollen das Feuer eröffnen!«, rief Christensen. »Sie kommen näher!«

Muldoon schob Crais weg. Der Lieutanent stolperte über den Stiefel eines anderen Soldaten und fiel auf seinen knochigen Hintern, gerade als der erste Huey den Truck beharkte und das Feuer erwiderte. Männer schrien auf, als sie von Geschossen getroffen wurden.

Muldoon hörte ein *Knack!* als ein 7,62 Projektil an seinem Kopf vorbeizischte. Er duckte sich instinktiv. Es war eine gute Entscheidung. Die nächste Salve des sich nähernden Huey surrte direkt durch die Stelle, an der er zuvor noch gestanden hatte. Christensen wurde von mehreren Schüssen durchlöchert, doch die M240 feuerte weiter, und zwar durch die Kabine des M925A1. Nicht alle Bigfoots waren gepanzert. Das bedeutete, dass die Soldaten, die vorne standen, ungefähr genau so gut vor dem Maschinengewehrfeuer geschützt waren, wie ein leckerer Bagel es in einem Plastikbeutel sein könnte, nachdem er von einem ausgehungerten Orson Wells erspäht worden war.

Der Truck schlingerte nach rechts. Dann pflügte er durch die Leitplanke, die sich am Rand der beiden Fahrspuren des Highways befand. Er fuhr ein paar Dutzend Meter auf ein verwildertes Feld, bevor er ruckelnd zum Stehen kam. Soldaten schrien, als sie in alle Richtungen flogen. Muldoon wurde über die Seite des Trucks geschleudert. Er stürzte zu Boden und ihm entwich ein Furz.

Alles was er sehen konnte, war blauer Himmel, vereinzelte Wolken und die wehenden Spitzen der hohen Trompetenblumen. Er hatte ein eigentümliches Gefühl von *Déjá-Vu*. Für einen Moment war er wieder ein kleiner Junge, der im hohen Unkraut vor seinem Haus in Pennsylvania lag und mit seinen Freunden Soldat spielte. Nur, dass er nicht spielte. Es war die Realität.

Das Unkraut wurde plötzlich zur Seite geschoben und Nutters glotzäugiges Gesicht erschien, während er sich über Muldoon beugte.

»Duke, ist alles in Ordnung?« Er musste schreien, um ihn über das Pochen des Huey zu hören, der sich in der Nähe befand. Dessen Maschinengewehre ratterten. Soweit Muldoon das sagen konnte, erwiderten seine Truppen das Feuer nur sporadisch.

»Mir geht's einfach nur verdammt gut«, keuchte Muldoon.

»Nun, hey, es ist kein schlechter Tag.« Nutter packte Muldoons Gurtzeug und versuchte, ihn auf die Füße zu ziehen. »Wenigstens hast du es geschafft, dass der Truck anhält.«

Major Walker sah, wie der Truck, der den Hinterhalt überstanden hatte, plötzlich aus der Formation ausbrach. Er wusste, dass die ankommenden Hueys feindselig waren, aber Wizard Sechs hatte noch nicht auf die Bedrohung geantwortet, nachdem die Apaches das Gefecht vor wenigen Sekunden übergeben hatten. Soldaten flogen durch die Luft, als der Truck durch die Leitplanke brach. Dann hüpfte er über das unebene Feld, das mit hohem Unkraut überzogen war.

»Scheiße, diese Jungs stehen in Flammen!«, sagte der Fahrer, ein älterer Unteroffizier, der die Streifen eines Oberfeldwebels trug.

»Feuert auf die Hueys!«, befahl Walker.

»Womit denn, Sir?«, fragte einer der Soldaten hinter ihm.

Walker stöhnte. Sein Humvee war unbewaffnet.

Das Funkgerät erwachte zum Leben. »Wizard Sechs an alle Führungsstäbe – Hueys sind rote Luft, Feuer frei! Rote Luft, rote Luft, rote Luft! Over!«

»Blaster Eins, hier ist Wizard Sieben. Lassen Sie sich für dieses Gefecht aus der Kolonne fallen. Wir werden uns für Ihre Sicherheit formieren. Over.« Das kam von dem kommandierenden Sergeant Major Turner, der in einem Fahrzeug saß, das vor Walker herfuhr.

Einen Augenblick lang konnte er sich nicht daran erinnern, wer zur Hölle als Blaster bezeichnet wurde, doch dann fiel es ihm ein. Ein Stinger-Platoon war dem Bataillon zugeordnet worden, welches man sich vom 60igsten Luftabwehrartillerieregiment beschafft hatte. Es war eine seltsame Eingliederung und Walker konnte sich seit dem Irak im Jahre 2004 nicht wirklich an eine Zeit erinnern, in der Truppen mit MANPADS (Luftabwehrsystemen) herumschleuderten. Er war froh darüber, zu erfahren, dass Turner sich ihrer Gegenwart immer noch bewusst war.

Walker nahm das Mikrofon des Funkgeräts in die Hand.

»Wizard Sechs, hier ist Wizard Fünf. Over.«

»Fünf, Sechs hört. Over.«

»Sechs, wir haben einen Truck, der getroffen wurde und wahrscheinlich nicht mehr betriebsbereit ist. Ich bin auch aus der Kolonne herausgefallen, damit ich ein Auge auf Sie habe. Over.«

»Fünf, hier ist Sechs. Bleiben Sie nicht zu lange. Holen Sie ihnen etwas Hilfe, dann gehen Sie zurück in die Formation. Ich kann es mir nicht leisten, dass Sie und Sieben zur gleichen Zeit ausfallen. Over.«

»Verstanden. Fünf, out.«

»Wir fahren jetzt an die Seite?«, fragte der Fahrer.

Walker überprüfte sein M4, um sicherzustellen, dass die Waffe bereit war, während der Fahrer den Humvee verlangsamte. Sein Mund fühlte sich trocken an und seine Hände und Füße kribbelten. Er war dabei, sich das erste Mal seit Jahren einer Kampfsituation auszusetzen. Er dachte, er hätte das schmutzige Geschäft hinter sich gelassen, als er zum O-4 befördert worden war, aber in den letzten Wochen hatte sich die Welt verändert. Der Kampf hatte ihm nie gelegen. Walker hatte sich immer mehr für das politische Regime des Führungsstabs interessiert und nicht dafür, zu beweisen, dass er ein Kriegsgott war. Die Army war voller Krieger, doch Walker hatte nicht viel von dem, was man benötigte, um sich im Kriegshandwerk in seiner reinsten Form hervorzutun. Er hatte seinen rechtmäßigen Platz als Bataillonskommandeur mit Harry Lee eingetauscht, nur um von der blutigen Arbeit, eine Einheit zu führen, Abstand zu halten. Er wollte im Hintergrund bleiben und die Umstände beeinflussen, indem er Lee ins Ohr flüsterte, wenn die Zeit dafür gekommen war.

Also, was machst du jetzt? Im Humvee bleiben oder ausrücken, murmelte sein Sinn für Selbsterhaltung. *Dies sind außergewöhnliche Zeiten und du bist kein außergewöhnlicher Soldat.*

Walker runzelte die Stirn. Die Versuchung, weiter vorzurücken, war momentan überwältigend und er verspürte einen starken Wunsch, seine Zurückhaltung zu bekämpfen. Nein, nicht Zurückhaltung.

Feigheit.

Walker konnte vor den Männern nicht als Feigling dastehen. Er war der Executive Officer des Bataillons und er hatte bereits seinen Überlebensinstinkten nachgegeben, indem er Harry Lee dazu gebracht hatte, die ihm zustehende Position einzunehmen. Die Chance, dass Walker dem aktuellen Gefecht entkommen konnte, ohne einige Schüsse zu kassieren, stand außer Frage. Also dachte er sich, könnte er es genau so gut klaglos durchstehen und es hinter sich bringen.

Der Fahrer zog den Humvee aus dem Konvoi und verließ die Straße. Hinter Walker machten sich zwei Soldaten – beides kampferprobte Unteroffiziere, die Walker aus dem Operationen-Pool geholt hatte, damit sie ihn begleiteten – bereit für den Kontakt.

»Sir, wir sollten die MOPP Ausrüstung anlegen«, sagte Weide Zhu.

Der chinesische Master Sergeant mit dem harten Gesicht scherte sich nicht so sehr um ihn, aber Walker hatte Zhu gezielt ausgewählt, weil er einer von Doug Turners bevorzugten Soldaten war. Doug Turner war ein Veteran, fünfundzwanzig Jahre in der Army, und er hatte seit Operation JUST CAUSE 1989 in jedem Einsatzgebiet gedient. Er war eine weitere Wahl im Namen der Selbsterhaltung gewesen. Wenn man mit dem Bataillon auf Achse war, dümpelte das Bedrohungsmessgerät bei 10,5 und Walker wollte dafür sorgen, dass die Soldaten, die ihn umgaben, die Besten waren.

»Verstanden«, sagte Walker und nahm den Helm ab.

Er kämpfte sich in seine Oberbekleidung und die Kapuze. Er brauchte dafür fast eine Minute, und als er fertig war, waren die anderen Soldaten schon einsatzbereit und warteten auf ihn, auch der Fahrer. Walker spürte einen Anflug von Verlegenheit, ein seltsamer Kontrapunkt zu der Angst, die die Ecken seines Bewusstseins durchdrang.

»Sind wir jetzt alle fertig, Sir?«, fragte Zhu. Seine Stimme wurde durch die Maske leicht gedämpft.

»Fertig. Lassen Sie uns aussteigen«, sagte Walker.

Draußen brüllten Schüsse, als sich die UH-1 wieder näherte. Walker öffnete die Tür des Humvees und drückte sie vorsichtig auf. Er stellte fest, dass der Humvee nicht das Ziel des Helikopters war. Der Chopper hämmerte über dem angeschlagenen Truck. Er drehte sich um die Längsachse.

Etwas, das die Form eines Tortenstücks hatte, fiel aus dem Hubschrauber und purzelte durch die Luft. Walker bemerkte, dass es eine Kraftstoffblase war. Dabei handelt es sich um ein flexibles Konstrukt, das normalerweise, dort wo die Schützen saßen, hinten in dem Höllenloch unter dem Schützenraum des UH-1 angebracht war. Während die Blase zum Truck kurvte, trat Flüssigkeit aus. Walker fragte sich, ob die Blase wie eine Bombe explodieren könnte.

Was dann geschah, war viel schlimmer als das.

Muldoon kam wieder auf die Füße und schüttelte Nutters Versuche, ihm zu helfen, ab. Der Huey hatte seinen ersten Tieffliegerangriff beendet und ging in die Kurve, um zu wenden und noch einmal vorbeizufliegen. Einer der Kiowas schien in der Luft zu taumeln. Die Nase drehte sich nach links, dann nach rechts, als er sich dem Einsatzgebiet näherte und herunterging. Der Hubschrauber sah in Ordnung aus, aber irgendetwas stimmte definitiv nicht mit den Piloten und Muldoon fragte sich, ob sie von einem der Huey-Schützen getroffen worden waren.

Der Kiowa rollte nach links, rutschte seitlich ab und stürzte in den Wald. Sein vierblättriger Rotor schlitzte sich durch das Blätterdach, riss es auseinander, während der kleine, bewaffnete Aufklärungshubschrauber aus dem Blickfeld verschwand.

»Oha! Hast du die Scheiße gesehen?«, fragte Nutter mit Ehrfurcht in seiner Stimme.

»Schieß auf den verdammten Huey!«, brüllte Muldoon. Er packte sein M4, klemmte es fest gegen seine Schulter und spähte durch den Sucher an der oberen Schiene.

Muldoon sichtete den Huey, als er wieder aufkreuzte. Der Schütze auf der linken Seite des Hubschraubers lehnte sich weit heraus. Er wurde nur durch seinen Sicherheitsgurt gehalten, während er sein M240 Maschinengewehr recht unsanft behandelte. Muldoon war augenblicklich hin- und hergerissen. Er wusste, er sollte versuchen, die Piloten zu töten, denn das würde den Ansturm sofort beenden, aber das Maschinengewehr würde eine Menge Schaden anrichten, bevor er das tun könnte. Er hörte einen Chor knallender Geräusche, wie Dutzende Feuerwerkskörper, die überall um ihn herum losgingen. Die Soldaten eröffneten endlich das Feuer. Eine schrille Stimme trieb sie zum Handeln an. Es war nicht Lieutenant »Ich bin zuständig« Crais. Es war die Frau, Rawlings.

Sie ist knallhart. Wer hätte das gedacht?

Der Schütze in dem Huey erwiderte das Feuer und rotzte Schüsse in den Highway. Erst schoss er in den Zivilverkehr auf der Seite, die nach Osten führte. Dann war der Konvoi dran, der sich auf den Fahrspuren in Richtung Westen befand. Dann erwischte es schließlich den Truck, wo mehrere Soldaten fielen. Der Rest zog sich zurück und verließ kurzzeitig die Schusspositionen, um zu überleben.

Muldoon sichtete das Cockpit des Hueys und begann auf Halbautomatik loszuschießen, so schnell und so akkurat, wie er konnte. Der Hubschrauber war weit weg, aber immer noch in seinem Angriffsradius. Er wurde mit dem Bild des Plexiglases belohnt, das sich durch mehrere Schüsse verzog und die behelmte Gestalt hinter der Windschutzscheibe wurde zurückgeworfen und zuckte zusammen.

Aber der Hubschrauber kam weiter auf sie zu. Muldoon schwang sein Gewehr nach links und ging auf den Piloten im rechten Sitz des Helikopters los. Schüsse aus der M240 klatschten um ihn herum auf den Boden. Nutter packte seinen Arm und zog kräftig an ihm, riss Muldoon direkt von den Füßen.

»Was zum Teufel machst du da?«, schrie Muldoon, während 7,62-Millimeter-Kugeln um sie herum herunterregneten.

»Deinen Arsch retten!«, brüllte Nutter zurück.

Die beiden Männer begruben ihre Gesichter im Schmutz zwischen dem hohen Unkraut. Muldoon hörte, wie sich die Rotorschläge des Hueys dramatisch veränderten. Er wälzte sich auf den Rücken und nahm sein M4 wieder zur Hand. Der Helikopter drehte ab, aber in einem Winkel, der so extrem war, dass er darum kämpfen musste, in der Luft zu bleiben. Etwas fiel aus ihm heraus und stürzte in Richtung des zerschmetterten, von Kugeln durchbohrten Bigfoot, der nur viereinhalb Meter von seiner und Nutters Position entfernt war. Das Ding landete hinten im Truck und Flüssigkeit explodierte überall. Die Soldaten auf der Ladefläche des Trucks schrien.

Und dann fingen sie an zu lachen.

Rawlings begriff, dass die Kacke am Dampfen war, als die Kraftstoffblase hinten auf dem verwüsteten M925 landete. Mehrere Männer lagen da. Sie waren im Kugelhagel verletzt worden. Eine Gruppe Soldaten, sowohl mit als auch ohne MOPP Ausrüstung, kümmerte sich um sie, während andere versuchten, den ankommenden UH-1 abzuwehren. Auf der gegenüberliegenden Seite des Highways war gerade ein zweiter Hubschrauber heruntergekommen. Die schlagenden Rotoren verursachten Windstoß, der einen Teil des lichten Waldes dezimierte. Heller Rauch stieg von der Absturzstelle auf. Rawlings bezweifelte, dass irgendjemand das überlebt haben könnte. Als Schüsse aus dem Truck hervorbrachen, wurde ihre Befürchtung bestätigt. Man hatte die Kraftstoffblase nicht mit Flugbenzin gefüllt. Sie enthielt Verunreinigungen, die die Krankheit übertrugen. Beim Aufprall platzte die Blase und spritzte die Substanz auf jeden in diesem Gebiet. Die Krankheit war gnadenlos effizient und mit einer Replikationsrate gesegnet, die mehr als eindrucksvoll war. Sobald sie auf eine Schleimhaut traf, war das Opfer verloren. Sie drang in die Blutbahn ein und breitete sich innerhalb von Sekunden im ganzen Körper aus. Von dort beanspruchte sie das menschliche Nervensystem für sich selbst, schlimmer als die fähigsten Terroristen, die man kannte. Die infizierten Soldaten gingen sofort an die Arbeit. Entweder versuchten sie zu töten oder andere zu infizieren, die der Krankheit noch nicht erlegen waren. Die MOPP Ausrüstung sollte gegen die direkte Ansteckung schützen. Sie arbeitete aber auch gegen diejenigen, die sie trugen, indem sie das Sichtfeld einschränkte, die Hörfähigkeiten erstickte und die Bewegungsfreiheit störte. Die neu auferstandenen Klowns waren in der Lage zuzuschlagen, bevor die geschützten Soldaten sich auf die Situation einstellen konnten, indem sie diese entweder direkt töteten oder ihre Masken und die Oberbekleidung abrissen. Dadurch waren sie den fauligen

Verunreinigungen ausgesetzt, die die Ladefläche des Trucks befleckten. Zu der Verwirrung kam noch der Huey hinzu, der über ihnen kreiste und weiter auf die Soldaten schoss, die sich nicht im Truck befanden. Die übrigen nicht-infizierten Lightfighter wurden dazu gezwungen, entweder Deckung zu finden oder das Feuer zu erwidern.

»Feuert weiter!«, schrie Rawlings.

Sie war fünfzehn Meter von der Heckklappe des Trucks entfernt. Sie war mit einigen anderen Soldaten in die Wiese geschleudert worden, als das Fahrzeug durch die Leitplanke gebrochen und den Hang auf der anderen Seite heruntergerollt war. Rawlings hatte ihr M4 verloren und mehrere Sekunden damit verbracht, das hohe Unkraut danach zu durchkämmen. Als sie es fand, war der UH-1 fast direkt über ihr. Die Schützen hatten sie verfehlt, aber ein hinkender Soldat, der drei Meter entfernt war, hatte eine Kugel kassiert. Sie ging durch seinen Helm und in seinen Schädel. Rawlings dachte, dass er unterm Strich Glück gehabt hatte.

Die Kämpfe in dem Truck hörten auf, als der UH-1 sich entfernte und Rauch hinter sich herzog. Er flog den Highway weiter herunter. Die Insassen warfen weitere Kraftstoffblasen und andere Behälter auf die offenen Trucks, obwohl Salven von Handfeuerwaffen auf sie gerichtet waren. Rawlings wandte sich wieder dem Truck zu und sah, wie sich mehrere Soldaten selbst bewaffneten. Einige hielten inne, um sich das Blut der Gefallenen auf ihre Uniformen zu schmieren und sie lachten, als sie das taten.

»Der Truck!«, schrie sie dem Soldaten zu, der ihr am Nächsten stand. »Die Truppen in den Trucks - sie sind *Klowns*!«

Es wurde erneut geschossen. Einer der Soldaten in der Nähe von Rawlings grunzte und taumelte nach hinten, als mehrere Schüsse ihn trafen. Rawlings hatte keine Ahnung, ob die Panzerweste sein Leben gerettet hatte oder nicht, während sie sich ins Unkraut hockte und sich so klein wie möglich machte. Sie trug keine wirkliche Schutzausrüstung in irgendeiner Art, hatte bei dem Sturz vom Truck sogar ihre Mütze verloren. Durch das

Unkraut konnte sie im Verborgenen bleiben. Das war aber bestenfalls marginal. Hinzu kam, dass sie zwischen zwei Soldaten und den Klowns auf dem Truck gefangen war, die es mit Sturmgewehren untereinander ausfochten. Sie musste ihren Kopf unten halten und eine echte Deckung finden, und zwar schnell. Ein Humvee fuhr kurz vor der verbogenen Lücke in der Leitplanke an den Straßenrand. Sie war enttäuscht, weil das Fahrzeug nicht mit Waffen ausgerüstet war, aber als sich die Türen öffneten, traten ein paar bewaffnete Lightfighter heraus und nahmen eine defensive Position ein. Sie trugen MOPP Ausrüstung und hielten ihre Waffen auf den Truck gerichtet.

Deine Chance, Mädchen.

Rawlings fing an, auf den Humvee zuzukriechen. Einer der Soldaten hechtete zu Boden, fiel praktisch am Randstreifen auf die Fresse, während eine Salve das Fahrzeug traf. Sie prallten ab und hinterließen Pockennarben an der Panzerung. Der zweite Soldat auf dieser Seite kniete sich hin und riss ein ganzes Magazin auf Vollautomatik ab, zerlöcherte den Truck mit dreißig 5,56-Millimeter-Kugeln. Für seine Bemühungen konzentrierten die Klowns das Feuer auf ihn und brachten ihn zu Fall.

Rawlings kroch weiter. Obwohl er getroffen wurde, war der Humvee noch immer fahrbereit und sie wollte ein bisschen Panzerung um sich herum haben. In der Wiese wurde wieder geschossen und über all diesem Lärm konnte sie die Klown in wilder Verzückung gackern hören.

Sie stieß auf den Körper eines Soldaten, den der Tieffliegerangriff getötet hatte. Fliegen schwirrten bereits um die Leiche herum. Rawlings nahm sich einen Moment Zeit und drehte den Soldaten auf den Rücken. Sein Gesicht war durch die Kugel verunstaltet, die durch seinen Schädel gegangen und am Kinn ausgetreten war. Der halbe Kiefer war weggerissen. Ein Auge starrte sie blind an. Metall blitzte aus den Überresten des Soldatenmunds hervor – ein Zahnimplantat, das freigelegt wurde, als die Krone, die auf dem Pfeiler angebracht war, abgeschnitten wurde. Ein teures Stück, das wahrscheinlich mehr kostete als das M4 der Lightfighter. Rawlings ignorierte das Blut und wandte sich dem taktischen Gurt zu. Sie beabsichtigte, etwas Munition aufzusammeln und entdeckte zwei M67 Splittergranaten, die auf der Vorderseite des Gurtes befestigt worden waren.

Hinter ihr stiegen die Klowns ab. Sie heulten und johlten, als sie in das Gras schossen.

Rawlings packte eine der Granaten, umfasste sie mit ihrer rechten Hand und drückte den Sicherungshebel. Sie rollte auf die Füße, hielt den Sprengstoff hüfthoch und griff mit den Fingern der linken Hand den Splint. Im Gegensatz dazu wie man es in den Filmen tat, zog sie nicht den Splint – sie zog die Granate von ihm weg und stellte sicher, dass sie den Sicherungshebel weiter umklammerte. Mit herausgerissenem Splint erhob sie sich und spreizte ihre Füße, um Wurfhaltung einzunehmen. Seit der Grundausbildung hatte sie das nicht mehr tun müssen. Sie stand mit dem Rücken zum Humvee und fragte sich, was die Soldaten dort wohl denken würden, wenn sie plötzlich in ihrer Schusslinie auftauchte.

Lieber Gott, bitte lass sie mich nicht in den Rücken schießen.

Einer der Klowns sah sie, grinste und nahm sein Sturmgewehr hoch. Sie erkannte in ihm den albernen Platoon Commander, der immer wieder wie sein Mantra wiederholt hatte: »Ich bin zuständig!«

»Ich werde dir in den Arsch ficken, du Schlampe!«, schrie er.

Rawlings warf die Granate.

»Granate kommt!«

Sie sprang über den Körper des toten Soldaten und ließ sich dahinter auf den Boden fallen, nutze den Torso als Deckung. Schüsse zischten an ihr vorbei und zerrissen die Spitzen des Unkrauts, während Rawlings sich flach hinlegte. Einer der Soldaten in ihrer Nähe feuerte eine Salve auf Vollautomatik ab. Dann stürzte er auf sie zu, schützte sie mit seinem eigenen Körper und erstickte sie beinahe unter seinem Gewicht.

Die Granate ging mit einem ohrenbetäubenden Gebrüll los, durch das Rawlings halb taub wurde. Der Soldat, der auf ihr lag, zuckte. Dann lag er still. Eine seltsame Stille legte sich über die

Wiese. Sie wurde nur von einem gedämpften Summen unterbrochen, das Rawlings Ohren füllte. Dann hörte sie das entfernte Prasseln von Schutt, der auf den Boden um sie herum regnete, gefolgt von noch mehr Schüssen. Jemand schrie Befehle und Rawlings glaubte, es war dieser Riese von einem Mann, Muldoon. Die Schüsse erschallten in schonungslosen, abgehakten Salven, die von überall herzukommen schienen. Unterstrichen wurde das durch die Schreie von Männern, die sich im Kampf gegen gackernde Verrückte befanden. Es war ein albtraumhaftes Orchester, das über dem Bass der Rotorschläge spielte.

Kämpfen oder zum Humvee gelangen, sagte sie sich.

»Hey, geh von mir runter«, brüllte sie dem Soldaten zu, der auf ihr lag.

Er bewegte sich nicht. Sie drückte ihn hoch, er rollte auf die Seite. Seine Augen waren offen und starrten ins Nichts. Er war ein dünner, schwarzer Junge, vielleicht nicht mehr als neunzehn Jahre alt. Sein Gesicht war glatt und frei von Falten. Auf dem Band um seinen Helm stand in ordentlichen Druckbuchstaben in schwarzer Schrift der Name KEALTY geschrieben. Rawlings legte einen Finger an seine Halsschlagader. Kein Puls. Sie untersuchte ihn nach Verletzungen und fand einen kleinen, dunklen Schlitz auf der Rückseite des Halses. Ein Granatfragment hatte ihn getroffen, hatte sein Rückenmark durchtrennt. Er war auf der Stelle gestorben, da der Ausdruck auf seinem Gesicht nicht einmal den Hauch von Überraschung zeigte.

»Rawlings! Steh auf!«

Rawlings sah nach oben und erblickte Muldoon, der wie ein Racheengel auf sie zuschritt. Neben ihm mühte sich Nutter, mit ihm Schritt zu halten. Noch mehr Soldaten folgten den beiden. Sie hielten die Waffen im Anschlag und sahen sich nach Bedrohungen um. Dahinter stand der M925A1 in Flammen. Überall lagen Leichen. Ein Soldat in zerfetzter Uniform bewegte sich noch in der Nähe des brennenden Wracks. Er trug eine MOPP Oberbekleidung, aber keine Gesichtsmaske. Er war schrecklich verbrannt und er schauderte, während er hustete.

Nein. Er hustete nicht. Er lachte.

Muldoon folgte ihrem Blick und sah den Soldaten. Er hielt inne, hob sein Gewehr und schoss dem Klown in die Stirn. Der infizierte Soldat fiel und bewegte sich nicht mehr.

Muldoon drehte sich wieder zu ihr um, und ohne Sonnenbrille sah sie, dass seine Augen strahlend blau waren.

»Ich sagte, steh auf!«

»Dieser Mann ist verletzt«, erwiderte Rawlings und legte eine Hand auf Kealtys regungslose Schulter.

Muldoon sah mit einem leeren Ausdruck auf den Soldaten herab und dann auf die Leiche des anderen Soldaten, hinter der sich Rawlings versteckt hatte. »Dieser Mann ist tot, Rawlings«, sagte er. Seine Stimme war ein wenig freundlicher. »Sie sind beide tot. Nun, du musst aufstehen. Es sei denn, du bist verletzt. Dieser Huey kommt zurück.« Während er sprach, wurden die hämmernden Schläge des UH-1 lauter. »Nutter, nimm Kealtys und Solingers Erkennungsmarken.«

»Verstanden«, sagte Nutter und trat vor.

Rawlings zog sich auf die Beine. Sie fühlte sich ein wenig benommen und bemerkte, dass sie ziemlich dringend auf die Toilette muss. Sie sah sich nach ihrem Gewehr um, fand es und hob es auf.

»Chopper werden jeden Moment über uns sein!«, sagte einer der Soldaten.

Irgendwo in der Nähe peitschten Schüsse. Rawlings nahm an, dass der Hubschrauber eine weitere Ladung von kontaminierten Abfällen auf einen Bigfoot abgeworfen hatte und die infizierten Truppen kämpften nun wieder mit den nicht infizierten Soldaten.

Muldoon drehte sich um und sah, wie der Helikopter auf sie zukam. Er zog immer noch Rauch hinter sich her, der aus dem großen Turbinentriebwerk austrat. Rawlings dachte, dass sein Gesichtsausdruck fast einladend war. Muldoon wollte offenbar kämpfen. »Schwärmt aus und knallt ihn ab - mit allem, was ihr habt!«

Hinter dem Helikopter schlängelte sich eine dünne Spur grauen Rauchs über den Himmel. Die Linie stieg in die Luft, bog dann ab, ging nach links und dann nach rechts, bevor sie zum UH-1 in die Höhe schoss. Eine Rakete.

»Äh, scheiß drauf, Duke. Wir sollten uns besser hier verziehen«, sagte Nutter.

»Lauft!«, schrie Muldoon.

Er packte Rawlings mit der linken Hand und zog sie hinter sich her, während der Helikopter über ihrer Position verharrte und nicht ahnte, dass der Tod direkt hinter ihm lauerte und sich schneller bewegte als Mach Eins. Rawlings sah über ihre Schulter, während sie rannte. Der grinsende Schütze lehnte sich aus der offenen Ladetür. Er hatte das Maschinengewehr im Anschlag.

Dann fiel die Nase des Helikopters, als eine Explosion direkt hinter ihm erblühte. Das Fluggerät schlingerte durch die Luft, als hätte ihm ein unsichtbarer Riese in den Arsch getreten. Die großen Rotoren des Huey bogen sich und durchschnitten seinen Heckausleger. Der Hubschrauber machte Purzelbäume in der Luft und riss sich selbst in Stücke. Er stürzte ziemlich knapp vor dem Bigfoot auf die Wiese. Eine weitere Explosion, ein weiterer Rauchpilz.

Rawlings war fast unbeeindruckt. Sie hatte schon genügend Explosionen gesehen. Die Soldaten hörten auf zu rennen, auch wenn noch zwei Stinger-Raketen über ihnen vorbeirasten. Rawlings drehte sich um. Der zweite UH-1, der die Kolonne angriff, drehte ab und versuchte zu entkommen, aber er wurde von zwei Explosionen auseinandergerissen, die wie gedämpfter Donner detonierten. Die brennenden Trümmer fielen in einer Spirale zu Boden und einen Augenblick später stieg noch eine Rauchwolke hinter den Bäumen in den Himmel.

»Oh. Ich habe mich gewundert, was mit den Apaches passiert ist«, sagte Muldoon. »Schätze, sie wollten keine Beschuss von der eigenen Seite riskieren.«

»Schwule Rotorköpfe, sie kommen wieder zurück«, sagte Nutter. Er spuckte ins Gras. Gewiss schlossen sich die Kampfhubschrauber in einer Zweierformation wieder der Kolonne an. »Gottverdammte Weicheier. In diesem Kampf brauchen wir richtige Männer, nicht Warmduscher von der Luftwaffe!« Dann drehte er sich und kotzte ins Unkraut, während er zwischendurch immer wieder fluchte.

Muldoon schnaubte.

»Nicht nachgeben, Colonel.«

Drei Soldaten in MOPP Ausrüstung näherten sich, bewegten sich vorsichtig von der Straße aus auf sie zu. Es war die Mannschaft des Humvees, den Rawlings zuvor zu erreichen versucht hatte.

»Hey, ist das Kung Fu Charlie?«, fragte einer von Muldoons Leuten.

»Ja«, sagte Muldoon. »Was bedeutet, dass einer dieser Typen wahrscheinlich der Executive Officer ist.«

»Walker ist hier draußen?«, fragte ein weiterer. »Ich bin beeindruckt.«

Die drei Soldaten hielten plötzlich an, Waffen im Anschlag. »Ist jemand von euch infiziert?«, rief einer von ihnen.

»Sicher sind wir das«, rief Muldoon als Antwort. »Rawlings hat uns alle mit Tripper angesteckt.«

»Wir sind nicht infiziert!«, schrie Rawlings. Sie wandte sich an Muldoon und starrte zu ihm hoch. »Das war vollkommen unklug, Arschloch.«

Muldoon lächelte zurück. »Das ist meine Art. Komm damit klar.«

Die drei Soldaten wählten ihren Weg zu ihnen sorgfältig. Sie gingen langsam und Rawlings sah, dass einer von ihnen in der Tat Major Walker war, der Executive Officer des Bataillons. Walker sah sich in dem Gebiet um. Der Bigfoot brannte immer noch und stieß übelriechende schwarze Rauchwolken aus. Darüber hinaus trug die Brise den süßlichen Geruch von verbranntem Fleisch herüber, da die Leichen hinten im Truck vollkommen verkohlt worden waren. Auf der Straße fuhr ein weiterer Humvee rückwärts den Highway hinunter und kam vor dem Ersten zum Stehen. Das Fahrzeug war mit einer geschlossenen Kuppel ausgestattet, in der ein Maschinengewehr M2 untergebracht war. Vier Soldaten traten heraus.

»Wie viele Verletzte haben Sie?«, rief Walker durch seine Maske. Muldoon sah sich um. Überall lagen Leichen. »Nicht viele, glaube ich.«

Ein Soldat trug die Streifen eines Master Sergeants an seiner Uniform. Er trat nach vorne und starrte direkt in Muldoons Gesicht. »Warum ziehst du nicht den Daumen aus deinem Arsch und zählst nach, Muldoon?«

Muldoon starrte scheinbar ungerührt vom Auftreten des vorgesetzten Unteroffiziers zurück. »Hattest du eine schöne Zeit, als du dich hinter dem Humvee versteckt hast, Zhu?«

»Was sagst du?«

»Ich sagte, dass Schwuchteln ihr Gehör früh verlieren«, sagte Muldoon lauter.

»Muldoon!«

Ein kleinerer Mann mit breiten Schultern ging direkt auf Muldoon zu. Er trug keine MOPP Klamotten und sein Gesicht war scharfkantig. Seine Augen stierten, als er seinen Blick auf Muldoon richtete und seine Haltung sagte Rawlings, dass der Neuankömmling knallhart war. Die anderen Soldaten traten für ihn beiseite, sogar Major Walker. Während alle anderen in der Hitze und Luftfeuchtigkeit schwitzten, war das Gesicht des Mannes nicht ein bisschen verschwitzt, als ob die Hitze ihn nicht berührte.

»Nun, wenn das nicht Sergeant Major Turner ist«, sagte Muldoon. »Bist du hinter deinem Schreibtisch hervorgekommen, um einen Abstecher ins Abenteuer zu machen, hä?«

»Master Sergeant Zhu hat dir einen Hinweis gegeben. Also solltest du wissen, was du jetzt zu tun hast«, entgegnete Turner. Seine Stimme war kaum mehr als ein raues Knurren. Er ging zu Muldoon und blieb nur Zentimeter vor ihm stehen. »Du tust es aber nicht. Warum zur Hölle ist das so? Das ist keine gottverdammte Gewerkschaft der Kommunisten, das ist die United States Army. Kümmere dich um deine Truppen, oder meine Stiefel haben eine Verabredung mit deinem Arsch!«

»Drohst du mir, Sergeant Major?«, fragte Muldoon und klang überhaupt nicht eingeschüchtert.

Turner beugte sich noch etwas vor, bis er fast in Kussreichweite war. »Junge, die Tatsache, dass du nicht nach Verwundeten schaust, sagt mir, dass du eine Scheißausrede von einem Soldaten bist. Du bist Hühnerscheiße, Muldoon. *Hühnerscheiße.*«

Muldoon mochte das nicht und sein Gesicht verdüsterte sich vor Wut. »Du hast gerade einen Fehler gemacht, Segeant Major …«

»Setz zum Schlag an«, entgegnete Turner und bewegte keinen Muskel. »Trau dich, Liebling. Setz zum Schlag an und wir werden sehen …«

»Hören Sie auf!«, rief Walker. Er trat vor und legte eine Hand auf Muldoons dicken Arm. »Sergeant Muldoon, treten Sie zurück und fangen Sie an, nach Verwundeten zu suchen! Wir müssen wieder zurück auf die Straße. Sergeant Major, haben wir ein Beförderungsmittel, das den Rest der Soldaten holt?«

Für einen langen Moment reagierten weder Muldoon noch Turner. Sie sahen sich nur unheilvoll an. Die Feindseligkeit der beiden Männer war fast greifbar und Rawlings fragte sich, warum ein E-5 wie Muldoon sich mit einem Sergeant Major anlegte, der das Bataillon kommandierte. Während ihrer Zeit in der Garde hatte sie so etwas noch nie gesehen. Ein Soldat trat einem vorgesetzten Unteroffizier nicht so auf die Füße und erwartete, das Scharmützel zu überleben.

»Schwing deinen Arsch hier weg, Muldoon«, sagte Turner schließlich, »oder fang an, dich wie ein Soldat zu benehmen. Deine Entscheidung.«

Muldoon blieb noch einen Moment auf Position. Dann griff er plötzlich nach oben und strich sich über das Kinn. Turner wich nicht mal einen Millimeter zurück, trotz der Tatsache, dass Muldoon es so *aussehen* ließ, als würde er gleich zuschlagen. Walker reagierte, indem er wieder nach Muldoons Arm griff, aber im letzten Moment überlegte er es sich anders.

»Lasst es uns anpacken«, sagte Muldoon zu den Soldaten hinter ihm. »Nutter, bist du fertig mit kotzen?«

»Ich bin gerade dazu übergegangen, meine Hose vollzuscheißen«, sagte Nutter mit weit aufgerissenen Augen.

»Das kannst du später tun. Lasst uns nachsehen, ob wir noch ein paar Überlebende finden.«

»Tolle Idee«, sagte Turner. Er wandte sich dem Master Sergeant zu. »Zhu, geh mit ihm. Der Rest von euch sichert das Gebiet. Wir müssen wieder zurück auf die Straße.« Er sah kurz zu Rawlings hinüber. »Du weißt, wie man diese Waffe benutzt, Mädchen?«

»Ja, Sergeant Major«, sagte sie. »Das tue ich ganz sicher.«

Worcester, Massachusetts, war eine Universitätsstadt und unter anderem die Heimat des Worcester Polytechnic Institute, der Clark University, der University of Massachusetts Medical School und des Assumption College. Mit einer Bevölkerung von knapp zweihunderttausend war die Stadt die zweitgrößte in ganz New England, direkt nach Boston. Das ländliche Gebiet diente als letzte Station, bevor ein Reisender die westlichen Vororte des Großraums Boston betrat. Darüber hinaus war es für sein Kunstvermächtnis, für liberale Politik und die vorstädtische Lebensart berühmt. Und hier gab es einen ziemlich bekannten Regionalflughafen.

Wie so viele Orte in New England war Worcester gerade dabei, zu Tode geprügelt zu werden. Die kleine Skyline der Stadt war bereits verdunkelt und durch Feuer zerstört, die unkontrolliert brannten. Die gelegentlich aufheulenden Sirenen vermischten sich mit ständigen Schusssalven. Schwelende Wohnblöcke umgaben das Stadtzentrum. Aus den Ruinen stiegen grauschwarze Rauchsäulen auf. Auf der östlichen Seite der Stadt brannte der Wald, der das Worcester State Hospital umgab, und erzeugte eine schmutzige Rauchwolke, die wie ein hauchdünner Schleier über dem Flughafen hing. Der Flughafen war für das Bataillon und die angeschlossenen Einheiten ein strategisch wichtiger Punkt. Man hatte ihn für den gesamten Luftverkehr gesperrt, geschäftlich und auch privat. Allerdings waren noch ein paar Dutzend Menschen auf dem Gelände. Entweder waren sie auf der Durchreise gefangen, während ihr Flugzeug am Boden stand oder sie hatten einfach nach einem gewissen Maß an Sicherheit gesucht. Auf dem Flugvorfeld stand ein einzelner JetBlue Airbus A319 vor einem der beiden aktiven Jetports, die bis vor kurzem noch im Einsatz gewesen waren. Fast alle Fluggeräte waren verschwunden und die einzigen Flugzeuge, die übrig blieben, waren eine alte, ramponierte Cessna 172 und eine glänzende Beechcraft Baron. Die beiden Flugzeuge parkten direkt nebeneinander. Dadurch war der Großteil des Flugvorfelds für die Kavallerie-Einheit verfügbar und sich konnten sich zwischen den vier UH-60M Black Hawks aufrüsten, die sie unterstützten.

First Lieutenant Carl Dekker hatte die vier minengeschützten Patrouillenfahrzeuge der Kavallerie-Einheit – MRAPs – im Gebiet des Flugvorfelds in einer Schutzformation angeordnet, ihre .50 Kaliber Maschinengewehre waren nach außen gerichtet. Darüber hinaus hatten sie die Schneepflüge des Flughafens in eine Formation gebracht, um den Fahrzeugverkehr zu kanalisieren, der auf den Montagebereich und in eine schmale Todeszone zusteuerte.

Dekker hatte einen kleinen Bonus, auf den er zurückgreifen konnte. Obwohl sein Kommando vom Rest des Bataillons freigestellt war, hatte man ihm elf Piloten und Unteroffiziere vom Hanscom Luftwaffenstützpunkt vermacht. Diese Männer stellten den Rest von Hanscoms International Security Response Team dar, der Einheit, die für die Sicherheit der Basis sorgte und auf alle physischen Bedrohungen reagierte. Dekker und seine Truppen waren in dieser Sache ziemlich gut, aber er musste widerwillig zugeben, dass das ISRT besser war. Aus diesem Grund hatte er sie zwischen dem Kavallerie-Platoon und dem Passagierterminal platziert, wo ein Angriff am Wahrscheinlichsten war. Das Einzige, was die Menschen da drin davon abhielt nach draußen auf das Rollfeld zu gehen, waren die verschlossenen Türen. Während das als Abschreckung für Familien genügte, die hier gestrandet aber nicht infiziert waren, wäre diese Abschreckung schnell zum Scheitern verurteilt, wenn die Krankheit sich festsetzte und ein Haufen Klowns entstünden. Also war es an dem ISRT, die Kobolde in Schach zu halten, bis das Kavallerie-Platoon nachrückte. Dekker und seine Männer blieben von Kontakt mit den Klowns ziemlich verschont, aber sie alle wussten, wozu die Infizierten in der Lage waren. Die Menschen, die sie einst waren, existierten nicht mehr. Durchgeknallte, heulende Dämonen steckten in ihrer Haut. Dämonen, die nichts anderes wollten, als die Infektion zu verbreiten oder – was noch wahrscheinlicher war – den Menschen die Haut von den Knochen zu ziehen und auf ihre inneren Organe zu pissen.

Dekker würde einfach mit einem minengeschützten, leichtgepanzerten Landfahrzeug (kurz: MRAP) über sie drüberfahren. Aber es war Teil von Dekkers Job, die UH-60 Black Hawks zu beschützen. Dadurch war der taktische Transport des Bataillons sichergestellt, sowie logistische Versorgungsoperationen. Als Wizard Sechs die Kavallerie-Einheit von ihrer normalen, bewaffneten Aufklärungsmission abgeschnitten hatte und sie den Flughafen sichern ließ, musste er den Truppen des Nomad Platoons die Verantwortung einiger sehr strategischer Vermögenswerte übertragen. Normalerweise wäre das kein harter Einsatz gewesen. Die Hubschrauber würden in gesicherten Hallen untergebracht und nur herausgeholt werden, wenn sie eine Mission hatten, aber die Hangars des Worcester Regional Airport waren nicht dafür gebaut, einem gezielten Angriff standhalten zu können. Eine zweite Möglichkeit wäre gewesen, dass man die Hubschrauber hinter Sandsäcken und HESCO-Containern versteckte, die sie vor indirektem Feuer schützten und so mehr oder weniger aus der Gefahrenzone hielten. Doch das Einzige, was ihnen zur Verfügung stand, waren mehrere mit Wasser gefüllte Jersey-Absperrungen aus Plastik. Die farbenfrohen Hindernisse waren kaum kugelsicher und vielleicht gerade hoch genug, um einen rasenden Dachshund in Schach zu halten, aber jedes Element wog über fünfhundert Kilogramm. Das bedeutete, sie könnten die Hubschrauber vor Angriffen durch Fahrzeuge schützen und den Black Hawk Piloten wiederum genug Zeit verschaffen, um möglichst schnell aus der Gefahrenzone zu verschwinden. Die Jungs von der Air Force hatten Gabelstapler benutzt, um die Absperrungen in Position zu bringen und hatten sie sogar ein bisschen schräg hingestellt, um im Falle eines Angriffs einen weiteren Engpass zu erzeugen. Die Luftfahrtbesatzungen ihrerseits halfen nun dem Rest der Kavallerie-Mannschaft, um alles abzusichern. Sie waren zwar nicht so versiert in der geheimnisvollen Kunst des Bodenkampfs wie die

Kavallerie, aber sie hatten zumindest die Grundausbildung gemacht und wussten, welches Ende eines Sturmgewehrs sie auf den Feind richten mussten. Jeder Helikopter hatte eine Crew, die aus vier Personen bestand: zwei Piloten, einen Funker und einen Schützen. Das gab Dekker genügend taktische Grundlage, um sich etwas Luft zu verschaffen, auch wenn es zu viele Soldaten waren, um sie im Falle eines hastigen Rückzugs alle in die MRAPs zu stecken. Deshalb würden auch einige Schneepflüge mitfahren. Mit ihren großen Schaufeln würden sie ziemlich unaufhaltsam sein, zumindest frontal.

Ein weiterer Vorteil war, dass die Black Hawks eine bessere Kommunikationsausrüstung besaßen. Der Funk der Kavallerie war so weit vom Bataillon entfernt ziemlich nutzlos, aber die Flieger blieben in Kontakt mit den anderen Lufteinheiten. Diese Verbindung hielt jeden, der in Worcester eine Uniform trug, zumindest marginal über aktuelle Ereignisse auf dem Laufenden. Sie wussten, dass der Konvoi des Bataillons bereits zwei Mal angegriffen worden war, und sie wussten, dass die Scouts reinkamen, um aufzutanken. Der Flughafen hatte immer noch Energie und genügend Flugzeugbenzin. Sie hatten die Black Hawks aufgetankt und dann ihre vier fünfhundert-Gallonen-Blasen gefüllt. Zweitausend Gallonen Treibstoff klangen viel für Dekker, aber der verantwortliche Captain hatte ihm mitgeteilt, dass jeder Helikopter eine Kraftstoffkapazität von 360 Gallonen besaß und die Apaches in weniger als drei Stunden 375 Gallonen schlucken konnten. Plötzlich schienen die Blasen kein großes Plus mehr zu sein.

Als der erste kleine Kiowa Warrior hereinkam, beobachteten Dekker und der Rest des Kavallerie-Platoons genau, was passierte. Der Teamchef der Black Hawks erledigte den Tankvorgang. Es dauerte fast zwanzig Minuten, bis die beiden Scout-Helikopter fertig betankt waren. Dadurch hatte die Mannschaft der Kiowa Warrior Zeit, um in einem nahegelegenen Hangar auf der Toilette ihre eigene Entladungsmission durchzuführen.

Dekker schaute durch die Fenster des Passagierterminals. Die Menschen dort drinnen beobachteten erleichtert, wie die Helikopter kamen und gingen. Offensichtlich dachten sie, dass das Erscheinen kleiner Kampfhubschrauber bedeutete, dass die Army anrückte – und zwar in voller Stärke. Dekker zog in Betracht, ihnen zu sagen, dass sie falsch lagen und dass die Army – oder das, was als solche angesehen wurde – sich tatsächlich rasch zurückzog, und wenn sie schlau wären, würden sie dasselbe tun. Er verzichtete natürlich darauf. Er wollte nicht, dass jemand aus seinem Kommandobereich mit den Zivilisten in Kontakt trat. Er wusste nicht, ob irgendjemand von ihnen infiziert war. Auch wenn die Klowns verrückt waren, sie waren ebenso schlau.

»Hey Nomad, hier ist Catfish. Over.«

Catfish war der verantwortliche Captain der Black Hawks.

»Catfish, hier ist Nomad. Wir hören. Over.«

»Nomad, Catfish. Ich habe gerade ein Lebenszeichen vom Bataillon bekommen. Rote Luft kommt rein. Vier UH-1 Irokesen-Helikopter der Garde. Over.«

Dekker war ein wenig mulmig zumute. Die Bezeichnung ›rote Luft‹ bedeutete feindliche Fluggeräte, und diese waren der schlimmste Albtraum eines Bodenkämpfers.

»Äh, verstanden Catfish. Wenn sie von der Garde sind, haben sie vielleicht dieselbe Idee wie wir. Hereinschneien und auffüllen. Over.«

»Negativ, Nomad. Eine weitere Huey-Staffel hat die Kolonne angegriffen. Over.«

Oh, fuck. »Verstanden, Catfish. Bleiben Sie auf Empfang. Sniper, hier ist Nomad. Over.«

»Sniper hört. Over«, antwortete der vorgesetzte Unteroffizier des ISRT der Air Force. Dekker konnte sehen, wie sich der Mann dreißig oder mehr Meter entfernt positionierte. Die Waffe war auf den Ausgang gerichtet, der dem Passagierterminal am Nächsten war, aber wenn es nötig war, konnte er sie auch so drehen, dass sie die Hälfte des Flugfelds abdeckte.

»Sniper, Nomad. Rote Luft kommt rein. Mach dich bereit für den Kontakt. Over.«

»Verstanden, Nomad. Was geht hier vor? Over.«

»Bleib auf Empfang, Sniper. Warte einen Moment. Catfish, hier ist Nomad. Over.«

»Nomad, Catfish hört. Over.«

»Catfish, Nomad. Irgendwelche Befehle vom Bataillon? Over.«

»Nomad, wir haben nachgefragt. Es wird eine Weile dauern, bis Wizards Anweisungen an uns weitergeleitet werden. Unsere Jungs sind im Moment ziemlich beschäftigt. Bleiben Sie dran. Over.« Das Funkgerät verstummte.

In der Ferne wurden Schüsse abgegeben und ein dröhnender Motor näherte sich. Dann verstummte er allmählich. Dekker begutachtete den Begrenzungszaun, entdeckte aber nichts – keine Bewegung. Niemand versuchte herüberzuklettern, nicht einmal ein Hund pinkelte.

»Nomad, hier ist Catfish. Bericht von der Scout-Staffel, die gerade aufgetankt hat. Bei der roten Luft handelt es sich um vier UH-1 Victor Hueys mit Truppen und Waffen, die sich an Außenaufhängungen befanden. Acht Kilometer entfernt. Sie kommen aus östlicher Richtung, strahlenförmige Formation Null-Acht-Null. Sie nähern sich mit hundert Knoten. Kontakt in ungefähr zwei Minuten. Immer noch kein Bericht von Wizard oder Tomcat. Es dauert keine fünf Minuten, dann kommen noch zwei weitere Scouts rein. In ungefähr sieben Minuten kommen zwei Apaches. Over.«

»Ah, verstanden Catfish. Sind Ihre Vögel bereit zum Abflug? Over.« Dekker wusste, dass die vier UH-60 bereits startklar gemacht worden waren. Er dachte, dass zwei Minuten wohl zu kurz waren, aber es gab nichts, was man dagegen hätte tun können.

»Roger, Nomad. Die Hubschrauber sind bereit. Over.«

»Catfish, schaffen Sie Ihre Truppen da raus. Wir müssen sicherstellen, dass die Fluggeräte in Sicherheit sind. Over.«

»Nomad, hier ist Catfish. Wir haben noch keine Anweisungen von Wizard bekommen. Over.«

»Verstanden, Catfish. Das ist meine Entscheidung. Retten Sie die Vögel. Over.«

Kaum hatte er den Befehl erteilt, da hörte er, wie ein Turbinentriebwerk gestartet wurde.

»Nomad, hier ist Catfish. Wir werden unser Bestes geben und vor Ort bleiben. Wir werden mit Sperrfeuer unterstützen.«

Eine weitere Turbine erwachte heulend zum Leben.

»Verstanden, Catfish. Zögern Sie nicht und lassen die Checks einfach weg. Wir werden es niemandem sagen. Over.«

»Sie sind unser Mann, Nomad.«

Ein weiterer Black Hawk drehte auf. Dekker warf erneut einen Blick auf das Passagierterminal. Mehrere Menschen standen hinter der Glasscheibe – ungepflegte, unrasierte Männer in Cargo-Short und T-Shirts, Frauen in zerknitterten Sommerkleidern hielten Einkaufstaschen und Taschenbücher mit Eselsohren, Kinder mit Spielzeug oder Comic-Heften. Die Kinder sahen zu den Helikoptern und der Anblick der Soldaten erhellte ihre Gesichter. Für sie war das Ganze ein Spaß. Die Erwachsenen sahen weniger begeistert aus. Sie bemerkten, dass die Army sich zurückzog.

Dekker wollte ihnen helfen, aber es gab nichts, was er tun konnte. Er hatte weniger als fünfundzwanzig Mann zur Verfügung und wusste nicht, wie viele Personen ein Huey tragen konnte, aber er vermutete, so viele wie ein Black Hawk. Da bedeutete, dass seine Truppe bald mit luftbeweglichen Klowns in Kontakt sein würde, die zahlenmäßig überlegen waren.

Sein Platoon hatte seine Befehle. Sie sollten den Flughafen sichern und das Flugbenzin verteidigen, und das war es, was sie tun würden, bis Wizard einen neuen Befehl erteilte. Dekker war nur ein First Lieutenant, aber der große, junge Offizier aus Texas war nicht dumm. Er würde nicht versuchen, die Kontrolle über einen verlorenen Posten zu bewahren, aber er würde seine Soldaten so manövrieren, dass sie so viele Klowns wie möglich töteten, bevor er seine Position verließ und sich davonmachte.

Und er könnte in der Lage sein, den Zivilisten, die ihn beobachteten, ein bisschen mehr Zeit zu verschaffen.

Drossel weit geöffnet. Motordrehmoment und Temperaturanzeige tief im roten Bereich. Die Rotorlager schrien unter der Last. Dem Helikopter blieben nur wenige Minuten, bis der Motor sich abschaltete. So viel Gelächter!

Sie flogen durch Rauchwolken. Unter ihnen brannte die Innenstadt von Worcester. Die Straßen der Stadt waren voller wunderschön ausgeweideter Körper, Bergen aus Glasscherben, zerstörten Fahrzeugen und Schutt. Die Bürogebäude der Stadt sahen aus wie gehäutete Monster. Der Rauch lichtete sich und man konnte den Flughafen sehen. Der VOR war noch aktiv und führte die vier Hueys zu sich. Sie waren wie Bluthunde, die eine Fährte verfolgten. Der Flughafen sah tadellos aus. Unberührt.

Das würde sich ändern.

Ein weiterer Hubschrauber erschien, stieg hinter dem Terminalgebäude des Flughafens auf – ein Black Hawk. Für einen Moment schwebte er in der Luft. Dann flog er davon. Zwei weitere erhoben sich in die Lüfte, schwebten einen Moment lang und wandten sich dann von den ankommenden Hubschraubern ab.

Alle lachten.

Es war Zeit für etwas Spaß.

Zeit zu töten.

»Wizard, hier ist Tomcat Sechs. Over.«

Lee griff zum Hörer des Funkgeräts. Sie hatten Boston hinter sich gelassen. Der Verkehr auf dem State Highway wurde lichter und die Kolonne kam gut voran. Sie hatten die Gefechte mit den Klowns überlebt, wenn sie auch dafür bezahlen mussten. Er hatte Kontakt mit Sergeant Major Turner aufgenommen, der die Rettungsaktion hinter ihnen beaufsichtigte. Turner hatte ihnen den Executive Officer und sein Team hinterhergeschickt. Die Männer berichteten, dass sie durch den Huey-Angriff achtzehn Gefallene und zwei Verwundete zu verzeichnen hatten. Lee nahm sich vor, dem Unteroffizier des Bataillons ein paar Bier zu spendieren, wenn sie endlich wieder in Fort Drum waren. Es war dem Sergeant Major zu verdanken, dass die beiden Hueys, die an den Apaches vorbeigekommen waren, zerstört wurden, bevor sie den Lightfightern noch tiefere Wunden zufügen konnten.

»Tomcat, hier ist Wizard Sechs. Over.«

»Wizard, Tomcat. Wir haben Hinweise darauf, dass weitere Hueys in der Luft sind. Sie nähern sich dem Flughafen und eine Scout-Einheit berichtet, dass sich Kampftruppen in ihnen befinden. Over.«

Oh, Scheiße.

Die Kavallerie-Einheit war in Worcester, um sich um die Treibstoffversorgung zu kümmern, damit die Hubschrauber hinein- und wieder hinausfliegen konnten, um aufzutanken und sich bei Bedarf wieder zu bewaffnen. Für das weitere Überleben des Bataillons war es ein kritisches Erfolgsmoment, den Flughafen zu halten, denn es bedeutete, dass der Konvoi weiterfahren konnte, ohne die Tanklaster aus der Formation zu ziehen, damit sie den Durst der Hubschrauber stillen konnten. Der Verlust des Flughafens würde die Luftunterstützung des Bataillons gefährden.

»Verstanden Tomcat. Irgendeine Einschätzung, wann sie dort ankommen werden? Over.«

»Wizard, Tomcat. Sie werden in weniger als vier Minuten da sein. Wir sollten ihnen Unterstützung schicken. Over.«

»Tomcat, hier ist Wizard. Wie viele Kampfhubschraubereinheiten werden Sie benötigen? Over.«

»Wir haben jetzt zwei, aber sie haben nur noch wenig Treibstoff – sie werden nicht mehr lange auf Position bleiben können. Etwa drei Kilometer die Straße runter ist ein Hotel. Wenn Sie einen der Tankwagen abziehen könnten, dann könnten wir den Parkplatz nutzen, um zwei weitere Vögel aufzutanken und sie rauszuschicken, um den Flughafen zu säubern. Wir haben immer noch genügend Kräfte, um der Kolonne Luftunterstützung zu geben. Over.«

Lee zog das einen Moment lang in Betracht, als er die Karten vor sich begutachtete. Er hatte kein Problem damit, einige Apaches von der Kolonne abzuziehen, damit die Kavallerie Luftunterstützung bekam, aber es behagte ihm nicht, den Konvoi weiter zu zerstückeln. Sie hatten bereits einige Verluste zu verzeichnen und die nächste Phasenlinie war noch einige Kilometer entfernt. Den gesamten Konvoi zu stoppen war indiskutabel, aber er musste ein Element zur Absicherung beim Tankwagen und den Helikoptern lassen, um die Klowns von ihnen fernzuhalten. Die Tatsache, dass Fleischers gewählte Landezone ein Hotel war, machte die Sache etwas komplizierter. Das Gebäude könnte möglicherweise Dutzende von Klowns beherbergen – und wenn nicht, könnten sich Dutzende Zivilisten darin befinden, die Hilfe benötigten. So sehr er sich auch bemühte, so fiel es Harry Lee doch zunehmend schwerer, Bürgern in Not den Rücken zu kehren. Nach Drum zu gelangen hatte Priorität, aber die Nation aufzugeben, war nicht Teil seines Masterplans.

»Tomcat, hier ist Wizard. Wie lange werden Sie brauchen? Over.«

»Wizard, hier ist Tomcat. Wir werden zehn Minuten brauchen, um mit laufendem Triebwerk aufzutanken und dann zehn Minuten, um loszufliegen. Over.«

»Verstanden, Tomcat. Schicken Sie einige Jungs vor, um die Landezone zu sichern, und ich werde mit einem Truck voller Lightfighter folgen. Sobald die Landezone gesichert ist, werde ich den Tankwagen schicken. Over.«

»Wizard, hier ist Tomcat. Alles verstanden.«

Eine Stimme knisterte in Dekkers Funkheadset.

»Sechs, hier ist Eins. Hueys kommen rein, Gänsemarschformation. Ich kann sie über dem Terminalgebäude sehen. Over.«

Dekker hörte das charakteristische Getöse der Hueys über dem surrenden Grollen des letzten Black Hawks, als dieser abhob. Er wandte sich dem Abfertigungsgebäude zu, aber er konnte nichts sehen. Nomad Eins war die taktische Bezeichnung für das minengeschützte, leichtgepanzerte Landfahrzeug (kurz: MRAP) am Eingang des Gebäudes und der Schütze hatte die Anhöhe auf seiner Seite. Seine Sichtlinie war der von Dekker überlegen.

»Können Sie sie treffen, Eins? Over.«

»Ich kann es versuchen, Six. Over.«

»Dann schießen Sie! Wirkungsfeuer!«, schrie Dekker, während er zum MRAP rannte. Die Jungs von der Air Force kauerten sich hin und machten sich gefechtsbereit.

Obwohl die Black Hawks nicht mit schweren Waffen ausgerüstet waren, so hatte jeder Helikopter zwei M240 Maschinengewehre auf einer Zapfenbefestigung, eins auf jeder Seite.

Dekker und der Luftfahrtkommandant stimmten darin überein, dass die UH-60 nicht als Angriffsplattformen benutzt werden sollten, aber sie konnten falls nötig sicherlich Feuerschutz geben, genau wie das Luftüberwachungssystem.

Es würde nicht besonders schwer sein, die Hueys zu meiden, da die Black Hawks einen Geschwindigkeitsvorteil hatten. Dekker war dankbar, dass die Helikopter in der Nähe blieben. Er war sicher, Nomad könnte ihre Hilfe gebrauchen.

Als die Formation der Hueys näher an den Flughafen herankam, bockte der führende Helikopter leicht. PENG! Der Motor wurde zunehmend leiser. Eine Warnleuchte ging an. Der Copilot lachte und zog den Kolben des Feuerlöschers, während die N1 runterging. Die Warnleuchte erlosch, aber der Motor reagierte nicht. Dem Piloten ging das Benzin aus, während die Windschutzscheibe auf der linken Seite des Cockpits sich für einen Moment nach innen verzog und dann zerbrach. Etwas traf den Copiloten am Hals und trennte seinen Kopf ab. Eine scharlachrote Fontäne spritzte über das Gepäckfach, während der Mann ausblutete. Der Pilot kicherte, als warme, blutrote Tropfen gegen ihn spritzten. Man hatte den Copiloten erschossen und feuerte immer noch auf den Huey, während dieser die anderen zum Flugplatz vor ihnen führte. Es war alles lustig wie sonst was. Der Tod war zum Schreien.

Die Schubkraft fiel aus und der Huey hatte nicht mehr viel Zeit in der Luft. Die Rotordrehzahl sank bis auf 260 Umdrehungen die Minuten ab. Der Pilot drückte den Steuerknüppel nach vorne und die Nase des Choppers senkte sich. Er leitete einen flachen Sturzflug ein und benutzte die Fluggeschwindigkeit, damit sich die Hauptrotoren weiterdrehten. Der Helikopter würde es nicht zum Flugplatz schaffen, aber er konnte definitiv den Parkplatz vor dem Terminalgebäude erreichen.

Während der Huey herabstieß und sich der Pilot auf die Autorotation vorbereitete, erregte eine Bewegung im Terminalgebäude seine Aufmerksamkeit. Zivilisten tauchten aus dem Gebäude auf und beobachteten, wie sich die Helikopter näherten. Selbst aus der Entfernung konnte der Pilot ihre Gesichter sehen. Sie waren alle der sich nähernden Flugformation zugewandt. Warteten darauf, gerettet zu werden.

Der Pilot lachte so sehr, dass er es fast vermasselte. Der UH-1 landete krachend und schob mit den Landekufen mehrere Meter über den größtenteils leeren Parkplatz, bevor sie zum Stehen kamen.

Das würde lustig werden.

»Sechs, Nomad Eins. Der erste Huey ist unten! Der Rest der Formation löst sich auf. Over!«

»Verstanden, Eins. Feuert weiter. Jede Einheit soll selbstständig ihre Positionen nach taktischen Erfordernissen einnehmen. Over.«

Während er sprach, lief Dekker über das Pflaster. Er rannte zu dem Maschinengewehrnest der Air Force, das ihm am Nächsten war.

Er hörte das Hämmern der Hueys, die immer näher kamen. Ihre dicken Rotorblätter schnitten durch die heiße Sommerluft. Einer der Helikopter, der aussah wie eine Kaulquappe, donnert direkt über das Terminalgebäude. Er flog so tief, dass seine Kufen eine Antenne vom Dach rissen. Die Metallstange fiel auf die Fluggastbrücke. Dekker war auf freiem Feld überrascht worden. Er hob sein M4, schoss eine Salve auf Vollautomatik ab und entlud die Waffe genau in den Bauch des Huey, kurz bevor dieser zur Landung anzusetzen. Dekker stoppte und schoss eine Salve nach der anderen. Keine schien dem Helikopter oder dessen Piloten etwas auszumachen.

Dann wurde der Hubschrauber von .50 Kaliber beschossen und kippte nach links. Er fing sich, bevor die Rotoren auf den Boden schlugen, aber das Maschinengewehrfeuer der MRAPs war unerbittlich. Der Helikopter trudelte wie betrunken, während er sich weiter über den Flugplatz bewegte. Teile davon wurden weggerissen, als er sich unter der Wut des Angriffs auf und ab bewegte.

Im hinteren Teil des zappelnden Helikopters befanden sich uniformierte Männer. Sie versuchten, ihre Waffen auf die Bedrohung zu richten, aber sie scheiterten, als die .50 sie zusammen mit dem Helikopter zerkauten. Während der Huey zur Rollbahn abtrieb, kippte er endlich um und schlug mit klapperndem Gebrüll auf die Seite. Der Hauptteil wirbelte im Kreis herum, während die Rotoren auf den Beton droschen und sich damit selbst zerstörten. Der Heckausleger wurde abgetrennt und das Seitenleitwerk abgeschoren. Es flog durch die Luft. Die Überreste vom Heckrotor ergriffen ihre letzte Chance zu fliegen, bevor auch sie wieder zu Boden fielen. Sie hüpften über die Rollbahn und den Rasen, Opfer des restlichen Drehmoments.

Der Körper des Helikopters kam auf der linken Seite zum Stillstand. Die verstümmelten Landekufen zeigten auf Dekker. Er eröffnete wieder das Feuer und leerte das Magazin seines Gewehrs in den durchlöcherten Bauch des Helikopters. Von vorne und von hinten erklangen noch mehr Rotorschläge. Dekker hörte, wie die MRAPs ihr Feuer vom ersten Huey abzogen, um den anderen Bedrohungen zu begegnen. Er lief weiter zur Position der Air Force, warf das leere Magazin aus seinem Gewehr aus und ließ es auf den Beton klappern. Er zog ein frisches Magazin aus seiner Weste und setzte es in das Gewehr ein, tippte auf den Auslösebolzen und war wieder im Geschäft.

Direkt vor ihm erschien ein zweiter Huey. Dieser überwand das Terminalgebäude, ohne es zu berühren, und schwebte auf die andere Seite des geparkten Airbus. Der Bordschütze dort eröffnete das Feuer auf die Stellung der Air Force, während diese das Feuer erwiderte. Der Huey hatte den Vorteil der Höhe. Er beschoss die Air Force Position und zerstörte die Sandsäcke, die die zwei Piloten umgaben. Dadurch waren sie gezwungen, sich zu ducken und Deckung zu suchen.

Während Dekker rannte, feuerte er auf den Huey. Er hoffte, den Maschinengewehrschützen zu treffen, aber er war froh, überhaupt den Hubschrauber zu treffen. Der Huey kam herunter und ließ sich hinter dem Airbus nieder. Dekker verdoppelte seine Bemühungen, zu den Sandsäcken an der Geschützstellung zu kommen. Dann hechte er in sie hinein und erschreckte die zwei Piloten zu Tode, die gerade wieder zurück an ihre SAW gingen.

»Seid ihr Jungs in Ordnung?«, fragte Dekker.

»Alles gut, Lieutenant.« Das Gesicht des älteren Unteroffiziers war hager und er hatte schon ein paar graue Stoppeln in seinem

Bart. Er zog das M249, das auf ein Gewehrzweibein montiert war, gegen seine Schulter.

Der Ladeschütze lag neben ihm. Er hielt einen weiteren Kasten mit hundert 5,56-Millimeter-Patronen bereit.

»Sie kommen raus!«

Dekker blickte über die Mauer aus Sandsäcken und sah, wie sich mindestens zehn Personen geduckt und mit der Waffe im Anschlag auf den Airbus zubewegten. Sie alle trugen Kampfuniformen der Army – die Nationalgarde in voller Montur. Es wurde interessant.

Dann erschien der Huey erneut und stieg über dem Airbus in die Luft. Der Maschinengewehrschütze in dem rechten Höllenloch eröffnete wieder das Feuer und beharkte die Geschützstellung. Dekker zuckte zusammen, als eine Patrone in den Sandsack eindrang, gegen den er sich gelehnt hatte. Durch den Sucher konnte er den Schützen sehen, der vor Freude schrie, während er auf die Geschützstellung feuerte. Der Schütze der Air Force erwiderte das Feuer, aber er schoss nur eine Garbe in den Airbus.

Dekker schrie in das Mikrofon seines Headsets. »Nomad Eins, kommen Sie nach vorne und beharken diesen Huey! Unter dem Airbus sind welche ausgestiegen. Wir brauchen Sie hier bei uns!«

Dekker feuerte drei Patronen ab. Er wurde mit dem Anblick des Schützen belohnt, der in dem Höllenloch zusammensackte. Seine Hände fielen von den Griffen des M240, als sein Kopf nach vorne kippte. Die Piloten im Huey schienen es nicht zu bemerken. Sie hielten den schwebenden Helikopter an Ort und Stelle und kicherten hinter ihren Bedienelementen.

Über den schlagenden Rotoren hörte Dekker das Rumpeln eines Dieselmotors. Dann bellte eine .50 Kaliber. Der Cockpitbereich des UH-1 wurde von einem Kugelhagel aus schweren Maschinengewehren getroffen. Der Hubschrauber rollte nach links und stürzte hinter dem Passagierflugzeug auf den Asphalt. Trümmer wirbelten durch die Luft, als die Maschine in Stücke gerissen wurde. Schrapnelle drangen durch einige der großen

Terminalfenster. Dicke Spiegelglasscherben regneten auf die Fluggastbrücke nieder und spritzten über den Beton wie überdimensionale Diamanten, die im Sonnenlicht glänzten.

»Schießen Sie auf die am Boden!«, befahl Dekker.

Dekker befolgte seinen eigenen Befehl und feuerte in schneller Folge drei Schüsse auf die kichernden Klowns. Ein Infizierter kassierte einen Schuss ins Bein und brach zusammen. Zur Antwort rasten einige Kugeln auf die Geschützstellung zu und bohrten sich in die Sandsäcke.

Der SAW-Schütze eröffnete das Feuer und zwei weitere Klowns brachen zusammen. Sie wanden sich auf dem Rollfeld, während sie lachten und schrien. Dann kam Nomad Eins angerollt. Das .50 in der offenen Kuppel ratterte, als der Schütze seine Patronen in die Menge feuerte.

Das scherte die Klowns nicht. Sie stellten sich auf den MRAP ein, als dieser zum Stehen kam, und stürmten auf ihn los. Sie feuerten, während sie rannten. Zunächst war der Angriff unwirksam. Der MRAP war dazu entwickelt worden, kleineren Sprengkörpern zu widerstehen. Die Kugeln prallten an den Seiten des Fahrzeugs ab, ohne sichtbare Schäden zu verursachen. Dann griff sich der Schütze an den Hals und helles, arterielles Blut spritzte zwischen seinen Fingern hervor.

Zur gleichen Zeit donnerte der letzte Huey über ihre Köpfe hinweg. Dekker rief Nomad Eins eine Warnung zu, um ihm mitzuteilen, dass der Schütze in der Kuppel zusammengebrochen war, aber er konnte seine eigene Stimme kaum hören, da die Rotoren über der Geschützstellung so laut hämmerten. Dekker hob sein Gewehr und feuerte auf den Huey. Als der Helikopter vorbeiflog, fielen mehrere Objekte von ihm herab.

»Da kommt was!«, schrie Dekker und sprang auf die andere Seite des Maschinengewehrnests.

Der Ladeschütze sah auf, während der Schütze weiter darauf fixiert war, die Klown-Gardisten niederzumähen.

Wasserbomben stürzten an ihrer Position herab.

Dekker nahm einen Arm vor das Gesicht, schützte Augen und Mund, während die Gummigeschosse explodierten. Sie spritzten eine übelriechende Flüssigkeit – höchstwahrscheinlich eine Mischung aus Urin und Kot – über die beiden Piloten. Dekker drückte seinen Rücken gegen die Sandsäcke hinter ihm. Sein Herz hämmerte. Er wusste, dass die Krankheit unglaublich ansteckend war und dass sich die Erkrankung selbst fast sofort bemerkbar machte.

Außerhalb ihres Kreises erreichte das Geschützfeuer seinen Höhepunkt. Es wurde von Schreien des Entzückens unterbrochen. Etwas explodierte in der Nähe und die SAW war verstummt. In dem Getöse war ein fast schon eindringliches raschelndes Geräusch zu hören, wie ein Handgemenge. Ungeachtet dessen konnte Dekker nur an eine einzige Sache denken: *Bin ich infiziert?*

Nach wenigen Augenblicken nahm er seinen Arm herunter. Er war erleichtert, als er entdeckte, dass kein einziger Tropfen infizierter Pisse auf ihm gelandet war. Er war komplett trocken und es kam ihm nicht direkt etwas Humorvolles in den Sinn. Lachen stand nicht auf der aktuellen Tagesordnung.

Allerdings kicherte der Ladeschütze des Maschinengewehrs wie ein Schulmädchen. Sein Gesicht war blutbefleckt und seine rechte Hand badete förmlich in rotem Lebenssaft. Das Sonnenlicht schimmerte von der purpurgestreiften Klinge, die er hielt, während er sie dem Schützen in die Kehle rammte. Immer und immer wieder. Jeder Stoß erzeugte einen feinen Sprühnebel aus Blutstropfen, welche die Uniform und die Weste bespritzten. Der Schütze gurgelte und ertrank in seinem eigenen Blut. Seine Lippen waren mit rosa gefärbtem Schaum bedeckt. Ihre Blicke trafen sich. Er blickte Dekker an und dieser konnte sehen, dass der Unteroffizier bereits einen glücklicheren Ort besuchte.

Der Ladeschütze sah von seinem Werk auf und grinste verzückt.

»Ein bisschen viel Eigenbeschuss, El-Tee. Was meinst du?«

Dekker packte sein Gewehr. Der Ladeschütze stürzte auf ihn zu und schlug mit seinem Messer um sich. Die Klinge traf das obere Verschlussgehäuse des M4, rutschte nach oben und riss ein Stück des Zielsuchers ab, der an der Schiene der Waffe montiert war. Dann schoss sie an Dekkers Schulter vorbei. Die Klinge drang hinter ihm in einem der Sandsäcke ein. Dekker drehte sich zu dem Piloten. Angestrengt versuchte er, sein Gewehr zu befreien. Die Waffe war fest zwischen ihnen eingeklemmt. Der Pilot lachte. Dann atmete er ein und hustete eine Menge Schleim hoch. Offenbar bereitete er sich darauf vor, in Dekkers Gesicht zu spucken.

Dekker zog seine M9 Pistole aus dem Halfter und drückte dem Mann die Mündung gegen den Körper, genau an der Stelle, wo der Brustschutz hochgerutscht war und seinen Bauch entblößte. Er betätigte den Abzug drei Mal. Die Augen des Piloten weiteten sich, als die Kugeln seine Eingeweide und das Zwerchfell zerrissen. Dekkers Kopf schnellte nach vorne. Er schlug dem Piloten den Kevlarhelm ins Gesicht, bevor er den Mann von sich schob. Der Pilot hustete, während er beiseite rollte. Er gluckste, obwohl man ihm gerade in den Bauch geschossen hatte. Dekker feuerte noch zweimal und beide Kugeln durchschlugen die Unterseite des Kinns und landeten im Schädel des Piloten. Während er starb, stieß er einen gurgelnden Seufzer aus.

Dekker steckte die Pistole zurück ins Halfter und hob sein Gewehr auf. Er versuchte, so gut er konnte, nicht mit der Pisse und dem Blut in Kontakt zu kommen und machte eine schnelle Bestandsaufnahme des Gebiets. Die SAW lag auf der Seite und war ebenfalls mit Pisse und Blut bedeckt. Dekker wollte sie nicht berühren, zumal er seine MOPP Ausrüstung in dem MRAP gelassen hatte. Er steckte seinen Kopf über die Sandsäcke. Nomad Eins rollte weg und zog Rauch aus der vor kurzem geleerten Kuppel hinter sich her. Die Klown-Gardisten wuselten überall auf dem Fahrzeug herum und einer der wahnsinnigen Bastarde schleuderte etwas durch die offene Kuppel.

»*Feuer im Hintern!*«, schrie der Klown, als er zurücktrat.

Es gab eine gedämpfte Explosion im Inneren des MRAP und ein Geysir brach aus dem Fahrzeug aus – zerfetztes Papier, Isolierung, Plastik, Metall und Körperteile. Die Fenster wurden milchig-weiß. Eine dicke, schwarze Rauchsäule stieg aus dem brennenden Inneren in die Luft auf.

Die Klowns lachten alle und diejenigen, die oben auf dem Fahrzeug standen, stiegen schnell ab, als es zu brennen anfing. Die .50 Kaliber Patronen explodierten mit sporadischem Krachen.

Weitere Schüsse erklangen und Kugeln zischten durch die Terminalfenster, die Dekkers Position am Nächsten waren. Als ob er sich nicht schon genug Sorgen machen musste, erschien es, als ob sich ein neuer Angriffsweg eröffnen würde.

»Catfish, hier ist Nomad. Over.«

»Nomad, hier ist Catfish. Wir fangen an, uns Sorgen um Sie zu machen. Over.«

»Catfish, hier ist Nomad. Könnt ihr Jungs auf die Vorderseite des Flughafens umschwenken und mir sagen, was los ist? Im Terminalgebäude wird geschossen. Ich brauche einen Aufklärer. Es ist notwendig, näher heranzugehen. Over.«

»Verstanden, Nomad. Wir sind dabei. Ah, noch ein paar Dinge. Wir können beim ersten Huey, den Sie beschossen haben, Aktivität erkennen. Der Zweite ist ein Totalschaden, aber in dem Ersten ist immer noch jemand am Leben. Das Angriffsbataillon sendet Ihnen vier Einheiten. Zwei kommen in drei Minuten an, aber sie haben wenig Treibstoff. Zwei weitere werden in zehn Minuten mit vollen Tanks auf dem Posten sein. Es sieht auch so aus, als würde eine Ihrer Einheiten in Flammen stehen. Over.«

»Verstanden, Catfish. Wenn möglich, machen Sie die Bastarde fertig, die unseren MRAP gebraten haben. Break. Nomad-Einheiten, hier ist Nomad Sechs. Bündeln Sie das Feuer auf den letzten Huey. Holen Sie ihn so schnell es geht vom Himmel. Dann kümmern Sie sich um die Bodenkämpfer, auf die Sie stossen. Over.«

Alle Einheiten bestätigten das. Auf der anderen Seite des Flughafens teilten sich die Black Hawks in zwei Gruppen. Ein Paar flog auf das Terminalgebäude zu. Das Zweite raste über das Flugfeld und drehte sich so, dass es parallel zum rauchenden MRAP stand. Es hielt hundertfünfzig Meter Abstand von dem zerstörten Fahrzeug. Die Schützen eröffneten das Feuer und schossen auf die Klowns, als diese aus dem MRAP krochen. Die

Klowns wurden von 7,62-Millimeter-Projektilen niedergemäht. Einige Infizierte versuchten den brennenden MRAP als Deckung zu nutzen.

Dekker überlegte wieder, ob er die blutige SAW nehmen sollte, die neben ihm lag, aber entschied, dass das Risiko der Infektion zu groß war. Er erhob sich aus den Sandsäcken, fing an, mit seinem Gewehr auf die Klowns zu feuern, und traf sie von hinten, als sie versuchten, sich vor den Black Hawks zu verstecken. Zwei gingen zu Boden, bevor sie herausfanden, dass die Stellung mit den Sandsäcken nicht ausgelöscht worden war.

Die verbliebenen Klowns drängten auf Dekker zu, johlten und heulten. Scheinbar vergaßen sie die UH-60, die sich mitten auf dem Flugfeld herumtrieben. Dekker feuerte weiter von seiner festen Position, obwohl die Infizierten das Feuer auf die Geschützstellung eröffneten. Aber sie schossen, während sie sich bewegten, lachten die ganze Zeit schallend und zielten nicht wirklich genau.

Einer der Black Hawks kehrte plötzlich um. Er flog in die entgegengesetzte Richtung, um den Schützen in eine bessere Schussposition zu bringen. Der Soldat ließ tödliches Feuer auf die Klowns herabregnen und mähte sie nieder, sobald sie nicht mehr vom Rauch des MRAP umhüllt waren.

»Nomad, hier ist Catfish. Over.«

»Schieß los, Catfish.«

»Nomad, dieser erste Huey hat es geschafft, auf dem Parkplatz gegenüber vom Terminal zu landen. Mehrere infizierte Infanteristen gehen durch das Gebäude. Wir vermuten, dass sie die Zivilisten da drinnen für sich gewinnen. Erwartet jetzt jede Sekunde einen Angriff aus dieser Richtung. Over.«

Dekker sah besorgt zum Terminalgebäude. Dort wollte er nicht sein. Er betrachtete die SAW ein drittes Mal. Auch wenn er sie nicht berühren wollte, er konnte sie nicht zurücklassen, damit die Feinde sie in die Hände bekamen. Die Air Force hatte in der Geschützstellung immer noch viel Munition. Er durchwühlte die Leichen und vermied Körperflüssigkeiten, so gut es möglich war. Er klaute ihre Magazine und ein M4 – die Waffe war ziemlich makellos, verglichen mit seinem kampferprobten Gewehr – und griff auch ihre Erkennungsmarken. Immerhin waren sie die Kinder von jemandem.

Als Nächstes öffnete er die Ladeschiene der SAW und nahm die Pufferfeder heraus.

»Nomad, hier ist Sechs, ich komme rein. Wir haben Nomad Eins verloren und die erste SAW-Stellung. Alpha Zwei und Drei, seien Sie auf Bodenangriffe gefasst. Break. Catfish, hier ist Nomad. Können Sie mir eine voraussichtliche Ankunftszeit für die Luftunterstützung nennen? Over.« Dekker schaffte all das, während er über den Asphalt zu den mit Wasser gefüllten Absperrungen rannte, die den Tankbereich kennzeichneten. Das war nicht viel Deckung, aber die meisten seiner Truppen waren dort und er hatte eine bessere Chance, den bevorstehenden Kampf mit ihnen an seiner Seite zu überleben.

»Nomad, hier ist Catfish. Tomcat Vier und Fünf sind in weniger als einer Minute draußen. Ich stehe mit ihnen in Kontakt und ich habe ihnen diese Frequenz gegeben. Over.«

»Verstanden, Catfish.«

»Nomad, Catfish. Tut mir leid, Ihren Tag zu versauen, aber die Einheimischen haben den Lärm gehört und ein starkes Element ist zum Flughafen unterwegs. Wir schätzen, dass die gegnerische Streitmacht ungefähr drei- bis fünfhundert Mann stark und mit Bodenfahrzeugen ausgestattet ist. Over.«

Fantastisch. »Catfish, Nomad. Zeit bis zum Kontakt? Over.«

»Nomad, hier ist Catfish. Erwartet, dass sie in etwa fünf Minuten ankommen. Over.«

»Nomad, hier ist Tomcat Vier. Over.«

Die neue Stimme im Funknetz schien fast gelangweilt.

Als er sich über die erste Reihe der Absperrungen schwang – aufgrund des Gewichts seiner Ausrüstung kein leichtes Unterfangen – fragte sich Dekker, wie ein Schlachtflieger, dem der Treibstoff ausging, so gleichgültig gegenüber dem klingen konnte, was passierte. Mit einem dumpfen Geräusch landete Dekker auf der anderen Seite der Absperrung.

»Äh, Tomcat, hier ist Nomad. Ich höre. Over.«

»Nomad, Tomcat. Wir können die Jungs für Sie aufhalten, wenn Sie wollen. Sie sind ungefähr anderteinhalb Kilometer südlich vom Flughafen. Wir haben nicht mehr viel Treibstoff übrig und können deshalb nur ein paar Durchgänge mit Raketen machen, dann sind wir fertig. Wir müssen bei Ihnen auftanken. Over.«

»Alles verstanden, Tomcat. Es ist Ihre Entscheidung. Wir haben Kobolde hier auf dem Boden. So oder so werden wir eine Party feiern. Wenn Sie die Kolonne etwas zurückhalten, versuchen wir den Tankbereich sauber zu halten, aber wir können nichts versprechen. Ihr Jungs könntet genau wie der Rest von uns erwischt werden. Over.« Er kämpfte mit dem Gewicht seines Rucksacks. Dann ging Dekker auf die Knie. Seine Knieschützer kratzten über den Boden, als er mit der Waffe im Anschlag über die grellen Jersey-Absperrungen sah.

»Nomad, hier ist Tomcat Vier. Roger, wir werden die ankommende Kolonne in eine Schießerei verwickeln und sehen, wie sie das finden. In einer Minute bekommt ihr einen Lagebericht. Over.«

»Klingt gut, Tomcat. Danke. Over.«

Von links kamen zwei seiner Soldaten geduckt auf ihn zu. Ein abgehacktes Sperrfeuer erklang, als die .50 Kaliber Patronen in den Flammen losgingen, die den kaputten MRAP von Nomad Eins umhüllten. Hinter ihnen stimmten die anderen MRAP in die Kakophonie mit ein, in dem sie gelegentlich mit ihren M2 schossen.

»Lieutenant!«, schrie einer der Kavalleristen.

»Was gibt es?«

»Im Norden haben wir abgesessene Infanterie!«, berichtete der Soldat. »Sieht so aus, als hätte sie der letzte Huey direkt außerhalb des Zauns abgeladen! Hilbarger und Kent versuchen sie dort festzuhalten, aber es läuft nicht so gut!«

Dekker drehte sich um und blickte nach Norden, an dem Betankungsbereich vorbei, den die Truppen der Kavallerie gesichert hatten. Zwei große Anhänger verdeckten ihm größtenteils die Sicht, aber eine weitere Air Force Geschützstellung war in der Nähe des Zauns aufgebaut worden. Wenn die Klowns dort entlangkamen, würden sie einer weiteren SAW gegenüberstehen sowie einem MRAP, der ihr weniger als hundert Meter entfernt Rückhalt gab. Er konnte das *Pop-Pop-Pop* von abgefeuerten Sturmgewehren hören.

»Nomad Drei, haben Sie Hilbarger und Kent in Sichtweite? Over!« Nomad Drei wurde von einem Platoon Sergeant namens Heller geleitet.

»Sechs, hier ist Drei. Von dieser Position aus haben wir unregelmäßigen Kontakt zu ihnen. Over.«

»Drei, hier ist Sechs. Wenn Sie die Möglichkeit haben, drehen Sie sich um und geben ihnen etwas Sperrfeuer. In ein paar Minuten werden wir Luftunterstützung bekommen, aber nach ein paar Durchgängen werden sie auftanken müssen. Over.«

»Verstanden. Over.«

Weitere Schüsse waren aus dem Terminalgebäude zu hören. Dekker sah, wie Personen im Kontrollturm umherliefen, der sich direkt südlich vom Terminal befand. Er konnte nicht sagen, wer sie waren, aber er sah Gewehre. Kein gutes Zeichen. Er schrie den beiden Soldaten neben sich eine Warnung zu, und als sie aufschauten, explodierte das Glas des Kontrollturms. Das kam nicht von dem feindlichen Feuer, sondern von einem der Black Hawks, die am anderen Ende des Flughafens kreisten. Der Schütze war scharfsinnig genug gewesen, die Klowns auszuschalten, die wohl hofften, den Kavalleristen und Piloten unten zuvorzukommen.

»Catfish, vielen Dank für die Deckung«, gab Dekker über Funk durch.

»Nomad, danke uns später. Irgendetwas geht in diesem Terminalgebäude vor sich. Noch mehr schlechte Nachrichten: Wir sehen, dass kleine Gruppen in Richtung Flugfeld unterwegs sind. In Anbetracht ihres Körperschmucks gehören sie zur lustigen Seite. Over.«

»Catfish, sagen Sie mir eine Zahl. Over.«

»Nomad, etwa fünfzig bis sechzig. Over.«

Verdammt. »Verstanden, Catfish. Wie …«

Eine weitere Salve war vom Terminal zu hören. Dekker erblickte einen Soldaten, der sich mit ihm hinter die Absperrung gekauert hatten, und entdeckte einen Granatwerfer unter dem Lauf des M4, das der Typ in der Hand hielt.

»Hey Ramirez. Wenn sie sich sammeln, um anzugreifen, dann schicken Sie ihnen ein paar Granaten.«

»Verstanden, El-Tee«, erwiderte der Soldat.

Plötzlich wurde nicht mehr geschossen. Einige Sekunden lang herrschte Stille. Diese wurde nur durch das ständige Pochen des fliegenden Helikopters unterbrochen. Dekker bemerkte, dass er das Hämmern des verbliebenen Hueys nicht hörte. Er nahm an, dass dieser entweder abgeschossen worden war oder sich aus dem Gefechtsbereich zurückgezogen hatte.

»Fitzpatrick, haben Sie ein M203?«, rief er dem Soldaten neben Ramirez zu.

»Negativ, El-Tee«, antwortete der Mann.

»Großartig«, murmelte Dekker. Sie hätten einen weiteren Granatwerfer gebrauchen können.

»Hey, haben Sie das gehört, El-Tee?«, fragte Ramirez fast beiläufig.

»Was gehört?«, entgegnete Dekker.

Ramirez nickte zum Terminalgebäude. »Gelächter.«

Dekker nahm die Ohrmuschel von seinem linken Ohr. Ja, er hörte das Gelächter, und die Stimmen wurden lauter.

»Machen Sie sich bereit«, sagte Dekker und setzte sich die Ohrmuschel wieder aufs Ohr. »Nomad Zwei, es liegt in Ihrem Ermessen anzugreifen. Bravo Team, Sie dürfen auch angreifen. Halten Sie die Augen offen. Wir haben jetzt überall Kobolde. Over.« Dekker warf einen Blick auf den graubraunen MRAP, der am anderen Ende der Absperrungslinie stand. Zusammen mit dem Schützen wurde dieser von zwei Kavalleristen flankiert, die M4 trugen.

Beide Einheiten sprachen sich ab.

Zwei Minuten später strömten die ersten Klowns – ihrer Kleidung nach zu urteilen waren es Zivilisten, die infiziert worden waren – mit Gejohle und Geschrei aus dem Terminalgebäude.

Männer, Frauen, Kinder, alle kicherten wie verrückt. Sie trugen alles, von Messern über Stuhlbeine bis hin zu zerbrochenen Flaschen, und fluteten zu der langen Reihe orangefarbener Absperrungen.

Die M2 von Nomad Zwei feuerte, schnitt durch die heranstürmenden Verrückten wie eine Sense durch Weizen und Körperteile flogen über den Beton. Die Stellung der Air Force eröffnete auch das Feuer und bedeckte die Ausgänge mit weniger eindrucksvollen, aber dennoch tödlichen 5,56-Millimeter-Patronen. Dekker sah, wie Körper direkt am Ausgang zu Boden fielen und die Klowns, die dahinter waren, stolperten, während sie versuchten, einen Weg durch die Leichen zu finden. Die .50 dröhnte wieder und wirbelte Staubexplosionen auf, als die Patronen über den Asphalt schossen. Sie gruben Löcher und rissen Gliedmaßen von Torsos. Dekker und die anderen Truppen hatten noch nicht einmal angefangen zu schießen.

»Hey, vielleicht können wir einige Granaten sparen«, schrie Ramirez.

Etwas explodierte mit genügend Kraft in dem Terminalgebäude, um die verbliebenen Glasstücke in den Scheiben zu erschüttern. Ein kurzer Blitz folgte und Dekker hatte den Eindruck, dass irgendetwas über das Flugfeld sauste und einen Feuerschweif hinter sich herzog. Dann explodierte Nomad Zwei.

Die Kraft der Detonation riss die M2 sofort aus der Halterung und der Schütze zappelte wie eine Stoffpuppe in der offenen Kuppel herum, bevor er nach vorne sackte. Der behelmte Kopf prallte von der dicken Panzerung des Fahrzeugs ab. Die beiden abgesessenen Soldaten gingen zu Boden und schrien, als Granatsplitter überall dort in sie eindrangen, wo keine Rüstung den Körper bedeckte: Sie rissen Beine, Arme und Gesicht auf.

»AT4!«, rief Dekker. »Sie haben AT4! Schießt auf das Terminal!« Er gab einen Feuerstoß auf Vollautomatik in das Gebäude ab.

Zu spät. Es gab noch eine dröhnende Explosion und ein weiteres glühendes Projektil zischte über das Feld und schlug in die Geschützstellung der Air Force ein. Sandsäcke und Piloten flogen durch die Luft. In weniger als zwei Sekunden war die Feuerkraft an der südlichen Flanke des Betankungsbereichs gegen Null reduziert worden. Eine weitere Explosion und eine dritte AT4 Rakete sauste aus dem Terminal. Sie schlug abermals in Nomad Zwei ein. Es handelte sich um einen Folgeangriff, mit dem sichergestellt werden sollte, dass der große MRAP außer Gefecht war. Das Fahrzeug schwankte zur Seite, als das linke Vorderrad abgerissen wurde. Der Dieselmotor stotterte. Dunkler Rauch stieg auf.

Abermals stürmten die Klowns aus dem Terminalgebäude. Es war eine Welle von mindestens fünfzig Menschen. Sie trugen alles mit sich, was man als Waffe verwenden konnte. Unter ihnen befanden sich auch Soldaten. Die infizierten Gardisten schossen während des Laufens, und Dekker hörte, wie in der Nähe seiner Position Kugeln in die mit Wasser gefüllten Jersey-Absperrungen eindrangen.

»Kontakt an den Absperrungen!«, rief Dekker über Funk. »Ramirez, wenn es Ihnen verdammt nochmal nichts ausmacht …«

»*Raus!*«, schrie Ramirez.

Die M203 knackte, als sie ein hochexplosives Vierzig-Millimeter-Geschoss ausspie. Die Granate kam genau vor einer der Terminaltüren runter und explodierte. Sie tötete mindestens fünf oder sechs Klowns sofort und ein Dutzend weitere wurden grauenvoll verletzt. Aber hinter ihnen waren mehr und einige von ihnen stoppten gerade lang genug, um Gewehre und andere Waffen aufzusammeln, die heruntergefallen waren.

Ramirez lud die M203 nach, während der Soldat neben ihm mit einem M4 das Feuer eröffnete und die vorrückenden Klowns mit Unterstützungsfeuer beharkte. Dekker feuerte auch eine Salve in die näherkommenden Infizierten und er wurde mit dem Anblick von zwei Klowns belohnt, die auf den Beton stürzten. Er richtete seine Aufmerksamkeit wieder auf das Terminalgebäude. Seine größte Angst war eine weitere Rakete oder vielleicht ein Maschinengewehrangriff.

Er sah durch das Visier seines Gewehrs und konnte Bewegungen im Gebäude ausmachen. Personen in Kampfanzügen gingen umher, aber sie hatten es nicht eilig. Sie trugen Waffen. Darunter war auch etwas Röhrenförmiges, wahrscheinlich noch eine AT4. Er feuerte auf die Verrückten und traf einen, aber die anderen wichen sofort zurück, nutzen eine Innenwand zur Deckung. Die Patronen seines Gewehrs waren nicht dazu geeignet, solch ein Hindernis zu durchdringen, aber Dekker hielt weiter drauf.

»Sechs, hier ist Drei. Der Huey kehrt zurück! Er kommt von Osten rein. Ich sage es noch einmal, rote Luft kommt! Over!« Sergeant Hellers Stimme war ungewöhnlich hoch, weil er schreien musste, damit man ihn über die klappernde .50 Kaliber hinweg hörte. Dekker klappte sein Visier runter und feuerte auf die Klowns, die sich den Barrikaden näherten. Er versuchte, sie zurückzutreiben. Sein Magazin war genau in dem Moment leergeschossen, als ein weiteres Vierzig-Millimeter-Geschoss explodierte. Infizierter organischer Abfall flog in alle Richtungen. Ramirez hatte ihnen den Arsch gerettet.

»Guter Schuss, Ramirez!«, brüllte Dekker, während er die Magazine austauschte.

Aus dem Augenwinkel sah er, wie Ramirez gegen die Absperrung sank. Dann kippte er um, auf seinen Rücken. Die Beine des Soldaten zuckten, als er sich vollpisste und Dekker bemerkte, dass man Ramirez ins Gesicht geschossen hatte.

Schüsse prasselten auf Dekkers Position nieder. Der Huey donnerte vorbei. Der Schütze lehnte sich aus der Maschine und hatte das Maschinengewehr so weit heruntergedrückt, wie es nur ging. Er feuerte genau vor Dekker eine Salve ab. Die schweren Patronen sprengten eine der Absperrungen auf und eine Flut warmen Wassers strömte auf den Beton.

Der Schütze feuerte weiter, jagte Patronen in die Absperrungen und riss sie auf. Er machte mit dem rauchenden Koloss von Nomad Zwei weiter und Dekker erhaschte einen Blick auf die beiden verwundeten Soldaten, die von der letzten Salve des Schützen schonungslos in Stücke gerissen wurden. Dann drehte der Helikopter nach links ab.

Der Huey explodierte, als eine Hellfire-Rakete einschlug. Die brennenden Trümmer wirbelten herum, während sie auf die Erde fielen. Dort krachten sie in eine Rollfeldkreuzung, nicht weit entfernt von Nomad Eins, der immer noch schwelte.

Zwei Maschinen rasten zum Flughafen. Die Rotoren leuchteten im Sonnenlicht auf. Es waren zwei AH-64D Longbow Apache. Dekker hatte immer gedacht, dass die Kampfhubschrauber eine der hässlichsten Kreationen der Army war, aber jetzt waren sie schöner als eine Scarlett Johansson, die im Bett auf ihn wartete und nicht mehr als ein einladendes Lächeln trug.

Er richtete sich auf und feuerte auf die näherkommenden Klowns, die all diese Vorkommnisse ignorierten. Es waren nur noch ein paar übrig. Also schafften er und der andere Soldat es, sie in Schach zu halten. Ihre M4 bellten und brachten sie zu Fall.

»Tomcat, hier ist Nomad! Over!«

»Nomad, hier ist Tomcat. Wir sind in Position. Wo brauchen Sie uns? Over.«

»Tomcat, Nomad. Wenn Sie ein paar Hellfire in das Terminalgebäude südlich von uns jagen könnten, würde das sehr helfen. Lassen Sie sich gesagt sein, dass die Klowns AT4 haben. Over!«

»Nomad, danke für die Vorwarnung. Verstanden. Die Party beginnt in Zehn. Over.«

Die Apache kamen langsam näher und drifteten nach rechts, brachten ein Gebäudedach zwischen sich und potenzielle Angreifer. Eine Hellfire löste sich von einem der Helikopter. Die Rakete stieg steil nach oben und flog dann hinab, während sie mit einem zischenden Getöse beschleunigte und sich zum Terminal aufmachte. Sie brach durch das Dach und ein gewaltiger Donnerschlag hallte durch das Gebäude. Eine zweite Hellfire fand ihren Weg zum Ziel und eine weitere Explosion weidete das Gebäude fast aus.

»Nomad, hier ist Tomcat. Wie ist der BDA von eurer Seite aus? Over«, fragte der Apache-Pilot. BDA war die Abkürzung der Army für Battle Damage Assessment, also Gefechtsschadenabschätzung. Kurz gesagt, forderte der Pilot Dekker auf, den Angriff als Erfolg zu bezeichnen.

»Tomcat, schicken Sie noch eine in die Nordseite des Gebäudes, nur um auf Nummer sicher zu gehen. Over«, antwortete Dekker. Er sah nach links und erblickte den anderen Soldaten, der sich zu Ramirez beugte. Der gefallene Kavallerist bewegte sich immer noch. Das war ein gutes Zeichen.

»Weitere zehn Sekunden dafür, Nomad. Ihre Jungs möchten vielleicht die Köpfe unten halten. Sie werden etwas von dem Rückstoß abbekommen. Over.«

»Verstanden, Tomcat.« Dekker kam auf die Füße und rannte zu den beiden Soldaten herüber. »Fitzpatrick, wir müssen Ramirez hier rausholen!«

Zusammen packten sie die Gurte von Ramirez Ausrüstung und zogen ihn weg. Sie bewegten sich gebückt vorwärts. Ein M4 bellte und Dekker sah, dass ein weiterer Soldat aus seiner Einheit auf die Ladefläche eines der Schneepflüge geklettert war und ihnen Feuerschutz gab. Eine weitere Explosion erschütterte das Terminalgebäude und eine Schockwelle aus Schutt schoss über das Flugfeld. Etwas in dem verwüsteten Gebäude fing an zu brennen und dicker, beißender Rauch stieg in die Luft.

»Nomad Drei, Lagebericht!«, schrie Dekker ins Funkgerät.

»Nomad Drei, wir halten hier durch. Geschützstellung Charlie ist immer noch gesichert. Diese Arschlöcher zeigen keinerlei Furcht. Sie rennen direkt zum Zaun, wo wir sie erschießen können. Over.«

»Verstanden, Drei. Halten Sie weiter. Lassen Sie sich nicht flankieren. Break. Nomad Vier, Lagebericht. Over.«

»Sechs, hier ist Nomad Vier. Wir haben ab und zu Feindkontakt. Sieht so aus, als würden sie versuchen uns zu flankieren. Over.«

»Vier, gibt es die Möglichkeit abzubrechen? Ramirez ist am Boden. Ich möchte ihn in Ihr Fahrzeug setzen. Over.«

»Ah, das ist wirklich viel verlangt, Sechs. Aber Sie müssen es wissen. Over.«

Dekker dachte darüber nach. Er hatte jetzt nur noch neun Soldaten, einschließlich sich selbst. Das bedeutete, dass es mehr als nur eine heikle Angelegenheit war, den Betankungsstandort zu halten. Während er und der andere Soldat Ramirez in das Gebiet schleppten, rannte ein Mann auf sie zu – Sergeant Edwards, der Sanitäter des Platoons. Er war ein magerer, schmal gebauter schwarzer Junge aus South Carolina.

Dekker sprach in sein Funkgerät: »Vier, halten Sie Ihre Position. Wir werden zu Ihnen zurückkommen. Over.«

»Verstanden, Sechs.«

»Wie schlimm hat es ihn erwischt?«, fragte Edwards.

»Man hat ihm in den Kopf geschossen«, sagte der andere Soldat.

»Bringen wir ihn dorthin«, sagte Edwards und zeigte zum Windschatten eines nahegelegenen Gebäudes.

Dekker und der andere Soldat zogen Ramirez in den Schatten des Gebäudes. Als Edwards sich über den Verwundeten hockte, drehte Dekker sich zu Nomad Zwei um. Der MRAP war auf eine Seite gekippt und rauchte immer noch.

»Neben Nomad Zwei sind zwei weitere am Boden«, sagte er. »Ihr Jungs bleibt hier.« Er tastete nach dem Funkgerät. »Tomcats, hier ist Nomad. Haben Sie noch genug Saft, um mir aus der Luft Deckung zu geben? Over.«

»Nomad, Tomcat Vier. Verstanden, aber machen Sie schnell. Wir müssen in ein paar Minuten landen. Over.«

»Tomcat Vier, Nomad. Verstanden. Ich mache mich zu Fuß auf den Weg zum MRAP, der unserer Position am nächsten ist. Over.« Dekker sprintete den Weg zurück, den er gekommen war. Sein M4 hielt er mit beiden Händen.

Er lief geduckt. Der große Rucksack schaukelte leicht auf seinem Rücken, so dass sein Gang etwas ungeschickt war. Wasser schwappte in seinem CamelBak hin und her. Die Apaches schwirrten über das Flugfeld. Die Kettenkanonen, die an ihren Bäuchen montiert waren, rasselten, während sie auf weitere Ziele feuerten. Einer zielte auf die Überreste des Terminalgebäudes, während der andere in die entgegengesetzte Richtung zielte. Das überraschte Dekker und er schaute über den Flughafen, um zu sehen, worauf der zweite Apache schoss.

Ein Pickup war auf der gegenüberliegenden Seite des Flugplatzes durch den Zaun gebrochen und beschleunigte, fuhr über das Feld auf sie zu. Dreißig-Millimeter-Kanonenfeuer fraß die Karosserie auf und in weniger als zwei Sekunden war die Karkasse über den Rasen verteilt worden. Die Klowns, die hinten saßen, bekamen die gleiche Behandlung. Der vernichtende Beschuss riss ihnen das Fleisch von den Knochen.

Überall Arschlöcher, dachte Dekker, während er zu der zerschossenen Reihe von Absperrungen rannte. Dann erkannte er, dass das Platoon der Kavallerie und das ihm zugewiesene Air Force Sicherheitsteam und die Black Hawk Einheit schon die ganze Zeit umzingelt worden waren. Die Klowns hatten sich nur nicht gerührt, bis sie damit begonnen hatten, Lärm zu machen.

Er kletterte über die Absperrung und rannte zu Nomad Zwei. Die hintere Tür des Fahrzeugs war aufgesprengt worden und im Inneren brodelte schwarzer Rauch. Dekker kniete sich neben die beiden Soldaten. Beide waren tot. Entweder waren sie aufgrund ihrer schweren Splitterverletzungen gestorben oder durch das Maschinengewehrfeuer aus dem Huey. Er betrachtete den dunklen Innenraum des MRAP. Dann beschloss er, dass es nichts gab, was er für den Fahrer und den Schützen tun konnte. Dekkers Herz schmerzte. Seit zwei Jahren war er bei der Kavallerie-Einheit gewesen und er kannte alle Gefallenen persönlich. Er warf einen Blick auf die Geschützstellung der Air Force, die weiter draußen lag, aber auch sie war durch den AT4 Angriff völlig zerstört worden. *Wir werden alle ausgelöscht.*

»Nomad, wenn Sie fertig sind, dann müssen wir wirklich landen«, sagte Tomcat Vier über den Funk. »Over.«

»Verstanden, Tomcat. Bin hier fertig. Break. Nomads, fliegen Sie etwas näher zusammen. Sichern Sie die Apaches ab. Over.«

»Nomad Drei, verstanden.«

»Nomad Vier bis Nomad Sechs. Wir rollen zurück, sobald wir uns freimachen können. Over.«

Dekker riss die Erkennungsmarken der beiden Soldaten ab, die auf dem Feld lagen und bemächtigte sich ihrer Munition und ihrer Waffen. Er rannte zurück zu Edwards und dem anderen Soldaten, der ihm mit Ramirez geholfen hatte.

»Er ist tot, Lieutenant«, rief Edwards, als Dekker näherkam. »Es tut mir leid. Es gab nichts, was wir hätten tun können.« Er sah zu Nomad Zwei. »Was ist mit Xiao und Shabelman?«

»Dasselbe«, sagte Dekker. »Sie sind fort. Genau wie Consuelo und Cromartie und die Jungs von der Air Force.«

»Mensch«, sagte Edwards und war sichtlich erschüttert. »Sind Sie sicher?«

»Ganz sicher«, erwiderte Dekker. »Hört zu, die Apaches müssen landen. Lasst uns die Augen aufhalten.«

Die Apaches landeten einer nach dem anderen. Ihre Nasen zeigten nach Norden. Die Copiloten kümmerten sich um den Tankvorgang und zogen Schläuche aus den Tankwagen, die in der Nähe positioniert waren. Am Himmel kreisten zwei Black Hawks und hielten die Umgebung im Auge. Dekker wusste nicht, wo die anderen beiden Mehrzweckhubschrauber waren.

Er näherte sich einem der Co-Piloten, während dieser mit dem Kraftstoffschlauch rang, ihn sich über die Schulter warf und zum Apache rannte.

Dekker rief über den Lärm: »Hey Mann, können Sie mich hören?«

»Was gibt's, Sir?«, schrie der Warrant Officer zurück, während er nervös an dem Tankstutzen der Maschine herumfingerte.

»Brauchen Sie unsere Hilfe?«, fragte Dekker. »Wir wissen zwar einen Scheiß über die Betankung eines Helikopters, aber wenn es andere Sachen gibt, die wir tun können, dann sagen Sie es mir.«

»Halten Sie uns einfach die Klowns lang genug vom Hals, damit wir auftanken können und wieder in die Luft kommen«, entgegnete der Pilot.

»Wie viele kommen rein?«

Der Warrant Officer steckte die Zapfpistole in den Apache und drückte den Hebel. Der Schlauch versteifte sich, als das Flugbenzin hindurchschoss. »Eine Menge«, sagte er.

»Können Sie „eine Menge" zurückhalten?«, fragte Dekker.

»Sir, vielleicht sollten Sie sich bei Wizard melden und herausfinden, wie lange Sie diesen Ort noch halten sollen.«

Das war keine Antwort, aber Dekker las zwischen den Zeilen. Der Flughafen lief ernsthaft Gefahr, überrannt zu werden.

Er überließ den Piloten seinen Pflichten und ging, um sich zu vergewissern, dass sich der Rest seiner Einheit immer noch in ihren Kampfpositionen befand. Er nahm Ramirez Gewehr und die Granatenpatronen und stopfte diese in seine Weste.

»Catfish, hier ist Nomad. Over.«

»Hier ist Catfish. Ich höre, Nomad. Over.«

»Catfish, Nomad. Könnten Sie Wizard mitteilen, dass wir unter direktem Angriff stehen? Was die Bodentruppen anbelangt bin ich auf vielleicht ein Squad oder so runter und ich muss wissen, wie lange wir noch hier bleiben und uns wie Magneten verhalten sollen. Over.«

»Nomad, hier ist Catfish. Verstanden, wir werden es überprüfen. Es wird ein Weilchen dauern. Es muss durch den Kommandanten des Angriffsbataillons weitergeleitet werden. Over.«

»Verstanden, Catfish.«

»Lieutenant!«

Dekker drehte sich um. Edwards und Fitzpatrick knieten mit nach außen gerichteten Gewehren hinter der Plastikabsperrung. Auf der anderen Seite des Flughafens schritten mehrere Personen über das flache Gelände und kamen schnurstracks auf sie zu. Die Klowns fluteten an dem rauchenden Pickup vorbei, ohne langsamer zu werden. Hinter ihnen folgten noch mehr. Sie schälten sich aus den Wäldchen, die den Flughafen umgaben. Dekker hatte die Karten aufmerksam studiert und sogar einen Aufklärungsflug in einem der UH-60 gemacht, als sie ihre Zelte aufgeschlagen hatten. Die Lichtung des Flughafens war groß, aber die Bäume verdeckten mindestens einen Finger breit die Sicht, sodass die Hälfte von Landebahn 11 nicht zu sehen war. Dekker hatte dort keine Truppen postiert, weil es seine Priorität war, den Tankbereich zu sichern und die Black Hawks zu schützen.

Dekker hob den Feldstecher an die Augen und fing an zu zählen. Er hörte bei Zweihundert auf.

Auf der anderen Seite des Flughafens verstärkten sich die Schüsse. Zur gleichen Zeit eröffneten die UH-60 das Feuer, die den Flughafen umkreisten. Sie schossen auf die Klowns, die von Südosten hereinströmten. Dekker sah, wie mehrere der Infizierten stolperten und fielen, aber noch mehr nahmen einfach ihren Platz ein. Die Black Hawks blieben nicht auf ihrer Position. Sie rasten weiter und feuerten, als sie sich entfernten. Dekker verstand. Wenn die Helikopter langsamer wurden und anfingen zu schweben, würden sie selbst zu Zielen werden.

»Sechs, hier ist Nomad Drei. Over.«

»Drei, Sechs hört. Over.«

»Sechs, die Klowns ergießen sich jetzt über das Gelände. Wir schießen stetig aus drei Richtungen. Die Jungs von der Air Force sind festgenagelt. Wir würden gern vorrücken und sie retten. Dann wollen wir uns zu einem der Engpässe zurückziehen. Over.«

»Drei, bleiben Sie auf Empfang. Break. Irgendein Tomcat, hier ist Nomad. Wann kreuzt das nächste Paar Apaches auf? Over.«

Eine verrauschte Antwort kam gleich darauf zurück.

»Nomad, hier ist Tomcat Acht. Wir sind vier Minuten raus. Over.«

»Verstanden, Tomcat Acht. Lassen Sie sich gesagt sein, dass wir gegenwärtig der Gefahr sehr nah sind. Ich empfehle, dass Sie sich aus südsüdöstlicher Richtung nähern und um die Bodenkämpfer kümmern, die auf uns zukommen. Sie nutzen die Landebahnen. Also sollten sie leichte Ziele sein. Over.«

»Nomad, Tomcat Acht. Verstanden.«

»Nomad Drei, hier ist Sechs. Over.«

»Nomad Drei.«

»Drei, Sie sind startklar für die Bergungsmission. Lassen Sie sich zum nördlichen Engpass zurückfallen und stationieren Sie sich dort. Break. Nomad Vier, hier ist Sechs. Over.«

»Nomad Vier!« Der Soldat, der für den MRAP zuständig war, musste schreien, da das .50 Kaliber Maschinengewehr in der Kuppel über ihm ständig bellte.

»Vier, halten Sie Ihre Position bis Nomad Drei fertig mit der Bergung ist. Dann fahren Sie zurück zum östlichen Engpass. Over.«

»Ver-«

Eine ohrenbetäubende Explosion ließ Dekker hochspringen und er drehte sich um. Eine Rauchsäule war auf der anderen Seite des Hangars am anderen Ende des Betankungsbereichs zu sehen. Eine zweite Explosion ertönte. Dann noch eine und noch eine. Die Piloten, die ihre Apaches betankten, schauten sich nervös um.

Fitzpatrick schrie: »Hey El-Tee! Haben die Jungs von der Garde *Granatwerfer*?«

Dekker ertastete das Mikrofon. »Nomad Vier, geben Sie mir einen Lagebericht ...«

Einer der Apaches explodierte in einem Feuerball aus entflammtem Treibstoff, als etwas in ihn einschlug. Trümmer flogen durch die Luft und trafen den zweiten Apache, der ungefähr zwanzig Meter weiter geparkt war. Mehrmals knackte es laut. Plötzlich war ein Pfeifen zu hören, laut und schrill.

Dekker wandte sich dem Tankbereich zu, während er Edwards und Fitzpatrick anbrüllte, dass sie hinter der Reihe aus Absperrungen bleiben sollten. Er sah, wie der Copilot, mit dem er gesprochen hatte, wild gestikulierte und vor dem Apache Piloten herumfuchtelte. Die Motoren des Hubschraubers wurden langsam heruntergefahren. Aus einem schrillen Schrei wurde ein grollendes Brummen. Einer der Kohlefaserrotoren flatterte wild herum. Wie ein zerbrochenes Brett. Er ging hoch und runter, während er auf die Luft eindrosch. Plötzlich standen die Rotoren still und der Pilot schob hektisch die Tür auf.

Über den Schüssen und dem Knistern der brüllenden Flammen konnte Dekker in der Ferne einige leise Berichte hören.

Fuck, sie haben Granatwerfer!

Der zweite Apache explodierte, als eine Mörsergranate in dessen Cockpit einschlug und den Piloten in blutige Fetzen riss. Der Copilot rollte auf dem Boden herum und schrie etwas, das über dem Gefechtslärm kaum zu hören war. Er schrie nach einem Sanitäter. Dekker drehte sich zu Edwards, der sich die Feuersbrunst hinter ihm ansah.

»Bleiben Sie, wo Sie sind!«, rief Dekker.

Er tastete nach dem Funkknopf. »Catfish, hier ist Nomad! Over!«

»Nomad, hier ist Catfish. Over.«

»Catfish, wir werden von Mörserfeuer getroffen! Beide Apaches wurden zerstört. Können Sie die feindliche Stellung finden und für uns umnieten? Over!«

»Ah, Nomad, verstanden. Ich suche bereits nach ihnen. Hören Sie zu. Die Klowns sind jetzt überall. Es sieht so aus, als hätten Sie einen weiteren MRAP verloren. Nördlich von Ihrer Position können Sie es brennen sehen. Es muss von ein paar Mörsergranaten getroffen worden sein. Ich sehe ein Besatzungsmitglied auf dem Boden. Er kämpft immer noch, aber es dauert nur noch etwa dreißig Sekunden, bis er von mindestens zwölf Feinden überrannt wird. Over.«

»Catfish, die Granatwerfer müssen dringend beseitigt werden! Break. Tomcat, äh, Tomcat Acht, hier ist Nomad. Over.«

»Tomcat Acht. Nomad, wir sind sechzig Sekunden raus. Wir haben bezüglich der abgefeuerten Mörsergranaten einige Spuren. Es kommen ...«

Drei weitere Explosionen erschütterten den verbliebenen Apache, rissen ihn in Stücke. Eine vierte Explosion zerstörte eine der M500 Kraftstoffblasen. Einen Augenblick später entzündete sich die ganze Kraftstoffwolke und die daraus resultierende Schockwelle schleuderte Dekker hoch und warf ihn über die Jersey-Absperrungen.

Er rollte über das Pflaster. *Es war so verdammt heiß.* Hinter ihm schrien Edwards und Fitzpatrick. Dekker drehte sich auf die Seite und sah, dass der gesamte Tankbereich in Flammen stand. Er stieß einen erstickten Schrei aus. Genau wie seine Männer. Sie schlugen in einem Flammenmeer um sich, rollten hin und her und versuchten, das Feuer zu löschen ... aber sie lagen in Benzinpfützen.

Sein linker Stiefel stand in Flammen. Er schlug hektisch auf ihn ein. Über ihm donnerte ein Black Hawk vorbei. Der Schütze lehnte sich aus seinem Sitz und feuerte mit seiner M240 drauflos. Die Schüsse schlugen im Beton neben ihm ein und er zuckte zusammen, während er weiterhin versuchte, die Flammen an seinem Fuß auszuschlagen. Er hörte ein keuchendes, gurgelndes Lachen, das mit Blut und Schleim gefüllt war. Die Klowns waren genau über ihm. Er griff nach seinem Gewehr und drehte sich, um den Feind anzugreifen.

Jemand trat ihm ins Gesicht. Er verriss sein Gewehr und schoss zunächst wild um sich. Dann packten ihn Hände und schlugen ihm ins Gesicht. Sie versuchten, ihn auf dem Asphalt auszustrecken. Das helle Sonnenlicht verdunkelte sich und Dekker sah auf, während eine völlig nackte, übergewichtige Frau rittlings auf ihm saß. Zwischen ihren schweren Brüsten starrte sie auf ihn herab und lächelte. Nägel standen wie blutige Reißzähne aus ihrer Unterlippe hervor.

»Schau dir meine Fotze an, Baby«, sagte sie und kicherte, als sie mit ihren fleischigen Hüften nach vorne stieß. Dadurch legte sie den vielleicht haarigsten Schritt frei, den Dekker jemals gesehen hatte.

Er schlug so fest er konnte um sich, aber mehrere kichernde Männer und Frauen hielten ihn an Ort und Stelle, während ihm die Frau über das ganze Gesicht urinierte. Dekker hustete und würgte.

Nein, nein, nein, nein …

Dann lachte er.

Er musste zugeben, es war ein schöner Tag für einen Krieg.

Harry Lee ging ein paar Schritte von dem geparkten Humvee weg. Sein M4 hielt er in den Händen. Das Feld, in dem er stand, war einer Sammlung von Betonkonstruktionen zugewandt, die flache Seiten hatten und etwa achthundert Meter entfernt lagen. Den Karten zufolge wurde der Ort Souza-Baranowksi Correctional Facility genannt, ein Hochsicherheitsgefängnis, in dem Massachusetts gewalttätigste Straftäter untergebracht waren. Der vorgelagerte Parkplatz war zum größten Teil leer und die Gefängnisgebäude schienen sicher zu sein. Lee hatte keine Ahnung, wie viele Verbrecher dort inhaftiert waren, aber im Augenblick sah es nicht so aus, als würden diese eine Bedrohung darstellen. Lee rückte seine schwere Panzerweste zurecht und wischte sich den Schweiß unter dem Helmrand weg. Der Tag war heiß, klebrig und feucht, aber er war noch am Leben. Er würde die Hitze und das Schwitzen der Kälte und dem Tod jederzeit vorziehen.

Obwohl es vielleicht besser war, tot zu sein, als ein kichernder, blutdürstiger Irrer zu werden.

Über ihm kreiste ein Hubschrauber und hinter ihm fuhr der Konvoi weiter die Route 2 herunter. Laut Verkehrszeichen war das der George W. Stanton Highway. Lee hatte keine Ahnung, wer Stanton war, aber der Mann wäre wohl nicht begeistert gewesen, wenn er gewusst hätte, dass man von der Straße, die zu seinen Ehren nach ihm benannt worden war, einen tollen Blick auf ein Hochsicherheitsgefängnis hatte.

Neben ihm stieg Staff Sergeant Mike Murphy aus dem Humvee, gefolgt von einem pickeligen Soldaten namens Twohy. Das war der Funker oder auch RTO. Beide Männer waren bewaffnet und sie begutachteten das Feld vorsichtig.

Foster war immer noch in der Kuppel des Humvees an dem M2 Maschinengewehr.

»Kontakt«, sagte er plötzlich und riss die Waffe herum.

Lee legte sein M4 an die Schulter und spähte durch den optischen Sucher, der an der oberen Schiene der Waffe montiert war. Ein Mann mit einem blauen Blazer und Boxershorts trat aus den Bäumen heraus. Sein Gesicht war mit getrocknetem Blut bedeckt, das gezielt aufgebracht worden war. Er trug etwas, das wie eine Harpune aussah und er lächelte breit und winkte, während er anfing, auf sie zuzutrotten. Lee konnte sehen, wie die Schultern des Mannes zitterten, während er lachte.

Lee gab zwei Schüsse ab und der Mann fiel in dem Feld auf sein Gesicht.

»Guter Schuss, Sir«, sagte Murphy beiläufig. »Hoffentlich wollte er nicht nur fragen, ob wir ihn mitnehmen.«

»Mit einer Harpune?«, entgegnete Lee.

Murphy zuckte die Achseln. »Stimmt. Das ist Massachusetts. Ich bin überrascht, dass er so was überhaupt hatte.« Der Soldat brauchte einen Moment, um sich ein Stück Kautabak in den Mund zu schieben und steckte es sich hinter die Unterlippe.

Ein Lastwagen rumpelte herüber, während ein zweiter Humvee an Lees Fahrzeug vorbeizog. Beide kamen zum Stillstand. Der kommandierende Sergeant Major Turner stieg aus dem Humvee. Mehrere Lightfighter sprangen von der Ladefläche des Trucks. Einer von ihnen war deutlich größer als die anderen. Es war der Duke selbst – Muldoon.

Murphy machte eine schnelle Bestandsaufnahme der Neuankömmlinge. »Hey, es ist Ihr alter Kumpel, Sir.«

Lee grunzte: »Jeder Mensch braucht ein Maskottchen.«

Turner wurde von zwei weiteren Unteroffizieren flankiert und ging auf Lees Position zu. Er salutierte. Lee erwiderte die Geste.

»Tut mir leid, dass ich uneingeladen zur Party komme«, sagte Turner.

»Was gibt's, Sergeant Major?«, fragte Lee.

Turners Blick fiel auf den Klown, den Lee umgelegt hatte. »Ich möchte nur für zusätzliche Sicherheit sorgen, Sir. Dies ist gewissermaßen eine außergewöhnliche Verkettung von Umständen. Ich möchte noch mehr Stiefel hier in der Gegend haben.«

Lee hob eine Augenbraue. »Außergewöhnliche Umstände? Sie meinen, die Tatsache, dass infizierte Bürger uns entweder töten oder anstecken wollen?«

Turner sah Lee hohl an. »Ich meinte in dem Sinne außergewöhnlich, dass der Kommandeur der Kampfhubschrauber direkt mit Ihnen sprechen möchte, Sir. Er möchte die Geschäfte nicht über Funk leiten.«

Lee nickte. »Ja, ich denke, das ist seltsam.«

»Ich dachte immer, Flieger mögen es nicht, Zeit auf dem Boden zu verbringen«, sagte Murphy. »Ich habe gehört, sie hätten Angst davor, dass irgendein Infanterist sie an die Arbeit bekommt.«

»Klingt sehr nach dir, *Schwuch-tel*«, sagte Foster zu Murphy, der in der Nähe des Humvees stand.

Murphy grinste. »Bleib locker, Kumpel – jetzt ist es eine chancengleiche Armee.«

Lee sah zu Turner, der nur den Kopf schüttelte und mit den Augen rollte.

»Soldat, warum treten Sie nicht von dem Humvee zurück und nehmen eine taktische Position ein«, sagte Turner. »Und übrigens, das war nicht bloß ein Vorschlag.«

»Du hast es verstanden, Sergeant Major«, sagte Murphy.

»Hey, Murph?«, rief Foster.

»Was, Sahnetörtchen?«

»Der Ausdruck ›taktische Position‹ bedeutet nicht, dass man sich bückt und die Beine breit macht«, meinte Foster.

»Das gebe ich gern an deine Mutter und deine Schwester weiter«, sagte Murphy und zog ab, um sich vor der Frontstoßstange des Humvees aufzustellen.

Muldoon schlenderte zum Fahrzeug. Begleitet wurde er von einem kleineren Mann, auf dessen Namensstreifen NUTTER stand.

»Was ist los, Duke?«, fragte Murphy.

»Lass mich in Ruhe«, sagte Muldoon. Er marschierte an dem Soldaten vorbei und näherte sich Lee und den anderen. »Sieht so aus, als wären wir Ihr Sicherheitsdienst«, sagte er zu Lee.

»Ist das so?«, fragte Lee.

Turner nickte.

»Muldoons Platoon ist stark in der Unterzahl. Es wurde bis auf etwa ein Squad dezimiert. Ich dachte mir, es wäre eine gute Idee, wenn er sie begleitet, um die Klowns von Ihnen fernzuhalten, Sir.«

»Was für ein Schwachsinn«, zischte Muldoon.

»Duke, bleib locker, Mann«, sagte Nutter.

Im Nu war Turner bei Muldoon und baute sich nur Millimeter vor dem Gesicht des größeren Mannes auf. »Was *zum Teufel* hast du gerade gesagt?«

Muldoon zuckte nicht mit der Wimper. »Ich sagte: ›Was für ein Schwachsinn‹, Sergeant Major. Hast du oft Probleme mit den Ohren?«

Turner grinste. »Mein Sohn, du wirst ernsthaft im Arsch sein.«

»Das ist genug«, sagte Lee und trat vor. »Treten Sie zurück. Beide.«

Keiner der Männer bewegte sich. Darum schob sich Lee zwischen sie und trennte die beiden körperlich, während Nutter an Muldoons Marschgepäck griff und ihn wegzog. Ein weiterer Unteroffizier tat das Gleiche bei Turner. Turner schüttelte den Kerl ab und funkelte Muldoon an. Er war der kommandierende Sergeant Major des Bataillons und Muldoon machte, trotz seiner Fähigkeiten im Kriegshandwerk, einen schweren Fehler, indem er Turners Knöpfe drückte.

»Muldoon, Sie werden damit aufhören, ein verdammtes Arschloch zu sein«, sagte Lee. »Sie sind in der Army und kein Vier-Sterne-General. Sie sind ein verdammter E-5. Ihre Missionen werden für Sie ausgewählt. Seit wann ist Ihnen das nicht mehr klar?«

Muldoon sah Lee an und grinste.

Lee verstand es nicht. »Gibt es etwas hinzuzufügen?«

Muldoon sah so aus, als ob er etwas sagen wollte. Dann verschwand das Lächeln aus seinem Gesicht und er schüttelte den Kopf.

»Nein, Sir. Ich bin startklar.«

»Dann kehre zu deinen Männern zurück und sorge dafür, dass sie organisiert sind. Es sei denn, du bekommst eine zusätzliche Anweisung oder erstattest Bericht«, sagte Turner. »Wir werden diese Unterhaltung nicht noch einmal führen, Sergeant. Darüber musst du dir tausendprozentig im Klaren sein.«

»Das habe ich verstanden, Sergeant Major«, sagte Muldoon. Dann wandte er sich Lee zu. »Sonst noch etwas, Sir?«

»Es steht Ihnen frei zu gehen, Sergeant.« Lee erwiderte Muldoons Salut und der große Sergeant stolzierte weg. Nutter folgte ihm und sah sich entschuldigend zu Lee um.

Lee fragte Turner: »Was zum Teufel war das denn?«

Turner seufzte.

»Muldoon und ich sind noch nie miteinander ausgekommen, Sir. Ich entschuldige mich für das Theater, aber wir haben unterschiedliche Philosophien darüber, wie sich ein Soldat im Kampf verhalten sollte.«

»An meiner Seite hat sich Muldoon immer richtig verhalten«, sagte Lee. »Meistens.«

»Er ist schlau und hat keine Angst«, sagte Turner, »aber in der Regel nicht zur gleichen Zeit.«

Ein weiterer Humvee zog herüber und mehr Soldaten tauchten auf. Lee beobachtete, wie Major Walker aus dem Fahrzeug kletterte und sich umsah, während er sein Sturmgewehr umklammerte. Walker entdeckte Lee und kam schnurstracks auf ihn zu.

»Wie läuft's, Walker?«, fragte Lee, als der Major in Hörweite war.

Walker präsentierte ihm mit dem Anflug eines Lächelns sein Gewehr und schüttelte den Kopf. »Es geht und das ist alles, was ich darüber sagen kann. Haben Sie eine Sekunde für mich, Sir?«

»Sicher.« Lee sah Turner an. »Halten Sie die Stellung, Major.«

»Ja, Sir«, erwiderte Turner.

Lee und Walker gingen unter den wachsamen Augen der Soldaten, die für die Sicherheit des Gebiets sorgten, etwas von den Fahrzeugen weg. Lee trat nach einem Stein, der auf dem Feld lag und beobachtete, wie ein Grashüpfer wegsprang.

»Also ich schätze, die ganze Sache, Sie zum Lieutenant Colonel zu machen, fliegt uns irgendwie um die Ohren«, sagte Walker. »Irgendjemand hat geredet. Irgendeine Idee, wer das sein könnte?«

Lee schüttelte den Kopf. »Nein. Nicht wirklich. Es ist sowieso nicht wichtig.«

»Im Nachhinein war es eine dumme Sache. Viele der Truppen sind nicht glücklich damit und das könnte uns teuer zu stehen kommen«, sagte Walker.

»Für Turner ist es in Ordnung«, sagte Lee. »Wir lassen ihn die Unteroffiziere einnorden. Wir müssen nur den Rest der Offiziere in der Spur halten.« Er sah Walker an, der neben ihm stand und in der Sonne schwitzte. »Ich habe es getan, Walker. Nicht Sie. Niemand hat mir eine Pistole an den Kopf gehalten und gesagt, ich soll den Rang übernehmen.«

Walker schenkte Lee wieder dieses schwache Lächeln. »Na ja, Sie mit vorgehaltener Waffe zu bedrohen, war einer meiner Notfallpläne.«

Lee schnaubte und schüttelte den Kopf. »Es ist erledigt. Ich werde damit fertig. Machen Sie sich nichts draus, Major. Ich werde meinen Kopf hinhalten.« Er wusste, dass es das war, was Walker hören wollte.

»Ich werde meinen Kopf auch etwas hinhalten.« Walker überraschte ihn mit diesen Worten. »Es ist nicht so, als ob ich nicht beteiligt gewesen wäre. Sie hängen da nicht allein drin.«

Lee war beeindruckt. »Danke.«

»Nicht dafür.«

Über ihnen fiel ein Apache aus der Formation und ging über dem Feld in Sinkflug. Lee winkte Turner herbei, bevor er seine Schutzbrille über die Augen schob, während der Kampfhubschrauber zur Landung ansetzte. Der Pilot auf dem vorderen Sitz schnallte sich ab und drückte auf der rechten Seite des Cockpits die Tür auf. Dann kletterte er heraus. Er rannte über das Feld zu Lee und Walker. Es war Major Fleischer, der Kommandeur des Angriffsbataillons.

»Was ist los, Major?«

»Wir hatten Kontakt zu Drum, Sir«, erwiderte Fleischer.

Lee war überrascht. »Was?«

»Ja, Sir. Wir hatten über das SatCom Kontakt zu Drum. Die Authentifizierungscodes wurden überprüft. Voice-to-voice mit Mountaineer Fünf.«

Lee runzelte die Stirn. Mountaineer Fünf war der stellvertretende kommandierende General der 10. Gebirgsdivision, ein Brigadegeneral namens Salvador. Es war seltsam, dass Salvador und nicht Major General McLaren das Gespräch führte, aber die Welt war schließlich ein seltsamer Ort geworden.

»Sie machen Witze«, sagte Turner. »Sir, sind Sie sich, dass Sie mit ihm gesprochen haben?«

Fleischer sah Turner an und zuckte mit den Achseln. »Nein – ich bin nicht sicher. Aber wer auch immer es war, er klang nicht infiziert. Kein Lachen, aber es gab auf jeden Fall eine Menge Kämpfe. Und sie hatten die richtigen Codes. Das bedeutet, dass der Luftfahrtverbindungsoffizier noch am Leben ist.«

»Okay, was haben sie gesagt?«, fragte Lee.

»Die Luftfahrteinheiten kehren so bald wie möglich nach Drum zurück«, antwortete Fleischer. »Der Posten ist ziemlich überrannt worden. Klowns überall, und sie sind gut bewaffnet. Das Fort ist bereits gefallen, aber Salvador leitet das, was noch übrig geblieben ist. Er braucht uns dort, damit wir ihm Feuerunterstützung und Luftnahunterstützung geben.«

Lee wechselte einen Blick mit Turner. Dann fragte er: »Also haben Sie den Befehl bekommen, die Kolonne zu verlassen?«

Fleischer nickte. »Ja, Sir. Scheint legitim zu sein. Sie haben den Befehl erhalten, mit voller Geschwindigkeit zum Posten weiterzufahren und bei den Kampfhandlungen zu helfen. Für mich hat es den Anschein, als sei dieses Bataillon das Einzige, was außerhalb von Drum noch übrig ist. Alle Einheiten in New York sind weg.« Der Major machte eine Pause. »Ich kann ein paar Einheiten zurücklassen, aber wir müssen fast alles abziehen, was wir noch haben, einschließlich Catfish. Ich wurde darum gebeten zu fragen, ob Sie auch einige Truppen entbehren können.«

»Truppen?«

Fleischer nickte. »Für defensive Operationen, Sir.«

Lee überlegte. Die Deckung von oben sowie ein Platoon Lightfighter zu verlieren, würde die Kolonne teuer zu stehen kommen. Das Bataillon hatte bereits eine Tracht Prügel eingesteckt und bisher kaum hundertsechzig Kilometer zurückgelegt. Jeder Tankstopp dauerte eine Stunde und in den meisten Fällen mussten sie gleichzeitig Angriffe abwehren. Das einzig Gute war, dass sie kaum noch auf infiziertes Militär stießen, selbst als sie an Fort Devens vorbeigekommen waren, ein Schulungszentrum für die Reserve. Die Angriffe gegen sie, obwohl wild und gelegentlich effektiv, wurden nicht mehr von Hardware und Taktik unterstützt.

»Ich rate davon ab, Truppen zu schicken, Sir«, sagte Turner.

»Warum das?«, fragte Lee.

»Wir haben keine Ahnung, was zwischen hier und Drum auf uns wartet, Sir. Wir haben bereits mehr als ein paar Soldaten verloren.«

»Ich denke, ich stimme mit dem Sergeant Major überein«, sagte Fleischer. »Sie haben ein paar hundert Kilometer vor sich und werden jeden Soldaten brauchen. Außerdem, wenn Sie da ankommen, könnte Drum schon ausgelöscht sein. Wir müssen das in Betracht ziehen.«

»Das ist korrekt. Das tun wir«, sagte Lee. »Wenn Sie erst mal am Horizont sind, Major, werden wir den Kontakt zu Ihnen verlieren. Sie würden ohne Bodentruppen arbeiten. Sind Sie dazu bereit?«

Fleischer zuckte die Achseln. »Nicht wirklich. Nein. Aber es ist nicht so, als könnte ich mir das aussuchen. Soweit ich sagen kann, ist der Befehl gültig. Und um die Wahrheit zu sagen, meine Familie ist dort.« Er winkte dem wartenden Apache zu. »Wir müssen hier verschwinden. Alle haben aufgetankt. Also machen wir uns auf den Weg zum Flugplatz in Pittfield, genau östlich von der Grenze zu New York. Wenn wir dort tanken können, dann werden wir bis nach Drum kommen.«

»Verstanden«, sagte Lee. »Gibt es noch etwas für uns, Major?«

Fleischer schüttelte den Kopf.

»Das wäre alles von meiner Seite.«

Er reichte Lee ein Stück Papier.

Lee sah es sich an. Darauf standen mehrere Funkfrequenzen mit den Rufzeichen der Divisionstruppen, die in Drum noch einsatzbereit waren. Lee nickte, faltete das Papier und schob es in eine Tasche.

»Heizen Sie ihnen ordentlich ein«, sagte er zu Fleischer.

Fleischer nickte und salutierte. »Gleichfalls, Sir. Gleichfalls.«

Dann drehte er sich um und rannte zum wartenden Apache zurück.

Lee sah die Soldaten um ihn herum an.

»Okay, lassen Sie uns wieder auf die Straße zurückkehren.«

Alle Wege führten in die Hölle.

Die Kolonne bewegte sich so schnell wie möglich durch Massachusetts und hielt nur dann an, wenn es absolut notwendig war. Als das Tageslicht schwand, füllten große Schwärme von Aasvögeln – Krähen, Falken, Truthahngeier, sogar stattliche Adler – den Himmel und flogen alle zu den besten Stellen des Gemetzels. Die Vögel waren von Nutzen; sie sagten dem Bataillon, wo es sicher war. Die Anwesenheit von so vielen Leichen bedeutete, dass die Klowns bereits im Tötungsrausch durch das Gebiet gezogen waren.

Die Zerstörung war überall. Großstädte waren nichts weiter als flammende Trümmer. Die Heimat von verrottenden, geschändeten Körpern und den Tieren, die sich von ihnen ernährten. Riesige Wolken aus Fliegen fanden sich über ihnen zusammen. Sie verdunkelten den Himmel wie ein umherziehender, willkürlicher Regen. Das Bataillon mied diese Städte um jeden Preis. Das Risiko eines Gefechts war nicht nur höher, sondern auch die Möglichkeit, sich durch die Insekten zu infizieren. Obwohl es keinerlei Beweise dafür gab, dass die Krankheit von solchen Wirten übertragen werden konnte, war die Umgehung dieser Städte an der Tagesordnung.

Kleinere Städte schnitten besser ab, obgleich der Tod sie alle berührt hatte. Die Körper der Infizierten lagen in den Straßen. In den meisten Fällen waren sie von denen umgeben, die sie zu kontaminieren versucht hatten. Und gelegentlich kam der Konvoi an befestigten Bauernhöfen mit vernagelten Fenstern vorbei, die von Sandsäcken umgeben waren. Mehrere von ihnen waren von Ringen toter Klowns umgeben, die bei ihren Angriffsversuchen erschossen worden waren. Die unerschrockenen Seelen in diesen Behausungen riefen dem Konvoi nie etwas zu, während dieser sich vorbeischlängelte. Sie waren entweder tot oder abgebrüht genug, ihre Stellung zu halten. Die Nächte waren etwas ruhiger. Im Schutz der Dunkelheit zu operieren, machte es geringfügig leichter; obwohl die Klowns immer noch angriffen. In jenen Gebieten, wo die Klowns einen Hinterhalt vorbereitet hatten, hatte sich der Vor-

teil der Nachtsicht und schweren Bewaffnung sehr bewährt. Die Klowns zahlten einen hohen Preis.

Trotzdem kamen sie.

Und starben.

Der Horizont wurde durch den Schein ferner Flammen erhellt, da die Städte und Großstädte brannten.

Der Konvoi fuhr weiter. In den dunklen Schlund des Todes.

»Mann, Sie haben verdammt nochmal den Verstand verloren«, sagte Turner. Seine Stimme war ein dumpfes Grollen.

»Ja, das ist ziemlich neu für uns«, fügte Muldoon hinzu.

Lee sah zu den beiden Männern. Das silbrig glänzende Mondlicht erhellte die Szenerie. Der Konvoi war fünf Kilometer von der Grenzlinie von Fort Drum entfernt zum Stehen gekommen. Südlich von ihnen lag die Stadt Watertown, der Schießstand eines Wahnsinnigen.

»Jungs, ich verstehe nicht, wo hier das Problem ist«, sagte er.

»Es ist ganz einfach, Sir. Sie sind der kommandierende Offizier. Sie führen keinen Einsatz von der vordersten Front aus«, sagte Turner.

»Aufzuklären bedeutet wohl nicht, von der Front aus zu führen«, entgegnete Lee. »Außerdem habe ich zwei Phasenlinien gehalten und geriet beide Male unter Beschuss. Dies hier ist nicht riskanter. Zumindest werden wir dieses Mal mobil sein und sind in der Lage zu manövrieren.«

»Wenn Sie ein Captain sein möchtest, dann ist das okay. Führen Sie ein paar Aufklärungsmissionen durch«, sagte Turner. »Wenn Sie ein Lieutenant Colonel sein möchten, dann müssen Sie lernen, Abstand zu halten und zuzusehen.«

Lee grunzte, aber er verstand. Während es nicht ungewöhnlich war, wenn Stabsoffiziere an der vordersten Front etwas „richtige" Arbeit verrichteten, hatten höhergestellte Offiziere dort nichts zu suchen. Lee standen mehrere gute Offiziere zur Verfügung, zusammen mit einer Menagerie aus Unteroffizieren, die von taktischer Feldführung besessen waren und die seine Fähigkeiten weit hinter sich ließen. Aber Lee war der Meinung, dass er immer noch ein Operator war. Und es war an der Zeit, etwas anderes zu tun, als sich in einem Humvee zusammenzukauern und darauf zu warten, dass der Tod an die gepanzerte Tür klopft und darum bat, für einen letzten Tanz herauszutreten.

»Ich schätze Ihre Meinung, Sergeant Major«, entgegnete Lee. »Aber wir stecken alle bis zum Hals drin. Wir müssen wissen, mit was wir es zu tun haben.«

»Wir sind uns nicht wegen der Mission uneinig, Sir. Es geht darum, dass ich ein Problem damit habe, dass genau Sie sie anführen«, sagte Turner. »Verdammt, ich werde es tun. Ich habe ein paar Kilometer auf dem Tacho. Das hier ist mir in Fleisch und Blut übergegangen.«

Lee schüttelte den Kopf. »Sie sind hier der Mann für das institutionelle Fachwissen, Sergeant Major. Von uns beiden sind Sie derjenige, der am wenigsten entbehrlich ist.«

»Sir, ich bin ein Soldat …«

»Mit fast dreißig Jahren Erfahrung. Es ist eine Schande, das zu verschwenden oder noch schlimmer: Sie werden infiziert, und dann haben die Klowns all das Wissen und Know-how. Richtig?«

»Das hat Vor- und Nachteile, Sir«, sagte Turner bestimmt.

»Colonel, vielleicht sollten wir noch einen Durchgang mit den Drohnen machen«, sagte Major Walker. Er lehnte gegen Lees Humvee. Die Arme hielt er vor dem Gurtzeug und der Panzerweste verschränkt. Er trug seine MOPP-Oberbekleidung, aber die Maske hing an seinem Gürtel.

»Wie viele Durchgänge werden genug sein, Major?«, fragte Lee. »Wir haben bereits eine gute Sicht auf das Gebiet. Auf dieser Seite des Black River sind wir sicher und der Teil des Postens uns gegenüber scheint verlassen zu sein. Aber wir müssen die Hauptmacht des Gegners zu finden und die Drohnen können wir nicht die ganze Nacht fliegen lassen.«

»Ich verstehe den Wunsch zu handeln, aber ich würde für einen konservativeren Ansatz plädieren«, sagte Walker. »Wir haben andere Truppen, die diese Mission machen könnten und wahrscheinlich genau so gut wie …«

»Hören Sie auf, sich Sorgen zu machen. Ich habe John Wayne an meiner Seite.« Lee zeigte auf Muldoon, der mit den Augen rollte und mit dem Kopf schüttelte.

»Und wer sind Sie, Sir?«, fragte Turner. »Jimmy Stewart?«

»Ich hätte ihn für Dean Martin gehalten«, sagte Muldoon. »Nur nicht so betrunken. Es sei denn, Sie möchten ein Geständnis machen, Sir.«

Lee machte die Entscheidung endgültig. »Ich denke, wir sind fertig«, sagte er. »Walker, Sie haben die operative Kontrolle über das Bataillon, bis ich wieder zurück bin. Stützen Sie sich auf Sergeant Major Turner hier, wenn es hart auf hart kommt, und vergessen Sie nicht die Kompaniechefs. Sie sind alle gute Krieger und bereit, den Feind zu töten, wenn er zu nahe kommt.«

»Verstanden«, sagte Walker, aber da war nicht viel Begeisterung in seiner Stimme.

»Wir werden die Drohnen in der Luft haben, Sir«, sagte Turner. »Wir werden so lange wir können ein Auge auf Sie werfen. Aber vielleicht könnten Sie Mountaineer Fünf anfunken und ihnen sagen, dass wir in der Nähe sind, anstatt sich anzuschleichen?«

Explosionen brachen in der Ferne aus, gefolgt von einer langen Schusssalve. .50 Kaliber und wenn sich Lee nicht irrte, einige Vulcan Zwanzig-Millimeter-Kanonen. Es war nichts in der Luft, außer den Drohnen, und die Wahrscheinlichkeit, dass sie von den Vulcans bekämpft wurden, war vernachlässigbar. Die Raven waren einfach zu klein, um in der Nacht gesehen zu werden. Das bedeutete, dass die Mannschaften in Drum Luftabwehrwaffen gegen Bodenziele einsetzten. Hinzu kamen Salven von Handfeuerwaffen.

»Wir können nicht sicher wissen, dass Mountaineer noch am Leben und dass das taktische Hauptquartier nicht kompromittiert worden ist«, sagte Lee. »Ich möchte meine Augen auf das Ziel richten, bevor wir irgendwelche Anrufe tätigen.«

Rawlings kroch das schlammige Ufer hoch und zitterte. Die Nacht war warm. Es war weit über einundzwanzig Grad und feucht wie die Hölle. Trotzdem war das hüfthohe Wasser des Black River eisig kalt und die Umarmung des rauschenden Flusses hatte einen Großteil ihrer Körperwärme herausgesaugt, als sie und der Rest der Soldaten den Fluss durchwatet hatten.

Man hatte ihr eine Nachtsichtbrille zugeteilt, die man von einem Gefallenen genommen hatte, sowie eine Körperpanzerung und ein komplettes Lightfighter-Kit. Sie mühte sich unter dem Gewicht der Ausrüstung ab. Obwohl sie keine zierliche Küchenfee und an körperliche Arbeit gewöhnt war – ihr Job bei der Nationalgarde war es gewesen, schwere Maschinen am Laufen zu halten und dafür musste sie unter anderem schwer schleppen –, war es keine leichte Aufgabe, fünfzig Kilo Ausrüstung durch einen Fluss zu tragen, der ziemlich schnell daherfloss.

Sie musste die Reihe verlassen, um nach Nutter zu greifen, als er über einen Stein gestolpert und untergegangen war. Sie verbrachte ein paar hektische Sekunden damit, mit einer Hand in der Dunkelheit zu suchen, während sie ihr Gewehr mit der anderen aus dem Wasser hielt. Die Oberfläche des Flusses neigte dazu, das Licht wie ein großer, geschwungener Spiegel zu reflektieren. Also hatte sie Nutter trotz der Nachtsichtbrille aus dem Blick verloren, als er unterging. Aber ihre suchenden Finger streiften seinen Rucksack und sie packte ihn und zog mit aller Kraft, während einer der Soldaten hinter ihr sie stützte und davor bewahrte, selbst unterzugehen. Nutter kam keuchend an die Oberfläche und versuchte seinen Husten zu unterdrücken.

»Fuck«, sagte er, nachdem er Wasser ausgespien hatte. »Ich kann nicht glauben, dass ich von einem Mädchen gerettet wurde.«

»Das musst du gerade sagen, Arschloch«, sagte Rawlings.

»Hört auf damit und geht weiter«, sagte der Soldat hinter ihnen.

Nutter grunzte und drängte vorwärts.

Später folgte Rawlings ihm das Ufer hoch und rutschte auf dem Schlamm aus. Sie lief in die dunklen Wälder, die schweigend in der Nähe Wache hielten. Die Soldaten, die es bereits bis zu den Bäumen geschafft hatten, warteten darauf, dass der Rest der Truppe aufschloss.

Rawlings kniete sich hin und überprüfte ihr Gewehr. Es schien in Ordnung zu sein. Wasser kullerte von ihr herunter und tropfte auf den Waldboden. Hundert Meter zu ihrer Rechten verlief der New York Highway 26 über den Fluss und neunzig Meter hinter diesem tosten mehrere kleine Wasserfälle. Sie boten etwas Lärmschutz, als sich die Lightfighter in den Wald drückten. Sie bewegten sich so leise sie konnten, aber nichtsdestotrotz zerbrachen Äste und trockenes Laub raschelte. Wenn irgendwelche Klowns in der Nähe waren, würden sie die Geräusche der anmarschierenden Streitkraft hören.

Rawlings sah auf, als der Kommandant Colonel Lee das Gebiet mit einem Lichtverstärkerfernglas überprüfte. Sie waren bereits in der Nähe von Fort Drum. Hinter den Bäumen konnte Rawlings ein ziemlich großes Gebäude sehen, das von einem Parkplatz umgeben war. Dreihundert Meter nordwestlich lag der rückwärtige Teil des Flughafens, aber Rawlings konnte ihn noch nicht sehen. In der Ferne hallten Schüsse durch die Nacht und sporadische Lichtblitze spielten am Horizont. In dieser Richtung lag die Hölle.

Lee legte sein Fernglas weg, schob seine Nachtsichtbrille wieder zurück auf die Augen und stand auf. Er bedeutete dem Rest der Soldaten, das Gleiche zu tun. Die Lightfighter erhoben sich, Waffen klirrten, Füße schlurften, gedämpfte Gebete wurden ausgesprochen. Lee ging los. Die massige Gestalt von Muldoon folgte ihm, dahinter die anderen Lightfighter.

Das Bataillon war nach Hause gekommen.

Lee führte die Truppe über die Dunn Avenue und den Parkplatz der Reservekoordinationszentrale in Richtung Colyer Drive. Alles sah normal aus – bis auf die Tatsache, dass die Straßenbeleuchtung ausgeschaltet war und es keinen Verkehr gab. Fort Drum war ein ziemlich verschlafener Posten und nicht wie Bragg oder Campbell vierundzwanzig Stunden am Tag mit geschäftigem Treiben erfüllt, aber trotzdem sollte sich die Basis lebendiger zeigen. Obwohl irgendwo gekämpft wurde. Er konnte Schüsse hören, während sie mit den Waffen im Anschlag über den Parkplatz eilten. Lee dachte, dass er in der Ferne das sanfte Brummen einer Raven-Drohne des Bataillons hörte, die über den Himmel tuckerte. Er war erleichtert, denn er wusste, Walker hatte ein Auge auf sie.

Die Einheit überquerte Colyer und strömte in südwestliche Richtung. Lees Plan war es, zum 10th Mountain Division Drive zu gelangen, wo sich die Hauptquartiere der Division befanden. Die waren mehr als anderteinhalb Kilometer von ihrer aktuellen Position entfernt und der rötliche Schimmer am Horizont deutete darauf hin, dass dort auch das Gefecht stattfand. Der Großteil der Basis lag in raucherstickter Dunkelheit, mit Ausnahme der Areale, wo unkontrollierte Brände ausgebrochen waren. Das Problem mit militärischen Anlagen war, dass es dort viele gefährliche Dinge gab, die brennen konnten. Lee wusste nicht, ob irgendwelche biologischen oder chemischen Waffen im Posten gelagert waren. Es würde ihn nicht überraschen, genau das zu entdecken.

Als ob die Klowns nicht schlimm genug wären.

Zwischen dem Coyler Drive und dem Nash Boulevard, einer der Hauptverkehrsadern, die grob von Osten nach Westen verlief, war ein großer, offener Exerzierplatz. Wie der Rest seiner geplanten Vormarschachse war das Gebiet gründlich von den Raven-Drohnen erkundet worden. Darum hatte Lee bereits gewusst, was ihn erwartete. Aber den Zustand des Platzes tatsächlich mit eigenen Augen zu sehen, brachte ihn fast ins Wanken.

Der Platz war eine Todeszone. Tausende Leichen lagen dort verstreut. Männer und Frauen aller Altersgruppen und jeder Größe. Tiere liefen durch den Schlachthof und fraßen sich an dem verwesenden Fleisch satt.

Als Lee die Truppe zum Rande des Felds führte, traf ihn der Gestank fast wie ein physischer Schlag. Sein Magen drehte sich. Er hielt an und kniete sich mit Blick auf das Feld hin, während er es durch seine Nachtsichtbrille begutachtete. Hinter ihm kotzte einer der Soldaten und das würgende Geräusch zog die Aufmerksamkeit einer Gruppe Waschbären auf sich, die in der Nähe schlemmten. Einen Moment lang drehten sie ihre Köpfe in Richtung des Lärms. Dann wandten sie sich wieder ihrer kalten, stinkenden Mahlzeit zu. In der Mitte des Platzes streifte ein schwarzer Bär durch den menschlichen Abfall. Seine Schnauze glitzerte in dem vergrößerten Bild, das Lees Brille ihm bot. Das Tier trug das Bein eines Mannes in seinem Maul.

Lee drehte sich zu Muldoon, der ein paar Meter entfernt hockte. »Rühren Sie sich nicht vom Fleck«, sagte er. Dann kam er auf die Beine.

Muldoon stand auch auf. »Wohin wollen Sie?«

Lee deutete auf das Feld. »Ich will einfach nur sehen, wer diese Menschen waren.«

»Wozu zum Teufel, Sir?«

»Ich will wissen, ob es die guten oder die bösen Jungs waren, Sergeant.«

Muldoon schüttelte seinen Kopf. »Ich frage nochmal, Sir … wozu zum Teufel?«

Lee trat näher an ihn heran. »Wenn das unsere Angehörigen sind, Sergeant, dann könnte es sich lohnen, das zu wissen. Richtig?«

Muldoon antwortete nicht.

Lee ging mit geschulterter Waffe in die blutige, stinkende Dunkelheit. Jemand bewegte sich zu seiner Linken.

»Sie können nicht allein hier rausgehen«, sagte Rawlings. Ihr Gesicht sah hinter der Brille blass und abgespannt aus und ihre Lippen hatte sie zu einer schmalen Linie zusammengepresst.

»Ich gehe nicht weit«, entgegnete Lee.

»Das ist in Ordnung für mich, Sir.«

Lee zuckte mit den Schultern. »Geht klar, Rawlings. Vorwärts.« Trotz seines äußeren Auftretens war Lee froh, dass er die Frau dabei hatte.

Er ging voraus in das Gebiet der Toten und es gelang ihm irgendwie, den Kotzreiz in Schach zu halten. Er betrachtete die Leichen genau, während er vorbeiging. Schweres Geschütz hatte sie getroffen, höchstwahrscheinlich indirektes Sperrfeuer von den Artillerieeinheiten des Postens. Sie waren wohl nicht mit dem Rest der Kampfgruppen eingesetzt worden. Dadurch gab es mehr Körperteile als komplette Leichen, aber als er schließlich an ein paar ganzen Körpern vorbeikam, konnte er leicht erkennen, wer sie gewesen waren. Trotz der Schäden, die von dem Sprengstoff verursacht worden waren, konnte Lee die Kränze aus Fingern, die rituellen Verstümmelungen und den wilden Ausdruck der Augen sehen, der auf den mit Fliegen verkrusteten Augen eingefroren worden war. Sie waren Klowns gewesen. Man hatte sie niedergemäht, als sie die Umzäunung des Geländes überrannten. Das bedeutete, dass sie von außen kamen, aus Orten wie Carthage, Deferiet und Great Bend.

Lee folgerte, dass das Hauptquartier der Division von Tausenden Klowns aus Watertown unter Beschuss genommen worden war. Ganz zu schweigen von den Truppen aus Drum, die infiziert wurden und von innen heraus angriffen. Der Großteil der Einheiten des Postens war anderweitig eingesetzt worden. Darum waren die Mitarbeiter des Divisionshauptquartiers, die Militärpolizei und zivile Mitarbeiter alles, was übrig blieb, um das Hauptquartier zu verteidigen. Dieses war kein befestigter Bunker, sondern ein Bürogebäude. Militärbasen waren nicht so gestaltet, dass man dedizierte Angriffe abwehren konnte, obwohl das in Hollywood-Filmen immer so dargestellt wurde. Nicht jede Einheit des Hauptquartiers hatte einen gestählten

Bunker als Rückzugsort. Dass das Hauptquartier der 10ten überhaupt so lange überlebt hatte, war nicht weniger als erstaunlich.

Also hielt Lee sich zurück und informierte den stellvertretenden kommandierenden General der 10ten nicht darüber, dass das Bataillon angekommen war. Obwohl es Hinweise auf ein Feuergefecht gab, wusste Lee nicht, ob Mountaineer Fünf wirklich das Sagen hatte. Er könnte ein Klown sein, und die Abwesenheit der Apaches deutete darauf hin, dass das Angriffsbataillon ausgelöscht worden war. Lee hatte nicht die Absicht, in Fleischers Fußstapfen zu treten.

»Hey, Achtung«, sagte Rawlings, ging in die Hocke und hob ihr M4.

Lee drehte sich um und sah zwei Schatten auf sie zuspringen. Sie rannten um die Stapel aus Toten und die aasfressenden Wildtiere herum. Lee erkannte sie fast auf der Stelle. Der kommandierende General hatte zwei italienische Windhunde – kleine, flinke Tiere, die er überall in der Basis dabei hatte. Ihre Namen waren Athena und Hera. Der eine war schwarz und weiß, der andere blaugrau. Während sie rannten, jaulten sie aufgeregt.

Lee hob sein Gewehr und feuerte zwei Schüsse ab, tötete die Hunde. Sie waren nicht einmal dreißig Meter entfernt. Das Geräusch war laut, aber wahrscheinlich vermischte es sich mit dem Getöse des Kampfes, der nur ein paar Kilometer entfernt stattfand.

Irgendwo auf dem Feld der Toten konnte man ein nasses Rasseln hören. Jemand lachte, während er an seinem eigenen Blut erstickte.

»Ich werde dich kriegen«, sagte eine Stimme, während sie abwechselnd stoßweise atmete und abgehackt lachte. »Ich werde dich bestimmt kriegen …«

Lee hörte eine Bewegung hinter sich und trat zur Seite, riss sein Gewehr herum. Rawlings tat es ihm gleich.

Muldoon hielt die Hände hoch.

»Ich komme in Frieden, Sir. Haben Sie gerade General McLarens Hunde erschossen? Haben sie Sie angemacht oder war es ein kaltblütiger Abschuss?«

»Sie wären die ganze Zeit hinter uns hergelaufen, Muldoon. Denken Sie, ein paar jaulende Hunde würden unsere Situation verbessern, wenn wir uns schleichend Zutritt verschaffen wollen?«

Muldoon zuckte mit den Achseln. Er blickte über das Feld der Toten und offensichtlich ein paar nicht ganz so Toter. Dann wandte er sich wieder Lee zu. »Haben Sie gefunden, wonach Sie gesucht haben?«

»Ja. Sie gehören nicht zu uns. Das sind Klowns.« Lee zog an der Vorderseite seines Gurtes und korrigierte den Sitz seiner Panzerweste. »Lassen Sie uns in Bewegung bleiben.«

Die Einheit rückte weiter vor. Sie gingen parallel zu den Hauptstraßen und überquerten sie nur, wenn es notwendig war. Sie hielten sich in der Dunkelheit zwischen den Häusern auf und mieden den Schein des Feuers, wo immer es möglich war. Sie kamen an Leichen vorbei – vielen Leichen. Fast alle waren Klowns, aber sie fanden auch einige von ihren Leuten. Die Leichen waren verstümmelt und auseinandergerissen worden. Ihre Eingeweide lagen wie übelriechende Luftschlangen überall verstreut herum. Lee fiel auch auf, dass ihre Ausrüstung ziemlich unberührt war. Die Klowns waren nicht daran interessiert, sich zu bewaffnen. Sie waren an Blut interessiert.

Sie gingen parallel zur Tigris Valley Road, bis diese auf die Restore Hope Avenue traf. Lee wandte sich nach links und führte die Einheit durch die offenen Bereiche zwischen der Restore Hope Avenue und der Oswego Avenue. Gestrüpp und Unkraut säumten die Straße. Es gab nichts, das eine beachtenswerte Deckung bot, aber sie könnten sich möglicherweise hinkauern und so vermeiden, dass man sie entdeckte, falls eine Einheit von Verrückten zu nah an sie heranstolperte. Es gab einige Lager zu ihrer Rechten. Diese waren dunkel und leer, vollkommen uninteressant, sowohl für Lees Truppen als auch die Klowns. Die Einheit marschierte so schnell sie konnte und kniete sich hin, wenn sie ausruhen und trinken musste, um die Flüssigkeit zu ersetzen, die sie in der feuchten Nacht ausgeschwitzt hatte. Der Kampfeslärm war nun viel näher, und inmitten der ratternden, sporadischen Schüsse und gelegentlichen Explosionen konnten sie das Kichern und Gelächter der Infizierten hören.

Major Walkers Stimme erklang über Lees Headset. »Sechs, hier ist Wizard.«

»Wizard. Hier ist Sechs. Ich höre. Over.« Lee sprach leise und behielt alles im Auge.

»Sechs, Wizard. Halten Sie Ihre Position. Eine Gruppe Fahrzeuge kommt in Ihre Richtung. Wir haben gesehen, wie sie bei Euphrates aus dem Bereich der Unterstützungsbrigade gezogen und runter nach Restore Hope gefahren sind. Noch kennen wir ihr Ziel nicht. Over.«

Lee hielt eine Faust in die Luft und die Soldaten hinter ihm knieten sich hin. Lee konnte wegen des dröhnenden Kampfes nördlich von ihnen nichts hören, aber er sah Lichter, als ein Humvee drei Blocks von ihrer Position entfernt in ihre Richtung bog. Vier Trucks folgten ihm. Menschen standen johlend und brüllend auf den Ladeflächen. Jeder von ihnen trug behelfsmäßige Waffen. Lee schob seine Brille zur Seite und nahm sein Fernglas vor die Augen. Er konzentrierte sich auf den Humvee, der sich ziellos umherbewegte. Der Soldat – oder genau genommen *ehemalige* Soldat – in der Kuppel war total im Lachmodus und hielt sich an einem M2 Maschinengewehr fest. Scheinbar waren die Klowns es leid, sich auf dem Altar des Gefechts zu opfern. Sie brachten ein paar neue Spielzeuge mit zum Kampf, wenngleich die Trucks, die sie vom Gelände der Unterstützungsbrigade geholt hatten, nicht bewaffnet waren.

»Werden wir deswegen etwas unternehmen?«, fragte Muldoon.

Lee dachte darüber nach. Zu ihrer Ausrüstung gehörten auch AT4 und M203 Granatwerfer. Also hätte die Einheit die Möglichkeit, die Klowns zu stoppen. Doch bevor er jemanden in Schussstellung beordern konnte, bog der kleine Konvoi nach links ab, fuhr die Second Street hoch und entfernte sich von ihnen.

»Sechs, hier ist Wizard. Sie sind sicher. Sieht so aus, als ob sie zum Gefechtsgebiet an der Hays Hall hochfahren«, berichtete Walker. »Over.«

»Wizard, hier ist Sechs. Das waren Klowns. Gibt es noch mehr in diesem Gebiet? Over.«

»Sechs, hier ist Wizard. Negativ. Es scheinen keine mehr bei Ihnen zu sein. Over.«

»Wizard, hier ist Sechs. Veranlassen Sie, dass eine der Ravens beim Fuhrpark der Unterstützungsbrigade die Runde macht. Ich möchte wissen, was dort drüben noch übrig geblieben ist. Und sagen Sie mir, wie lange es dauern wird. Over.«

»Sechs, hier ist Wizard. Bleiben Sie dran. Wir haben eine Einheit dort über dem Gebiet. Es sollte nicht lange dauern. Over.«

Lee wartete und schwenkte sein Fernglas über das Gebiet. Es gab noch andere Fahrzeuge im Fuhrpark vor ihm, aber die meisten sahen aus wie Schrottfahrzeuge – nichts, das seine Laune heben konnte. Die Chance, etwas Brauchbares zu finden, war weit hergeholt, aber die Klowns hatten offensichtlich ein paar fahrbereite Trucks entdeckt und vielleicht waren ja noch ein paar mehr übrig.

»Sind wir das Marschieren leid, Sir?«, fragte Muldoon.

»Wir könnten unsere Annäherungstaktik etwas ändern, ja«, erwiderte Lee. »Haben Sie ein Problem damit?«

»Nein, Sir.«

Lee grunzte.

»Augen auf, Muldoon.«

»Das sind sie, Sir. Verlassen Sie sich drauf.«

Lee kniete sich ins Gras, lauschte dem Summen der Mücken und den hämmernden Schüssen. Der Rest der Soldaten hielt still Position. Am Horizont explodierte etwas. Von der Richtung her war es dort, wo sich Hays Hall befand – ein großes Backsteingebäude, das die kommandierenden Elemente der Division beherbergte. Etwas näher, inmitten des ausgebrannten Gebäudes des Columbia College, das an der Camp Hale Road lag, entdeckte Lee die zersplitterten Trümmer von zwei Apaches. Er fragte sich, was mit Major Fleischer und seinen Piloten geschehen war. Er vermutete, dass sie hinterrücks angegriffen wurden, während sie versuchte hatten, den Soldaten bei Hays Hall Luftunterstützung zu geben. Irgendwann waren die Klowns da draußen gewesen, und als Lee sich umschaute, sah er Zeichen von konzentrischen Verteidigungen, die errichtet worden waren. Nicht weit entfernt von der Stelle, wo sie in der Dunkelheit knieten, lagen Leichen, und Lee konnte die Fäulnis riechen, die von ihnen ausging. Es war ein schwacher, süßlicher Geruch, der von einer leichten Brise zu ihnen getragen wurde.

»Sechs, hier ist Wizard. Over.«

»Sechs hört, Wizard. Over.«

»Sechs, es scheint so als hätten Sie ein paar fahrbereite Trucks und das war's. Das Gelände ist zum größten Teil leer. Nageln Sie uns nicht fest, was den Betriebszustand der Trucks anbelangt, die wir von den Ravens aus sehen können. Over.«

»Roger, Wizard. Irgendwelche Anzeichen für feindliche Bodeneinheiten in unserer Nähe? Over.«

»Sechs, hier ist Wizard. Negativ, sieht gut aus. Over.«

»Roger, Wizard. Bleiben Sie auf Empfang. Wir werden zum Gelände der Unterstützungsbrigade marschieren und uns dort umsehen. Over.«

»Roger, Sechs. Wir haben Funkkontakt zu Mountaineer. Sie senden ins Blaue hinein und fragen nach unserem Standort. Over.«

Lee gab Muldoon ein Zeichen aufzustehen und sich bereit zu machen. »Roger, Wizard. Reagieren Sie nicht darauf. Over«, sagte Lee und stand auf.

»Also gehen wir mit ein paar Trucks rein?«, fragte Muldoon.

»Wir werden nahe herankommen«, sagte Lee. »Wenn wir Glück haben, werden wir hinter sie gelangen und etwas Unfug treiben.«

»Unfug?«, fragte Rawlings.

Lee lächelte.

»Die Art von Unfug, die Klowns lieben – tödlicher Natur.« Er drehte sich um und sah den Rest der Truppe an. Alle standen und waren bereit. »Wizard, hier ist Sechs.«

»Sechs, hier ist Wizard. Over.«

»Wizard, Sechs. Ist Thunder aufgerüstet?«

Thunder war die Bezeichnung für das Granatwerfer-Platoon des Bataillons.

»Sechs, hier ist Wizard. Thunder ist bereit. Over.«

»Wizard, hier ist Sechs. Ich möchte, dass Sie sich in Bewegung setzen. Bringen Sie das Bataillon zum vierundfünfzigsten Infanterietor hoch. Wenn Sie dort sind, übergeben Sie an Wizard Sieben. Er soll seine größten und bösesten Jungs mitnehmen und das Gelände der einundsiebzigsten Kavallerie einnehmen. Dort könnte es ein paar Spielsachen geben. Sobald das Gebiet gesichert ist, rücken Sie zum Fuhrpark der Kavallerie vor und warten auf weitere Anweisungen. Over.«

»Verstanden, Sechs. Wizard ist unterwegs. Over.«

Command Sergeant Major Doug Turner saß auf dem Beifahrersitz des führenden Humvee. Während First Sergeant Boats fuhr, starrte er den 45th Infantry Division Drive hinunter. Die Straße führte durch eine Senke und auf beiden Seiten ragten Mauern aus Felsen aus der Erde, wie bucklige Rücken prähistorischer Tiere, die sich hoch in den Nachthimmel wölbten. Nur Minuten bevor Turners Einheit sich näherte, hatten die Ravens das Gebiet überflogen. Es gab keine Anzeichen darauf, dass irgendwelche Klowns an den Felsvorsprüngen auf der Lauer lagen, aber Turner hatte immer noch ein komisches Gefühl im Bauch. Sie fuhren durch einen perfekten Ort für einen Hinterhalt.

Nichts geschah. Die vier Humvees rasten durch die Senke und tauchten auf der anderen Seite auf.

»Nun, das ging ja reibungslos«, sagte Boats. Bevor er vor einem gefühlten Jahrtausend der Army beigetreten war, hatte er bei der Küstenwache gedient.

»Jetzt kling nicht so, als wärest du deswegen enttäuscht«, sagte Turner.

»Ich beklage mich nicht«, entgegnete Boats. »Es ist nur so, dass ich den Bestand meines Werkzeugkastens etwas verändern muss. Viele alte Patronen sind darin und die möchte ich loswerden.«

»Du wirst deine Chance bekommen, Sonnenschein«, sagte Turner. »Das verspreche ich.«

»Oh, prima.«

Rechts tauchte ein großer, weißer Wasserturm in der Dunkelheit auf. Der Zaun um ihn herum schien sicher zu sein. Also war der Turm höchstwahrscheinlich während des Falls von Fort Drum unbehelligt geblieben. Turner war glücklich darüber. Wenn ein oder zwei Klowns mit Gewehren oder ein paar AT4 dort oben gewesen wären, hätte das ihren Tag ruinieren können. Auf der linken Seite befand sich die große Kantine des Postens.

Die Lichter waren immer noch an, aber das Gebäude sah verlassen aus.

»Man muss nicht auf sein Essen warten«, sagte Boats. »Und es ist Dienstag.«

»Gott weiß, ich könnte jetzt auch einen Burrito vertilgen, aber lass uns nicht anhalten. Außerdem gab es in Taji das beste Essen, das ich jemals in einer Kantine gehabt habe.«

»Sie haben ein paar gute Burger gemacht. So viel ist sicher.« Boats nahm seinen Fuß vom Gaspedal und der Humvee wurde langsamer, als sie sich einer Kreuzung näherten. »Nehmen wir immer noch das Haupttor?«

»Ja. Langsam.«

»Mach dir darüber keine Sorgen, Mann – Humvees haben keinen Turbo.«

Der Humvee war mit schwerem Geschütz unterwegs. Vier Lightfighter saßen in der Kabine und ein Fünfter bemannte die Kuppel, die mit einem MK19 Granatwerfer ausgestattet worden war. Boats lenkte das Fahrzeug zum Haupttor des 1sten Schwadrons des 71sten Kavallerieregiments hoch. *Das Geisterschwadron*, wie es genannt wurde, war eine der letzten Einheiten, die aus Südwestasien nach Hause zurückgekehrt war. Als solches war es im Reset-Modus, als die Krankheit ausbrach und wurde als ungeeignet für die Mehrzahl von Drums Kampftruppen erachtet. Soweit Turner wusste, hatte man das Schwadron als Nachschub für New York oder Boston ausgewählt, aber er hatte keine Ahnung, ob es überhaupt zum Einsatz gekommen war. Er sah durch den Maschendrahtzaun, der den Fuhrpark umgab, und konnte sehen, dass eine nicht unerhebliche Anzahl von Fahrzeugen fehlte. Es waren fast nur Begleitfahrzeuge, Trucks und unbewaffnete Humvees übrig. Die Kavallerie reiste leicht, aber sie hatte immer genügend Ausrüstung dabei, um kräftig zuzuschlagen, wenn es nötig war. Der Großteil dieser Ausrüstung war verschwunden. Das war enttäuschend. Turner hatte gehofft, ein paar Sachen zu finden, die er zum Kampf um Hays Hall mitnehmen konnte.

»Das Tor ist verschlossen«, sagte Boats.

»Kein schlechtes Zeichen. Auf geht's, Jungs.« Turner stieg aus und hielt sein M4 im Anschlag.

Er hatte zwei andere Führungsoffiziere im Schlepptau, Master Sergeant Riggs und ein Sergeant First Class Courtney. Boats und der Soldat an der MK19 blieben im Fahrzeug. Turner näherte sich dem Tor. Daran hing ein Vorhängeschloss. Das wies darauf hin, dass der Fuhrpark noch unter Kontrolle des Geisterschwadrons gewesen war, als sie ihn verlassen hatten.

»Du bist dran, Courtney«, sagte Turner und ließ sich zurückfallen.

Turner und Riggs hatten ihre Gewehre weiterhin geschultert, während Courtney mit einem Bolzenschneider vorging. Kurz darauf wurde das Vorhängeschloss beiseite geworfen und Courtney schob das Tor auf. Die drei Soldaten traten in den Fuhrpark und sahen sich kurz um. Dann winkten sie dem Humvee, damit er hineinfuhr. Sobald die Fahrzeuge durch die Öffnung hindurch waren, schob Courtney das Tor wieder zu.

»Bleib hier und halt Ausschau«, sagte ihm Turner. »Riggs, du bleibst bei ihm.«

»Verstanden«, sagte Riggs.

Turner ging zu dem Humvee zurück. »Boats, komm mit mir.«

Boats nahm seine Schrotflinte aus dem Fahrzeug. »Wie ist der Plan?«

»Humvees besichtigen. Ich möchte Ausrüstung zur Panzerabwehr finden.«

Boats grunzte. »Ich könnte ein paar TOW-Geschosse ins Einsatzgebiet schicken.«

Turner rief: »Hey, Weide!«

Master Sergeant Zhu Weide traf von seinem Fahrzeug weg. »Ja?«

»Sieh dich um, aber geh vorerst nicht in die Gebäude. Ich mache mich mit Boats auf den Weg, um die TWO-Geschosse der Kavallerie zu finden.«

»Wegzugehen, bevor wir das Gebiet gesichert haben, ist nicht wirklich schlau, Doug.«

»Also sichere den Fuhrpark«, entgegnete Turner.

»Und wenn du Schüsse hörst, das sind nur wir, während wir es euch leichter machen und die Klown töten«, fügte Boats hinzu.

Weide grunzte. »Na los, ihr Helden. Ich sehe euch beide in Walhalla.«

Turner und Boats teilten sich auf. Sie liefen durch den Fuhrpark und sahen sich die verbliebenen Humvees auf dem Gelände an. Alle waren gepanzert und hatten Kuppeln, aber sie konnten keine TOW-Geschosse finden. Man hatte sie entweder auf andere Fahrzeuge verteilt oder sie waren immer noch irgendwo eingeschlossen. Turner hörte Schritte hinter sich – nun, es war mehr wie ein Stiefel, der über den Zement kratzte – und er verkrampfte sich. Zuerst dachte er, es wäre Boats, der auf ihn zukam, aber dann entdeckte er den größeren First Sergeant am anderen Ende der Reihe von Humvees.

Turner wirbelte herum. Er stand einem kleinen, dürren Soldaten gegenüber, der ihn schon im Visier hatte.

»Ich würde mich nicht bewegen, Mann«, sagte der Soldat.

»Wer zum Teufel sind Sie?«, blaffte Turner.

Der Soldat studierte Turner für einen Moment. Er schien nervös, was Turner gut verstehen konnte. Er fühlte sich, als hätte er gerade drei Stunden damit verbracht, Starbucks Kaffee hinunterzukippen.

»Sie lachen nicht«, sagte der Dürre.

»Ich habe nichts, worüber ich lachen könnte, Soldat. Jetzt nochmals. Wer zum Teufel sind Sie?«

»Das gebe ich direkt zurück, Sergeant Major«, sagte der Dürre. »Identifizieren Sie sich in zwei Sekunden oder Sie sind verdammt nochmal tot.«

Turner seufzte. Der Bursche war ihm gegenüber im Vorteil. »Sergeant Major Turner, höherer Unteroffizier, Erstes Bataillon, Fünfundfünfzigste Infanterie.«

»Bullshit«, sagte der Dürre und verengte die Augen. »Die Eins-Fünf-Fünf starb in Boston.« Sein Zeigefinger wechselte vom Bügel zum Abzug.

»*Au contraire*, Sonnyboy«, sagte Boats und kam um den Humvee herum. Er trat hinter den Soldaten und platzierte das gezackte Ende seines Schrotlaufs am Hals des Dürren. »Immerhin sind die *Meisten* vom Eins-Fünf-Fünf hier. Nun, wenn du nicht eine schöne Portion Schrotmunition probieren möchtest, warum nimmst du nicht deinen Popelpflücker von dem Knallhebel und hörst auf, dein Gewehr auf den hübschen Sergeant Major zu richten?«

»Das ist Bullshit«, sagte der Dürre. In seiner Stimme war keine Spur von Lachen. Es gab kein Anzeichen auf eine bebende, fast schon hysterisch manische Freude in den Augen. Turner nahm an, dass der Soldat mit nichts anderem infiziert war als einer angemessenen Portion Angst.

»Nimm. Es. Runter«, sagte Boats.

Hinter Turner waren Schritte zu hören und er hörte wie mehre Gewehre geschultert wurden.

»Was haben wir denn hier?«, fragte Master Sergeant Zhu.

»Immer mit der Ruhe«, sagte Turner. »Bleibt alle locker.« Er sah den Dürren an, der immer noch sein Gewehr auf ihn gerichtet hielt. »Junge, wir sind von der Eins-Fünf-Fünf und wir sind nicht infiziert. Wir haben uns aus Boston zurückgezogen, als die Stadt fiel. Wir sind hier, um der Division zu helfen und nach unseren Familien zu sehen.«

»Wie kann ich da sicher sein?«

Turner lachte fast. Dann überlegte er es sich anders. »Angesichts der Lage, in der du dich befindest, denke ich, ist es besser, dass du uns vertraust.«

Der Soldat seufzte und senkte schließlich seine Waffe. »Oh, scheiß drauf.«

Boats trat zurück, richtet aber immer noch seine Schrotflinte auf den Mann. »Das ist besser.«

»Wo ist der Rest der Kavallerie?«, fragte Turner. »Wurden sie anderen Kampfverbänden zugeteilt?«

»Ein Teil der Einheit wurde ausgesendet«, sagte der Dürre. »Der Rest war Teil des Vorstoßes. Sie sollten die Verrückten von Drum fernhalten. Die Sache war nur die, dass sie schon drin waren, als wir herausfanden, dass wir unter Beschuss standen.«

»Was meinst du damit?«, fragte Boats.

»Die Jungs aus Boston und New York waren anders, als sie zurückkamen. Wir bekämpften sie bereits von innen, als Watertown zu Looneytown wurde und all diese Trottel auf der Suche nach einem Kampf hier hochkamen.«

Turner nickte. Es machte Sinn. »Und warum bist du hier?«

»Irgendjemand musste zurückbleiben, um den Fuhrpark zu bewachen. Es gab drei von uns, aber die anderen sind abgehauen. Sie hatten Freundinnen in Watertown.«

»Was ist mit unseren Angehörigen?«, fragte Zhu und kam näher heran.

»Weg. Die meisten von ihnen wurden nach Philly geschickt. Dort draußen beim Indiantown Gap war die Präsenz der Nationalgarde sehr hoch. Die Stadt hätte sauber sein sollen. Also beschlossen die hochrangigen Militärs, dass alle Zivilisten des Postens dorthin geschickt werden sollten. Das ist fast zwei Wochen her.«

Philadelphia … Wenn das stimmte, waren Turners Familie und die Familien von hunderten Lightfightern weit außerhalb des Kampfradius des Bataillons. Aber in gewisser Hinsicht war die Nachricht befreiend. Sie würden Zeit haben, um mit allem zurückzuschlagen, was sie hatten, während sie versuchten, das Personal, das in Hays Hall eingeschlossen war, zu befreien.

Turner sagte Zhu: »Ich brauche einen Funker, der das an Wizard weiterleitet.« Er wandte sich wieder dem Dürren zu. »Name und Rang?«

»Corporal Wallinsky, Alpha Truppe, Erste der Einundsiebzigsten Kavallerie, Sergeant Major.«

»Wallinsky, sind hier irgendwo noch TOW-Geschosse?«

Wallinsky lächelte. »Zur Hölle ja, Sergeant. Zur Hölle ja.«

»Wollen Sie unsere Arbeit kontrollieren, Sir?«, fragte Muldoon.

Lee ging zu den zwei M939 Trucks herüber, die der Trupp im Fuhrpark der 10ten Unterstützungsbrigade gesichert hatte. Leichen waren an die Vorderseite der beiden Fahrzeuge gebunden und mit Brechstangen bearbeitet worden, um den Trucks einen Look zu verpassen, der annähernd der Art von Beförderung entsprach, die die Klowns zu bevorzugen schienen – blutige Streitwagen. Es war eine grausige, abscheuliche Arbeit gewesen und Lee bezweifelte, dass er sich jemals wieder sauber fühlen würde, selbst nachdem er ein paar dutzend Mal kochen heiß geduscht hatte.

Aber jeder Truck hatte auch ein paar willkommene Ergänzungen: vier Claymore-Minen waren an den Seiten der Ladefläche befestigt worden, zwei an jeder Seite. Die gewölbten Minen waren zielgerichtete Waffen, die mit hochexplosivem C4 bestückt waren, die siebenhundert Stahlkügelchen in einem Sechzig-Grad-Bogen antrieben. Es war wie ein Schrotflintenschuss auf Steroiden. Die Minen waren etwa einen Meter über dem Boden positioniert und der effektive Tötungsradius versprach, Dutzende von Klowns in menschlichen Müll zu verwandeln, wenn sie nah genug kamen.

Was sie natürlich würden. Lee zählte darauf. Sobald die Verrückten in Schussweite kämen, würden die Minen per Befehl aus dem Inneren der Truck-Kabinen gezündet. Es würde ein heftiges Gemetzel werden und die Klowns würden das nicht erwarten.

»Sieht gut aus«, sagte Lee zu Muldoon, als der Rest der Soldaten näher kam. »Alle sind sich darüber im Klaren, wie wir damit umgehen werden?«

»Wir überrollen die Klowns, lachen uns kaputt und dringen so tief in ihre Linien, wie es geht. Dann gehen wir so richtig ab«, sagte Muldoon. »Ganz einfach. Es sei denn, es gibt Fünfundzwanzig von uns und etwa Zweitausend von ihnen.«

Lee lächelte. »Haben Sie etwas Vertrauen, Muldoon.«

Muldoon schüttelte den Kopf. »Der Glaube ist keine gute taktische Lösung.«

»Das ist nicht so«, sagte Rawlings und trat neben Lee. »Wir haben die Überraschung auf unserer Seite und ein ganzes Bataillon in der Nähe. Du glaubst nicht an dein Bataillon, Sergeant?«

Muldoon funkelte sie an. »Lady, du musst diese Ich-wandle-über-das-Wasser-Einstellung irgendwie in den Griff bekommen.«

Rawlings war unbeirrt. »Hab Vertrauen, Muldoon.«

»Ich vertraue darauf, dass die Sanftmütigen nicht die Erde übernehmen. Wie ist das?«

Lee machte eine Schnittbewegung mit seiner Hand. »Hören Sie auf mit dem Bullshit. Beide. Weiß jeder, was hier von ihm erwartet wird? Wir gehen lachend rein, kommen so nah wie nur möglich an das Zentrum ihrer Formation heran und fangen dann an, das Gebäude zu reinigen. Unter unserem Befehl schlägt Thunder zur selben Zeit zu und das Bataillon kommt von Norden rein. Wir treiben die Klowns in den Süden, evakuieren das Hauptquartier und ziehen uns verdammt nochmal zurück. Noch Fragen?«

»Was denken Sie, wie viel Zeit wir haben, Sir?«, fragte Nutter. »Ich meine, das Bataillon muss schnell aufschließen.«

»Ich vermute, wir haben fünfzehn Minuten«, sagte Lee. »Bleiben Sie cool und tun, was Sie am Besten können: Töten Sie diese kichernden Arschlöcher.«

Die Einheit gab ein kollektives Hooah von sich, das Lee mit einem Nicken akzeptierte. Er deutete auf die Trucks.

»Aufsitzen.«

»Wizard, hier ist Sechs. Over.«

»Sechs, hier ist Wizard. Ich höre. Over«, sagte Walker.

Walker saß in dem führenden Humvee, der mit dem Rest des Bataillons vorgerückt war, um an der Kreuzung der Tigris Valley River Road und dem Korengal Valley Boulevard zu warten.

Leichen lagen überall verstreut und zerstörte Fahrzeuge und Fahrzeugteile übersäten die Landschaft. Gebäude standen in Flammen und warfen flackernde Schatten, die über das Gelände tanzten. Durch den Feuerschein waren die Nachtsichtbrillen nicht mehr ganz so effektiv, aber Walker war davon überzeugt, dass sie bei einem Kampf immer noch im Vorteil waren. Der Kampfeslärm war überall, und obwohl er die vorderste Linie nicht sehen konnte, war die Einheit von Sergeant Major Turner imstande, die vordere Reihe von Soldaten auszumachen.

Hays Hall war von Containern und Truck-Anhängern umgeben, die eine physische Mauer um das Backsteingebäude herum bildeten. Die Verteidiger hatten hastig Trichterzonen und Engpässe errichtet. Areale, die den Feind dazu zwangen, sich zu bündeln und so leichtere Ziele zu bilden, um die man sich kümmern konnte. Turners Berichte war von der Luftaufklärung untermauert worden. Diese zeigten, dass bereits Tausende von Klowns getötet worden waren. Aber Hays Hall schien von weit weniger als zweihundert Soldaten verteidigt zu werden. Vielleicht waren es nicht mal Hundert und der Feind konnte das Tempo des Kampfes diktieren. Die Belagerung kam zu einem Ende. Es schien, dass den Verteidigern einfach die Munition ausging.

»Wizard, kontaktieren Sie Mountaineer. Teilen Sie ihnen mit, dass wir bei der Party mitmachen. Sie sollen ihren Beschuss so weit wie möglich nach Süden richten und es vermeiden, Feindformationen im Nordosten anzugreifen. An diesen Flanken werden wir zuschlagen. Over.«

»Sechs, hier ist Wizard. Verstanden. Können Sie mir eine Zeit geben? Over.«

»Wizard, hier ist Sechs. Fünf Minuten. Break. Thunder, hier ist Sechs. Over.«

»Sechs, hier ist Thunder. Over.« Thunder war der Offizier, der mehr als drei Kilometer entfernt das Mörser-Platoon auf der anderen Seite der Fort Drum Road befehligte. Ihre sechs Mörsereinheiten waren bereits so gut es eben ging in Richtung des Schlachtfeldes ausgerichtet worden.

»Thunder, hier ist Sechs. Bleiben Sie auf Empfang, damit Sie übermitteln können, wie stark der Beschuss ist. Over.«

»Sechs, hier ist Thunder. Wir sind bereit, auf Ihren Befehl hin zu schießen. Over.«

»Wizard, hier ist Sechs. Wir sind unterwegs. Ich tätige den Anruf. Over.«

»Sechs, hier ist Wizard. Roger.« Walker wählte sich in eine andere Frequenz ein. »Mountaineer, hier ist Wizard. Over.«

Walker wiederholte den Funkspruch zweimal, bevor er eine gestresste Antwort bekam. »Wizard, hier ist Mountaineer. Ich schicke ›Schild‹. Over.«

Walker zog das Code-Buch heran, das dem Bataillon ausgehändigt wurde, bevor sie sich aus Boston zurückgezogen hatten. Er wusste, wie der militärische Geist operierte, darum nahm er an, dass die Antwort ›Schwert‹ oder ›Pfeil‹ oder etwas in der Art sein würde. »Mountaineer, hier ist Wizard. Ich schicke ›Excalibur‹. Over.«

»Wizard, hier ist Mountaineer. Es ist gut, von Ihnen zu hören. Sie müssen ganz in der Nähe sein, oder? Over.«

»Mountaineer, hier ist Wizard. Verstanden, wir sind in der Nähe. Wizard Sechs hat ein paar Bitten an Sie. Bleiben Sie auf Empfang. Over.«

Die beiden Trucks fuhren durch die Nacht zum Kampfesschimmer im Zentrum von Fort Drum. Lee befahl Murphy, etwas ziellos umherzufahren, als ob er unter einem gewaltigen Lachzauber stehen würde. Da waren Silhouetten im Scheinwerferlicht. Lee konnte sehen, dass der Kopf einer der Leichen an dem Kühlergrill hin und her schaukelte. Das Haar war verklebt unter einem Brei aus getrocknetem und geronnenem Blut. Der Gestank des Todes war überall. Lee wusste nicht, wie sie das tun konnten, aber die Soldaten hinten johlten und heulten, taten so, als seien sie infiziert.

Sie fuhren an Gruppen von Klowns vorbei. Die Soldaten hinten gackerten wie verrückt und die Klowns lachten zurück, hoben ihre Waffen und wedelten mit ihnen in der Luft herum. Lee sah uniformierte Militärs unter ihnen, aber die meisten schienen Zivilisten zu sein. Der Truck ruckelte, während er über eine Leiche rollte.

»Das ist irgendwie schräg, Sir«, sagte Murphy.

Die Klowns nutzten Fackeln und Lagerfeuer, um die Nacht zu erleuchten. Funken sprühten durch die Luft. Der Gestank von verbranntem Fleisch erreichte sie, begleitet von Schreien. Lee sah nach rechts und sah Soldaten, die vermutlich nicht infiziert waren. Sie wurden bei lebendigem Leibe verbrannt. Man hatte sie an Bürostühle gebunden und mitten in große Lagerfeuer geworfen.

»Schräg ist nicht das Wort, das ich benutzen würde, Mike«, sagte Lee kurz darauf.

Schon eher grauenhaft. Es war schwer, so zu tun, als ob man lachte, nachdem man das gesehen hatte.

Lee sah auf die Uhr. Seitdem er mit Walker kommuniziert hatte, waren zwei Minuten vergangen. Vor sich konnte er die äußeren Truppen der Klowns sehen. Es war eine gewaltige, bunt zusammengewürfelte Ansammlung pulsierenden Wahnsinns, mit jeder denkbaren und undenkbaren Waffe ausgerüstet. Lee war dankbar dafür, dass die Infizierten keine Einheiten mit schwerer Rüstung erobert hatten. Es wäre fast unmöglich gewesen, diese mit den verfügbaren Kräften zu überwältigen. Aber die Klowns hatten Fahrzeuge, Trucks, Humvees und sogar Baumaschinen. Die Infizierten schlugen wild gegen den äußersten Verteidigungsring, der um Hays Hall herum errichtet worden war. Container, Sattelschlepper, mit Erde gefüllte HESCO und feste, mit Stacheldraht gekrönte Jersey-Absperrungen umgaben das zweistöckige Backsteingebäude mit dem Metalldach, welches das Gehirn der 10ten Gebirgsdivision beherbergte. Der Stacheldraht war bereits mit Dutzenden, wenn nicht gar hunderten von Klownleichen dekoriert. Die Leichen, die den Boden um den Verteidigungsgürtel übersäten, gingen in die Tausende. Dafür, dass die Jungs vom Hauptquartier waren, hatte die überlebende Einheit der 10ten einen tollen Job gemacht und die Goblins in Schach gehalten.

Murphy verlangsamte den Truck, als dieser über noch mehr Leichen fuhr. Er schwankte von einer Seite zur anderen, wie ein antriebsloser Ozeandampfer auf dem Meer.

»Wizard, hier ist Sechs. Over.«

»Sechs, hier ist Wizard. Ich höre. Over.« Walkers Stimme klang schrill und angespannt.

»Wizard, Sechs. Haben Sie an Mountaineer weitergegeben, dass wir den Division Drive hochfahren? Over.«

»Verstanden Sechs. Mountaineer weiß, dass Sie kurz davor sind, Station zu machen. Irgendwelche Anweisungen für uns? Over.«

»Wizard, hier ist Sechs. Das Bataillon soll anfangen zu kämpfen. Fahren Sie los. Sechs, out.« Lee hatte die Übertragung gerade beendet, da klopfte jemand an die Tür und kletterte auf das Trittbrett hoch. Ein grauhaariges, blutgetränktes Gesicht spähte durch das Fenster. In dem flackernden Licht, das durch die Brände und Schusswaffen erzeugt wurde, glitzerten seine Augen hell. Lee fing an zu gackern und warf Murphy einen Blick zu.

»Lach«, kicherte er, während er das Fenster herunterkurbelte.

Murphy fing an zu kichern, so gut er konnte.

»Hey Ficker, wer seid ihr?«, schrie der Mann auf dem Trittbrett unter hysterischem Gelächter.

»Wir sind die verdammte U.S. Army, du Arschloch!«, sagte Lee und lachte selbst. »Wir haben uns etwas Scheiß besorgt, den wir zur Party bringen wollten!«

»Kennst du diesen Ort?«, kicherte der Mann.

»Scheiße, ja! Wir werden ein Loch durch die Mauer pusten!«

Der Mann lachte noch lauter und Lee dachte, dass der Kerl gleich den Halt am Fenster verlieren würde. Er spähte in das Fahrerhaus des Trucks und blickte auf Lees schmutzige Uniform. »Mann, sieht so aus als hättet ihr schon eine Menge Scheiß durchgemacht. Aber wo ist dein Klimbim? Wir alle tragen Klimbim hier, Mann!«

Lee hatte die Frage erwartet. Er nahm an, dass ›Klimbim‹ die grausigen Dekorationen mit Körperteilen bedeutete, die viele der Klowns trugen. Er langte zum Boden herunter. Als er sich wieder aufrichtete, hielt er eine abgetrennte Hand. Er hatte sie von einer der Leichen abgeschnitten, die sie benutzt hatten, um den Truck zu dekorieren.

»Brauchst du eine helfende Hand, Kumpel?«, fragte er und krümmte sich vor Lachen. Er fing an, den Wahnsinn zu verstehen. Wenn er noch viel länger lachen musste, könnte er selbst verrückt werden.

Der andere Mann quietschte vor Vergnügen. Dann fiel er vom Fenster, als der Truck über einen Stapel Leichen schlingerte. Zweifellos wirbelten die Reifen eine Blutfontäne hoch, als sie einen Moment lang durchdrehten, bevor sie wieder packten.

»Nun, das ist eine abgefuckte Mission, Sir«, sagte Murphy und kämpfte mit dem Lenkrad. Ein dummes Grinsen war in seinem Gesicht eingefroren.

»Bringen Sie uns einfach zur Absperrung, Mike«, sagte Lee. »Nur noch ein bisschen weiter, Mann.«

Die Welt war in den totalen Wahnsinn gerutscht.

Rawlings sah sich um, während der Truck durch die Klowns rollte, und kicherte, so gut sie unter ihrer Rüstung konnte. Sie trug eine Halskette aus Garn mit drei verwesenden Fingern daran. Der Gestank setzte sich in ihrer Nase fest. Der Verwesungsgeruch überlagerte alle anderen Gerüche – Rauch, Asche, Auspuffgase, Kordit. Den einzigen Geruch, den er nicht überlagern konnte, war der Gestank ihrer eigenen Angst und der Angst der Männer, die mit ihr in dem Truck saßen, während das Fahrzeug wie ein Schiff schaukelte, das im Meer versank.

Um sie herum drängten sich tausende Klowns. Sie lachten vor grausiger Freude, während sie sich gegen die Überreste von Fort Drums Verteidigung warfen. Viele von ihnen waren vom Militär und trotz der verheerenden Wirkung der Krankheit arbeiteten sie immer noch in einer koordinierten Art und Weise. Der einzige Grund, warum ihre Attacken nicht von Erfolg gekrönt waren, war der Umstand, dass jemand im Hauptquartier sein taktisches Geschick damit bewiesen hatte, Maschinengewehrstellungen auf dem Dach des Gebäudes und auf den rohen Mauern, die es umgaben, zu errichten. Die drei Zwanzig-Millimeter-Geschütze dröhnten, weil sie tausende Geschosse in der Minute abfeuerten. Die Verteidigung war unglaublich effektiv. Leichen und Körperteile lagen überall herum. Die Geschützstellungen waren hinter Sandsäcken verborgen. Das hielt den Großteil des Heckenschützenfeuers ab. Nichtsdestotrotz konnte Rawlings tote Soldaten sehen.

Mehrere Klowns versuchten in den Truck zu klettern. Muldoon und die anderen, die so irre lachten wie sie konnten, stießen sie weg.

»Nur das Militär!«, hörte sie Muldoon schreien. »Du bist kein Lightfighter? Dann bist du ein Haufen Scheiße!«

»Ich *bin* vom Militär, du verdammter Gorilla!«, schrie ein Unteroffizier zurück. In den Fängen des Wahnsinns war er nicht mehr als ein gackernder Irrer.

»Der Fahrer stellt die Regeln auf, Master Sergeant!«, sagte Muldoon kichernd. Rawlings konnte wegen der Nachtsichtbrille nicht so viel von seinem Gesicht sehen, aber sie war sich sicher, dass sich die Heiterkeit, die er vortäuschte, nicht in seinen Augen widerspiegelte.

»Hey, die Schüsse verlagern sich!«, kicherte Nutter und hielt sich an der Seitenschiene fest, als der Truck wieder wackelte.

Rawlings konnte ihn über den Kampfeslärm hinweg kaum hören, aber sie sah, dass die Verteidiger den Großteil ihrer Waffen nach Süden ausgerichtet hatten und auf den Angreifern dort herumhackten. Die Trucks näherten sich, und die Chancen durch eigenes Feuer Verluste zu erleiden, war gerade deutlich reduziert worden.

Die Klowns sahen den Wechsel auch. Sie drängten vorwärts, johlten und eilten wie ein gigantischer, einzelliger Organismus zu den Containerwänden. Die Trucks beschleunigten und schoben sie zur Seite.

Einige von Klowns gefahrene Humvees taten dasselbe.

»Okay, jetzt geht's los!«, rief Muldoon. »Macht euch bereit, Wichser!«

Rawlings ging mit dem Rest der Soldaten in die Mitte der Ladefläche des Trucks. Sie hockten sich hin und stützten sich gegenseitig, weil der Humvee unaufhörlich schwankte.

Turner sah, wie sich die Trucks von seiner Position nach Norden wandten und durch die Klowns drückten. Er saß in einem gepanzerten Humvee, der mit Panzerabwehrraketensystemen ausgestattet war. Eines war an der Kuppel montiert und zwei weitere hinten. Turner beobachtete die Szenerie durch das Zielfernrohr der TOW-Panzerabwehrlenkwaffe. Einige Fahrzeuge der Klowns – zumeist Humvees und Trucks, zusammen mit einem Mix aus ramponierten, zivilen Fahrzeugen – fuhren zur Mauer hoch, die Hays Hall umgab. Ein paar von diesen schlossen zu den Trucks auf.

»Sechs, hier ist Sieben«, sagte er in das Galgenmikrophon seines Funk-Headsets. »Du musst auf die Fahrzeuge aufpassen, die sich in eurer Nähe befinden. Wir haben kein Zielbild. Over.«

»Verstanden, Sieben«, kam die knappe Antwort.

»Wizard, hier ist Sieben. Es geht los in Zehn. Over.«

»Sieben, hier ist Wizard. Wir sind in Position. Break. Thunder, Feuer in Zehn. Over.«

»Wizard, hier ist Thunder. In Zehn gehen die Geschosse raus. Over.«

Turner drehte sich um und überprüfte den Humvee, der neben seinem geparkt war. Boats befand sich in der Kuppel und lehnte sich bereits gegen das Visier seiner Panzerabwehrlenkwaffe. Hinter dem Humvee standen zwei Soldaten mit Ersatzröhren für die TOW, in denen sich jeweils eine Rakete befand. Vor jedem Humvee kauerten sich Soldaten mit dem Gewehr im Anschlag hin und bereiteten sich darauf vor, alle Vergeltungsmaßnahmen der Klowns abzuwehren, wenn Turners Einheit angriff.

»Boats, Feuer in Fünf«, sagte Turner über Funk.

»Fünf. Verstanden«, erwiderte Boats flüchtig.

Turner lehnte sich wieder in seine Waffe und richtete sie auf einen der Klown-Humvees aus, der mit einer MK19 ausgestattet war. Fünf Sekunden konnten nicht früh genug kommen. Turner und Boats feuerten zur selben Zeit. Jedes Rohr warf eine Rakete aus, die Feuer hinter sich herzog. Die Projektile waren von Explosionen glänzenden Lichts umgeben und wackelten während ihrer letzten Korrekturen kurz in der Luft. Dann sausten sie zu den Fahrzeugen der Klowns. Turner beobachtete mit nicht geringer Freude, wie seine Rakete in den Humvee einschlug und ihn ausradierte. Sie verwandelte den Humvee in flammende Trümmer und große Teile von ihm wurden in die Luft geschleudert. Die Detonation der hochexplosiven Sprengköpfe verursachte eine Druckwelle, die sich über das Schlachtfeld ausbreitete und Dutzende Klowns niedermähte. Turner hatte aber keine Ahnung, ob sie von der Explosion getötet werden würden.

»Nachladen!«, schrie er. Eine weitere Explosion blühte auf, als Boats Schuss einen Truck traf. Er beseitigte ihn komplett, nur der verdrehte Rahmen blieb übrig.

So machen wir das, dachte Turner. *Nehmt das, ihr Wichser.*

Die Verheerung der beiden Explosionen überraschte Lee, obwohl er sie erwartet hatte. Allerdings schienen es die Klowns, die die beiden Trucks umgaben, nicht zu bemerken. Sie fuhren einfach weiter zu den Containerwänden, schrien und brüllten und hatten allgemein eine gute Zeit. Lee kurbelte sein Fenster hoch. Dann griff er nach unten und nahm die M57 Zündvorrichtung zur Hand, besser bekannt als ›Der Knaller‹, weil sie aus einem großen, flachen Auslöser bestand, der ein unverwechselbares Geräusch machte, wenn er nach unten gedrückt wurde. Die Einheit würde die Claymore-Minen, die an den Seitenschienen des Trucks angebracht waren, sprengen.

»*Claymore!*«, schrie Lee ins Funkgerät.

Dann schlug er auf den Auslöser.

Die Dunkelheit der Nacht wurde zerrissen, als die Minen an beiden Seiten des ersten Trucks nacheinander explodierten. Sie sprengten ihre Ladung Stahlgranulat wie tödliche, metallische Fächer nach außen. Die Klowns, die um die Fahrzeuge herum eingeklemmt waren, wurden sofort niedergemäht. Sie waren genauso wenig in der Lage den Ansturm zu überleben, wie ein Weizenfeld dem Angriff eines Mähdreschers standhalten konnte. Helle Funken stoben über die Fahrzeuge, die in der Nähe standen. Während die gepanzerten Humvees der Flut von Schrotkugeln widerstanden, wurden die weniger geschützten zivilen Fahrzeuge in Schweizer Käse verwandelt, als die Projektile durch sie hindurchgingen – und durch deren Insassen.

Dreißig Meter weiter fielen die Klowns auch zu Boden. Ihr Fleisch war zerfetzt und die Knochen zerschmettert, denn die Schrotkugeln taten eine scheußliche Arbeit. Aber weiter entfernt waren die Auswirkungen der Claymore-Druckwelle nicht direkt tödlich. Die Infizierten fielen und wanden sich am Boden, drehten sich, lachten und kreischten.

Der zweite Truck gab seine Ladung einen Augenblick später frei. Die Kegel der Zerstörung überlappten sich und loderten über das Schlachtfeld, zerrissen, verstümmelten und töteten. In weniger als zwei Sekunden waren mehr als zweihundert Klowns abgeschlachtet worden und in den Sekunden und Minuten, die folgten, würden doppelt so viele durch ihre schwerwiegenden Wunden sterben, die sie durch die Minenexplosionen erlitten hatten. Einen Moment lang waren die beiden Trucks vom Rest der Klowns isoliert, umgeben nur von einer Barriere aus Toten und zuckenden Körpern.

»*Auf!*«, schrie Muldoon. »Zieht die MOPP-Ausrüstung an und *kämpft!*«

Die Soldaten zogen ihre Oberbekleidung und die Gesichtsmasken an und kamen auf die Beine. Sie lehnten sich gegen die

Seitenschienen des Trucks. Auch Rawlings. Sie schulterte ihr M4 und eröffnete das Feuer auf einen Humvee, der von Klowns gesteuert wurde. Der Angriff war größtenteils wirkungslos. Die Panzerung und die Spezialglasscheiben des Fahrzeuges ließen ihre Kugeln abprallen, obwohl der bereits tote Schütze in der offenen Kuppel erbebte und zuckte von den Kugeln, die durch seine verstümmelte Leiche hindurchgingen. Dann verwandelte sich der Humvee in einen Feuerball, der sich immer weiter ausdehnte, als er plötzlich beschleunigte und gegen die Containerwand fuhr. Es war, als hätte ihn ein Riese getreten. Das Fahrzeug knallte in den Container und verwandelte sich in einen verdrehten Koloss brennenden Metalls. Rawlings brauchte eine Sekunde, um zu checken, was passiert war. Einer der Soldaten im zweiten Truck hatte den Humvee mit einer AT4 genau in den Arsch getroffen. Eine weitere AT4 brauste hinten vom Truck und ein zweiter Humvee explodierte mit solcher Kraft, dass er in die Luft geschleudert wurde und auf der Seite aufkam.

Mehrere hundert Meter entfernt fanden die Klowns endlich heraus, dass irgendetwas im Gange war. Sie wandten sich den beiden Trucks zu, als die Fahrzeuge genau vor der Containerwand zum Stehen kamen. Der Feind war unter ihnen. Außerhalb der Mauern. Frisches Fleisch.

Mit einem Brüllen stürmten sie auf die beiden Trucks zu.

Die Lightfighter reagierten mit einer vernichtenden Feuerkraft. Mit ihren Sturmgewehren und den SAWs mähten sie die ersten Angreiferreihen nieder. Diejenigen, die M203 Granatwerfer hatten, mischten sich auch in den Kampf ein. Helle, sporadische Explosionen erschienen in den Reihen der Klowns und zerrissen Körper. Immer mehr Infizierte fielen zu Boden, heulten und schrien vor Freude, selbst als ihnen das Blut herausquoll. Rawlings schoss eine Kugel nach der anderen in die sich nähernde Menge gestörter Menschheit. Männer und Frauen fielen. Einige waren tot, die meisten nicht, aber für all die, die sie aus dem Kampf herausnahm, traten hundert weitere an ihre Stelle.

Donner dröhnte.

BOOM BOOM BOOM BOOM BOOM BOOM

Sechs Explosionen waren nacheinander in der Nacht zu hören. Körper flogen durch die Luft, als die ersten Geschosse der Granatwerfereinheit auf die Klowns trafen, Fleisch zerfetzten und Knochen zerschmetterten. Die Lightfighter jubelten und waren durch die plötzliche Gewalt des Mörserangriffs ermutigt worden, selbst als Schmutz und abgetrennte organische Substanzen auf ihre Köpfe herunterregneten. Die Klowns jubelten auch. Sie lebten für den Tod, und Schmerz war eine willkommene Ergänzung ihrer Existenz, auch wenn es bedeutete, dass ihr Ende nahte.

BOOM BOOM BOOM BOOM BOOM BOOM

Eine weitere Salve Mörsergranaten ging durch die Klowns, kesselte sie ein. Sie konnten sich nicht mehr so schnell nähern, weil sie sich einen Weg durch die mit Extremitäten übersäte Landschaft bahnen mussten und auf der blutnassen Erde rutschten. Aber sie drangen vor, gingen langsam weiter und kamen immer näher und näher an die Trucks heran. Sie konzentrierten sich darauf, an die Soldaten heranzukommen und sie entweder zu töten oder zu infizieren.

Ein Ballon, der mit Pisse gefüllt war, spritzte gegen die gebogene Seitenschiene des Trucks. Ranziger Urin ergoss sich über Rawlings und tropfte an ihren MOPP Klamotten herunter. Sie wusste die Maske, die ihre Sicht einschränkte, neu zu schätzen, da diese sie davor bewahrte, die stinkende Flüssigkeit riechen zu müssen, die sich auf der Ladefläche des Trucks sammelte. Sie schoss weiter, leerte ein Magazin nach dem anderen. Verbrauchte Patronen, gepaart mit dem rutschigen, abkühlenden Urin im Truck machten es schwer, einen sicheren Halt zu finden.

Immer mehr Soldaten erschienen hinter den Schichten aus Stacheldraht. Sie schossen in die Menge der Klowns und schleuderten Splittergranaten in sie hinein.

Die Klowns ignorierten sie, da sie drauf fokussiert waren, zu den Trucks zu gelangen. Sie waren nun weniger als hundert Meter entfernt. Das war zu nah, um Granatwerfer einzusetzen. Es hing nun von den Soldaten ab, sie zurückzuhalten.

Etwas flitzte über den Himmel. Aus dem Winkel ihrer durch

Glas geschützten Augen sah Rawlings, wie eine TOW-Rakete einen weiteren Humvee vernichtete, der auf die Trucks zuraste.

»Aussteigen! Aussteigen!«

Rawlings erkannte Harry Lees Stimme und der Colonel erschien vor ihnen auf dem Boden. Er winkte die Soldaten aus dem Truck, während sein Fahrer mit einer M249 SAW das Feuer auf die sich nähernden Klowns eröffnete. Der Soldat hielt das leichte Maschinengewehr niedrig und schoss mehrere Salven ab. Dann ließ er sich auf den Boden fallen und entfaltete das Zweibein der Waffe, bevor er das Feuer wieder aufnahm.

»Rausspringen!«, schrie Muldoon. »Rawlings, du bleibst bei mir!«

»Verstanden!«, antwortete sie.

Die Lightfighter fingen an, paarweise vom Truck abzusteigen, während die Soldaten, die noch auf dem Truck waren, weiter Unterstützungsfeuer abgaben. Rawlings sah, dass es keine leichte Aufgabe war, die Klowns zurückzudrängen. Sie versuchten gar nicht, sich zu ducken und das eingehende Feuer zu meiden. Stattdessen liefen sie immer weiter, bis sie ausgeschaltet wurden. Der SAW-Schütze half jedoch, den Vormarsch aufzuhalten. Er zielte nach unten und schoss den Klowns in die Beine.

Der Truck leerte sich schnell.

Muldoon schlug hart gegen Rawlings Schulter.

»Geh!«

Sie drehte sich um und ging auf die ausgefahrene Ladeklappe zu. Während sie lief, rutschte sie auf verbrauchten Patronen aus. Ein Kugelhagel ging plötzlich auf den Truck nieder und zwang sie, sich zu ducken.

Muldoon schob sie grob vorwärts.

»Komm schon, Mädchen der Nationalgarde! Die Fahrzeuge werden zu ballistischen Magneten! Beweg deinen Arsch!«

Zum Teil fiel Rawlings, zum Teil sprang sie von dem Truck. Sie rollte sich auf dem Boden ab, während ein weiteres Klown-Fahrzeug explodierte. Es wurde von zwei TOW-Raketen in Stücke gerissen. Mehr Mörsergranaten schlugen in die angreifenden Klowns ein und sorgten für Unordnung im Zentrum ihrer

Formation. Das hinderte mehrere Hundert von ihnen aber nicht daran voranzustürmen, zu schreien und zu johlen, während sie sich auf die Lightfighter stürzten. Rawlings rollte auf den Bauch und überprüfte ihr Magazin. Dann stimmte sie mit ihrem M4 auch in das Konzert der Waffen ein. Aber die Klowns waren zahlenmäßig überlegen und trotz der Mörser, des Maschinengewehrfeuers, der Zwanzig-Millimeter-Kanonen und der fliegenden Granaten blieben sie in der Überzahl.

Ein tobender Feuersturm brach aus und Rawlings dachte, dass jemand früh beschlossen hatte, Neujahr zu feiern. Dutzende – nein *Hunderte* – von Sturm- und Maschinengewehren und Granatwerfern eröffneten das Feuer. Leuchtspuren zeichneten sich am Himmel ab, schossen in die Klowns und warfen sie zurück, während der Rest des Bataillons nach vorn drängte und dem Kampf beitrat. Die Soldaten stießen furchterregende Kampfschreie aus. MK19 Granatwerfer sprengten die vorrückenden Klowns ins Nirvana.

Rawlings sah nach links und nach rechts. An allen Seiten ihrer Position gab es Bewegung. Zwei Kompanien der leichten Infanterie waren angekommen und hatten all ihr Spielzeug zum Kampf mitgebracht.

»Sie sind hier! Das 155zigste Infanterieregiment, es ist tatsächlich hier!«

Brigadegeneral Ernesto Salvador wusste, dass das Bataillon auf dem Posten war, aber er hatte Zweifel daran gehabt, dass es noch eine befreundete Einheit war. Er hatte sich den wenigen Optimismus, der ihm geblieben war, aufbewahrt und darauf gewartet, dass ein volles Bataillon infizierter Lightfighter über die defensiven Einheiten von Hays Hall hereinbrach. Sobald dies geschehen war, würde es nicht mehr lange dauern, bis die letzten Überbleibsel der 10ten Gebirgsdivision ausgelöscht worden waren. Es gab einfach keine Möglichkeit, dass seine Verteidiger ein ganzes Bataillon abwehren konnten. Als die erste Einheit, die mit den Klowns in Kontakt kam, anfing, sie zu attackieren, wurde er ermutigt, und dieses Gefühl wurde schließlich zu einem blassen Hoffnungsschimmer, als indirektes Feuer auf die infizierten Horden herunterregnete. All das war ihm vom Unteroffizier berichtet worden, der die Verteidigungsanlagen auf dem Dach bemannte, und den Offizieren, die das Platoon befehligten, das die Mauern verteidigte. Aber hundertprozentige *Freude* hatte sich nicht eingestellt, bis er die Berichte gehörte, dass die Truppen, die sich im Norden gesammelt hatten, näherkamen – und die Killer Klowns angriffen.

Es schien so, als sei das Erste Bataillon des 55zigsten Infanterieregiments immer noch ein Haufen guter Jungs. Salvador kannte Lieutenant Colonel Prince gut, und er war nicht überrascht, dass der großspurige Hurensohn nicht nur die Situation in Boston überlebt, sondern auch den ganzen Weg zurück nach Drum geschafft hatte.

Salvador sah sich um. Nur drei andere Soldaten waren bei ihm im Keller, der als taktische Einsatzzentrale der Division diente. Die oberen Stockwerke von Hays Hall waren von Kugeln durchsiebt worden und das mit Ziegeln verblendete Bauwerk war nicht mit dem Gedanken konzipiert worden, direktem Feindkontakt standzuhalten. Der Keller war der einzige Ort, der immer noch sicher war, und Salvador hatte dem Betriebspersonal befohlen, unter die Erde zu gehen, während der Rest der Soldaten – eine bunte Ansammlung von Militärpolizisten, Kavallerie und den Überresten des Postens der Garnison – tat ihr Bestes, um Hays Hall vor dem Ansturm der Klowns zu schützen. Diese bekamen Rückhalt von Köchen, Pflegern, Medizinern, sogar zwei Geistlichen. Vor einer Woche, als Salvadors Boss, Major General Lew McLaren, noch am Leben war, hatten sie eine Streitmacht, die dreihundert Mann stark war. Seitdem wurde die Anzahl stark dezimiert und bei der letzten Personenzählung wurde Salvador gesagt, dass nur neunzig Soldaten übriggeblieben waren. Und ein guter Prozentsatz von denen war verwundet.

»Okay, geben Sie mir den Leiter von Wizard Sechs«, befahl Salvador seinem Funker. »Wir müssen ernsthaft in Erwägung ziehen, hier abzuhauen, und wir brauchen die Soldaten von Prince, um das in die Wege zu leiten.«

»Sechs, hier ist Wizard. Over.«

In der Hitze des Gefechts verpasste Lee die Übertragung fast. Das Bataillon war vollkommen damit beschäftigt, die Klowns aufzuhalten. Es war ein harter Kampf. Die Klowns hatten keine Angst davor, getötet zu werden, aber sie waren auch nicht daran interessiert, unnötig zu sterben. Darum wurden sie gewitzt. Die militärischen Mitglieder in ihren Reihen gewannen an Bedeutung und leiteten den Rest der Verrückten. Sie scharten sich zusammen und gingen zum Gegenangriff über.

Seit Lee den Rest seiner Kampftruppen im östlichen Einsatzgebiet aufmarschieren ließ, setzte er alles auf eine Karte. Er hatte Walker befohlen, beim Rest des Stabskompaniepersonals zu bleiben, um die Ressourcen zu koordinieren, während Captain Hayes die Kampfhandlungen im westlichen Einsatzgebiet überwachte.

»Sechs hört«, sagte Lee. Er hockte sich hinter Murphy, der die Klowns mit seiner SAW bearbeitete.

»Sechs, hier ist Wizard. Mountaineer Fünf möchte ein vertrauliches Gespräch auf Foxtrott Vier Drei Drei haben. Er möchte die retrograden Optionen diskutieren.« Walker machte eine Pause. »Sechs, Mountaineer denkt, dass Prince immer noch das Bataillon befehligt. Over.«

Lee bemerkte ein nervöses Zittern in Walkers Stimme. Als Executive Officer des Bataillons war Walker bereitwillig zur Seite getreten, um ihn das Kommando übernehmen zu lassen. Obwohl das nicht illegal war, da Lee viel mehr direkte Felderfahrung hatte als Walker, lastete die Tatsache, dass er Lee ermutigt hatte, auch den Rang eines Lieutenant Colonel anzunehmen, zweifellos schwer auf ihm. General Salvador würde sich sicherlich fragen, was zum Teufel los war, wenn ein Captain vorgab, ein Lieutenant Colonel zu sein und er würde eine wirklich gute Erklärung von Walker erwarten.

»Verstanden Walker. Hören Sie zu. Sie müssen ein paar Ravens am anderen Ende des Einsatzgebiets einsetzen, über Sexton Field. Sondern sich irgendwelche Klowns für einen Umgehungsangriff ab? Ich muss das auf der Stelle wissen. Over.«

»Sechs, hier ist Wizard. Wir haben in etwa zwei Minuten einen Vogel in dem Gebiet. Over.«

»Verstanden Wizard. Wenn da unten ein Ausreißerelement ist, dann schauen Sie, ob Thunder es erledigen kann. Und lassen Sie uns ein paar Trucks herschicken. Ich bin sicher, Mountaineer haben nicht viele Transportressourcen. Irgendwelche Fragen, bevor ich auf Vier Drei Drei wechsle? Over.«

»Negativ Sechs. Alles gut bei Wizard. Over«, erwiderte Walker.

»Verstanden. Ich schalte jetzt um. In ein paar Minuten reden wir wieder. Out.« Neben ihm grunzte Murphy und bewegte sich unruhig auf dem Boden. »Was ist los, Mike?«

»Abgesehen davon, dass diese Ficker immer näher kommen und mir die Munition ausgeht? Nichts, Sir«, sagte Murphy.

»Oh, hören Sie auf zu meckern. Sie haben immer noch Zeit, Ihr Make-up zu richten, Süßer.«

Foster hockte sich neben sie. Er hatte drei Taschen mit Munition für die M249 dabei und ließ sie neben dem Schützen auf den Boden fallen. »Hier. Sag nicht, ich hätte dir nie etwas gegeben.«

»Alter, ich könnte dich knutschen«, sagte Murphy.

»Wirklich? Weißt du. Irgendwie ist es das gefühlt zehnte Mal, dass du mir vorgeschlagen hast, einen Zungenkampf mit dir auszutragen. Ich fange an, mir Sorgen um dich zu machen, Mann.«

»Fick dich«, entgegnete Murphy.

Foster sah Lee an. »Sehen Sie, was ich meine, Sir?«

»Wenn das hier vorbei ist, sollten Sie beide einen Therapeuten aufsuchen«, sagte Lee. »Halten Sie die Irren zurück. Ich muss mich kurz bei Mountaineer melden.« Lee wechselte die Frequenz. »Mountaineer, hier ist der Leiter von Wizard Sechs. Over.«

»Wizard, hier ist der Leiter von Mountaineer Fünf. Prince, sind Sie das?« Die Stimme hatte einen leichten Latinoklang.

»Mountaineer, hier ist Wizard. Negativ, Colonel Prince war Kilo India Alpha. Wir müssen Sie da rausholen, Mountaineer. Wie viele sind noch übrig? Over.«

»Wizard, hier ist Mountaineer. Es sind noch etwa achtzig Soldaten übrig und einige sind verletzt. Wizard, wenn da nicht Prince ist, ist da der Executive Officer? Warum verwenden Sie das Rufzeichen von Prince? Over.«

Lee entschied, die Frage zu ignorieren. »Mountaineer, wir müssen diesen Posten aufgeben. Wir haben nicht genügend Einheiten, um an Drum festzuhalten. Also müssen wir möglichst schnell die Fliege machen. Wir halten die Nordseite der Stellung und haben Trucks dabei, um Sie rauszubringen. Fangen Sie an, Ihre Soldaten auf diese Seite zu bringen und wir werden von dort an übernehmen. Over.« Lee musste wegen der ratternden SAW in der Nähe schreien. Außerdem war da das Donnern von mehr als hundert Sturmgewehren und Dutzender explodierender Granaten. Weiter entfernt detonierten Mörsergranaten. Er nahm an, dass die Drohnen ein Sammelgebiet der Klowns identifiziert hatten, welches nun verarztet wurde.

»Verstanden Wizard. Wie lange können Sie die Klowns zurückhalten? Over.«

Lee sah sich um. Er konnte nur seine Flanke einsehen und diese schien sicher zu sein. Captain Sommers führte die Charlie Company mit dem Rufzeichen Chaos nach vorne.

»Mountaineer, ich denke, dass wir noch zehn Minuten durchhalten können, aber lassen Sie uns das nicht auf die Probe stellen. Je schneller Sie sich zurückziehen, desto schneller können wir uns auf den Weg machen. Over.«

»Verstanden, Wizard. Bleiben Sie auf Empfang. Wir gehen in Squads zur nördlichen Wand. Over.«

»Verstanden, Mountaineer. Bis gleich. Wizard, out.« Lee wechselte die Frequenz. »Wizard, hier ist Wizard Sechs. Over.«

»Sechs, hier ist Wizard. Ich habe das Gespräch mitgehört. Wir haben sechs leere Trucks aufgereiht, aber so langsam gehen uns die Fahrzeuge aus«, berichtete Walker. »Trotzdem sind wir bereit für Mountaineer. Over.«

»Verstanden, Wizard. Im Fuhrpark der Unterstützungsbrigade gibt es weitere Trucks. Wir ziehen uns dahin zurück. Geben Sie an Thunder weiter, dass wir darauf zählen, dass sie uns bei unserem Rückzug Deckung geben. Also sollen sie besser damit anfangen, ihre Kräfte einzuteilen. Over.«

»Verstanden. Ich werde das in Ordnung bringen«, sagte Walker. »Äh ... Sechs, bleiben Sie auf Empfang.«

Während die Charlie Company weiter vorrückte und die Klowns zurückdrängte, hörte Murphy plötzlich auf zu feuern.

»Sir, wir werden auch vorrücken müssen – Charlie ist in meiner Schusslinie. Ich kann nicht ohne Risiko weiterfeuern. Ich könnte einige von unseren Jungs wegblasen.«

»Stellen Sie das Feuer für einen Moment ein. Wir bewegen uns aber noch nicht«, sagte Lee.

»Sechs, Wizard. Over!« Walker war zurück und er klang mächtig aufgeregt.

»Sechs hört, Wizard. Over.«

»Sechs, wir haben eine ziemlich große Klown-Einheit entdeckt, die aus nordöstlicher Richtung auf uns zurollt. Sie sind zu Fuß unterwegs, mehrere Hundert an der Zahl. Sie kommen aus der Kaserne am Fifth Armored Division Drive und sie bewegen sich den Fifth Division nach Euphrates runter. Wir müssen Echo auf sie hetzen. Over.«

Lee drehte sich um und schaute an der Reihe Soldaten vorbei. »Muldoon!« Als er nicht die Antwort bekam, die er sich erhofft hatte, löste er die Riemen seiner Gesichtsmaske und entblößte sein Gesicht. Der penetrante Gestank des Krieges traf ihn wie eine schallende Ohrfeige, wodurch seine Nase brannte.

»*Muldoon!*«

Muldoon kam um einen der Trucks herum und trottete herüber. »Sagen Sie nichts – Sie brauchen mich mal wieder, damit ich die Lage rette. Richtig. Sir?«

»Da kommt eine weitere Streitmacht. Machen Sie sich bereit, dort einzugreifen. Halten Sie Ihr Team zusammen.« Lee schob die Maske wieder auf sein Gesicht. »Wizard, Sechs. Halten Sie Echo auf Position und sagen Sie Thunder, auf Befehl drei Minuten lang auf diese Formation umzulenken. Ich schicke eine Einheit raus, die sie stört und verlangsamt. Over.«

»Verstanden, ich habe Thunder bereits benachrichtigt. Sie halten sich bereit, um ihr Feuer vom Sexton Field umzulenken. Ich bin nicht sicher, ob es eine gute Idee ist, wenn wir Echo auf Position halten. Das ist eine große Streitkraft, die zu Fuß unterwegs ist. Wir müssen genug Feuerkraft aufbringen, um sie zu stoppen. Over.«

»Walker, wir müssen sie nicht aufhalten, sondern nur verlangsamen. Break. Wizard Sieben, Wizard Sechs. Wie ist Ihre Position? Over.«

Sergeant Major Turner antwortete sofort. »Sechs, hier ist Sieben. Wir geben den Trucks Deckung, die für die Evakuierung der Mountaineer bereitstehen. Für den Moment ist dieses Gebiet sicher und wir haben Sichtkontakt zu Echo. Wo brauchen Sie uns? Over.«

»Sieben, hier ist Sechs. Wie seid ihr ausgerüstet? Over.«

»Sechs, Sieben hat fünf gepanzerte Humvees, die bereit sind, ein Mix aus TOWs, Ma Deuces und Mark Neunzehn. Over.«

»Verstanden, Sieben. Gehen Sie zur Zehnten Gebirgsdivision und Riva Ridge. Bleiben Sie nah bei den Bäumen. Zeigen Sie die Fahrzeuge nicht. Ich schicke eine Einheit, die sich mit Ihnen verbinden soll. Sie wird von Sergeant Muldoon angeführt und wird sich um die Klowns kümmern, die aus den Bäumen kommen, sie verlangsamen. Over.« Während er sprach, sah er zu Muldoon. Der große Sergeant zuckte mit den Schultern und nickte. Dann drehte er sich um und begann den Rest seiner Einheit anzubrüllen.

»Verstanden, Sechs. Sieben ist in Bewegung. Over.«

»Muldoon, sind Sie sich über die Mission im Klaren?«, fragte Lee.

Muldoon gab ihm ein hämisches Daumenhoch. »Kristallklar, Sir. Sie bleiben hier und sorgen dafür, dass Mountaineer rauskommt. Wir werden Ihnen den Arsch retten.«

»Murphy, Foster, gehen Sie mit ihm«, sagte Lee.

»Fuck Sir, Sie halsen mir schon Turner auf! Wollen Sie wirklich, dass ich Ihren persönlichen Chauffeur und Gepäckträger auch noch mitnehme?«, fragte Muldoon.

»Hören Sie auf mit dem Scheiß, Muldoon. Sie werden die Feuerkraft brauchen.«

»Ja, Muldoon. Du hast vielleicht bemerkt, dass ich eine SAW habe, Mann«, sagte Murphy.

»Und ich muss wirklich schlimm furzen«, fügte Foster hinzu, drehte sich beiseite und ließ einen großen Brüller los.

Murphy stöhnte. »Gott sei Dank tragen wir alle schon MOPP-Ausrüstung.«

Muldoon sah zu Lee herüber und schüttelte den Kopf. »Ernsthaft? Diese Jungs? Mit mir?«

»Reißen Sie sich zusammen und legen Sie los. Sie haben nicht viel Zeit, also nehmen Sie einen dieser Trucks. Und denken Sie immer daran, schießen Sie den Arschlöchern ins Gesicht.«

Vorwärts Soldaten.

Muldoon hockte sich mit dem Rest seiner Einheit hin. Es waren noch dreizehn, einschließlich Lees persönlicher Lakaien und dem Mädchen der Nationalgarde namens Rawlings. Die Soldaten waren zwischen den Bäumen ausgeschwärmt, die einen guten Sichtschutz boten. So würde verhindert werden, dass man sie leicht entdeckte, aber es würde praktisch gar nicht davor schützen, erschossen zu werden. Turners Humvee stand mit ausgeschaltetem Licht ein paar hundert Meter entfernt. Trotz seiner persönlichen Abneigung gegen Turner war Muldoon froh, den alten Mann bei sich zu haben.

Sie hörten die nahenden Klowns. Die Infizierten gackerten, johlten und sangen unverständlichen Bullshit, der einem Lied ähnelte, das man bei der Army sang, damit die Soldaten im Gleichschritt liefen. Dadurch bekam Muldoon nur noch mehr Fracksausen. Wenn sie versuchten, so etwas zu singen, dann waren viele vom Militär dabei.

Sie hatten zwei verbliebene Claymores, die sie im Vorfeld ihrer Position gut platziert hatten. Die Idee dahinter war, umgehend eine Menge Klowns zu töten oder zu verstümmeln. Dann würden sie alles einsetzen, um sie am rechten Ort zu halten. Sobald dies geschehen war, würde Turners Einheit das Feuer eröffnen und Vierzig-Millimeter-Patronen über die Bäume schießen und direkt in die Klowns hinein, während Thunder obendrein einige Splitterbomben direkt über ihren Köpfen fallen lassen würde. Und wenn das nicht funktionierte, würden sich Turners Maschinengewehreinheiten um die Verrückten kümmern. Es bestand keine Möglichkeit, alle von ihnen zu töten – obwohl technisch möglich, war Muldoon davon überzeugt, dass sie nicht so viel Glück haben würden. Aber sie würden sie lang genug zurückhalten, damit Mountaineer evakuiert werden konnte, und dann würde vielleicht eine der Lightfighter-Kompanien herbeieilen und die Klowns vernichten, bevor das Bataillon sich auf den Weg machte.

Der Kampfeslärm um Hays Hall zerriss immer noch die Luft. Durch seine Nachtsichtbrille konnte Muldoon seine Truppe in Kampfposition sehen. Nutter war links von ihm, Rawlings zu seiner Rechten. Er musste zugeben, dass sie ihren kleinen Teil der Kriegsführung genau so gut verstand, wie seine Männer es taten, vielleicht sogar besser. Obwohl der Rest seiner Truppe über jeden Scheiß meckerte – Soldaten maulten gern herum –, hatte er von ihr keinen Pieps gehört. *Endlich eine Frau, die ihre Klappe halten kann. Nicht, dass das jetzt irgendetwas bedeutet.*

Er richtete seine Aufmerksamkeit wieder auf die kichernden und schlurfenden Klowns, die auf sie zukamen. Sie näherten sich ohne jegliche Vorsicht. Er zog den Zünder der Claymore-Minen näher an sich heran und ließ die erste Gruppe ungehindert in die Todeszone gehen, bevor er den Auslöser der M57iger betätigte. Die Claymores detonierten gleichzeitig und fünfzig Klowns fielen tot um, während weitere sechzig oder siebzig umhertaumelten oder schrecklich verwundet auf dem Boden herumzuckten.

Die Einheit eröffnete das Feuer und ihre Schüsse peitschten durch die Infizierten. Kugeln drangen durch Uniformen, Zivilkleidung und auffallenden Körperschmuck, zerrissen Organe. Die beiden SAWs waren von großer Wirkung. Unerbittlich schlugen sie auf die Klowns ein und mähten sie nieder, selbst als diese sich duckten oder wegzulaufen versuchten.

Muldoon hörte einen Moment lang auf zu feuern und zog eine Granate. »Granate kommt!«, schrie er, während er sie direkt in die Gruppe der Klowns schleuderte, die sich gerade für einen Gegenangriff bereit machten.

Im Nu fielen sie durch die Explosion. Mehrere krümmten sich auf dem Boden und lachten sich kaputt, während sie versuchten, die Blutungen zu stoppen, die von ihren abgetrennten Armen und Beinen herrührten. Weitere Granaten gingen hoch und Körper flogen durch die Luft. Ein krasser Anblick, den Muldoon durch die Nachtsichtbrille zu Gesicht bekam.

»Thunder, Thunder, hier ist Crusher Drei-Eins! Fire Mission. Over«, schrie Muldoon über dem Lärm, den das Gewehrfeuer machte, in sein Funkgerät.

Der Begriff ›Fire Mission‹ bedeutete, dass mehrere Munitionsladungen pausenlos abgefeuert werden sollten, ohne den Einstellwinkel zu überprüfen. Obwohl Muldoon sehr versiert im Umgang mit Mörsern war, hatte er noch nie eine Fire Mission befohlen. Wenn er sich in Bezug auf die Lightfighter wegen des Planquadrats irrte, würde es ein sehr kurzer Kampf werden.

»Crusher Drei-Eins, hier ist Thunder. Fire Mission. Out.«

»Geschosse kommen in fünf Sekunden!«, schrie Muldoon. »Thunder, Crusher, baldiger Einschlag. Over!«

Es dauerte eher drei Sekunden und die Nacht wurde erhellt, als drei Mörsergranaten mit weniger als einer Sekunde Abstand in die Klown-Formation auf die Straße einschlugen. Muldoon verzog das Gesicht unter seiner Maske. Er hatte gehofft, dass sie etwas mehr in der Gruppe landen würden, aber dennoch hatten sie eine große Wirkung. Dutzende Klowns starben sofort und Dutzende weitere waren außer Gefecht.

Aber die vordersten Reihen der Klown-Verstärkung waren schon fast bei Muldoons Einheit und griffen jetzt an, rannten mit rasendem Eifer direkt in die Schüsse der Männer. Es war erstaunlich, das zu sehen. Sie starben und lachten, bis ihr Herz aufhörte zu schlagen und sich ihre Gehirne abschalteten. Aber hinter ihnen waren noch mehr – viel mehr – und sie hatten Waffen. Schon bald schlug feindliches Feuer in drei Trucks ein und sprengte Blätter auf dem Waldboden direkt vor Muldoon weg.

»Thunder, Crusher Drei-Eins. Wenn wir euch für noch einen Durchgang bekommen können! Wirkungsfeuer! Over!« Der Deal war, dass Thunder ihnen noch einen Durchgang gewähren würde und dann wieder die Kämpfe bei Hays Hall unterstützte. Muldoon spielte die Karte der weinerlichen Bitch aus, indem er nach mehr fragte, aber es war ihm egal. Wenn Thunder ablehnte, war er einfach nur etwas früher tot. Er ging wieder an sein Gewehr und fing an, das feindliche Feuer zu erwidern.

»Nachladen!«, rief Rawlings neben ihm.

»Crusher Drei-Eins, hier ist Thunder. Du schuldest mir eine Kiste Guinness für jede Granate. Wirkungsfeuer ist raus. Over.«

Muldoon hatte keine Zeit, etwas zu erwidern. Drei Klowns waren bis zu den Bäumen durchgekommen und stürzten durch das Laub, feuerten mit Sturmgewehren und zielten auf das Mündungsfeuer von Muldoons Männern. Er hörte ein *Tick*, als etwas an seinem Helm vorbeisauste. Die Schramme war so leicht, dass sie sich in dem Winkel seiner Nachtsichtbrille nicht mal veränderte, aber es war trotzdem eine knappe Sache. Er hob sein Gewehr und feuerte acht Schüsse ab. Zwei der Angreifer stolperten, schwankten und keuchten noch vor Lachen. Der Dritte kam näher. Muldoon hatte ihn völlig verfehlt. Nutter feuerte eine Salve auf Vollautomatik ab.

»Verdammt, Duke! Du schießt wie ein Schulmädchen!«, schrie Nutter.

»Crusher Drei-Eins, hier ist Thunder. Baldiger Einschlag. Over.«

»Es kommen noch mehr!«, brüllte Muldoon. Einer der Klowns, den er niedergeschossen hatte, kämpfte sich zurück auf die Knie. Er war ein Zivilist und Muldoon erkannte ihn als einen der Arbeiter von der Basis. Ein ehemaliger Unteroffizier, der aus dem Dienst ausgeschieden war und hier einen Job bekommen hatte. Im Winter fuhr er die Schneepflüge und im Sommer schnitt er den Rasen. Muldoon schoss ihm ins Gesicht, der Mann stürzte und fiel ins Gebüsch.

Die drei Mörsergranaten landeten viel näher und Muldoon fluchte, als die Druckwellen durch die Bäume gingen und einen Sturm aus Splitt, Blättern, Ästen und blutigen Fleischfetzen aufwirbelten. Er feuerte weiter, obwohl Rauch seine Sicht vernebelte. Er hatte keine Ahnung, ob er etwas traf oder nicht, aber die Möglichkeit, zumindest einen Klown oder zwei zu verwunden, war die Zeit und Mühe wert. Er hörte, wie hinter ihm ein MK19 das Feuer eröffnete, und er hoffte, die Granaten würden dem Feind einheizen.

Er brauchte sich keine Sorgen machen. Die Geschosse fanden ziemlich genau ins Ziel.

Aber hallo, Sergeant Major.

Als sich der Staub legte, war Muldoon entsetzt, denn er sah, dass weder die Mörser noch die Granaten die Klowns davon abgehalten hatten, in die Bäume zu strömen.

Dann ging die Munition im Magazin seines Gewehrs zuneige.

Es dauerte viel länger als zehn Minuten, um Hays Hall zu evakuieren. Als die Soldaten die Mauern gebaut hatten, die das zweistöckige Verwaltungsgebäude umgaben, hatten sie einen Container vor die Fahrzeuge geschleppt, um den Zugang zu versperren. Dann hatten sie mit einem Kran einen zweiten Container auf den ersten gestellt. Der Kran war in der Schlacht zerstört worden, und somit der einzige Weg nach draußen, sich von der Mauer abzuseilen.

Diese Verspätung war eine der längsten in Lees Leben. Sie war nahezu unerträglich. Er kauerte mit dem Funker Twohy und vier anderen Soldaten neben der Mauer und versuchte Deckung zu geben, während er den Kampf von der Front führte. Die Charlie Kompanie hatte ihren Vormarsch gestoppt und einen Keil gebildet.

Vom Dach von Hays Hall aus gaben die verbliebenen Verteidiger noch immer alles, als die ersten Soldaten einen Fluchtversuch unternahmen. Die Verwundeten gingen zuerst.

Zwanzig Minuten, nachdem die Evakuierung begann, hatten die Verteidiger auf dem Dach ihren Posten aufgegeben. Nur die Bodentruppen standen noch zwischen ihnen und den Klowns. Lee befahl Hallelujah Hayes, seine Einheiten zurück zu Walkers Position zu schicken, wo sie sofort von den verbliebenen Echo-Formationen unterstützt werden würden. Auf diese Weise wäre das Bataillon besser in der Lage, sich selbst zu verteidigen, wenn die Verstärkung der Klowns es an dem kleinen Einsatzkommando vorbeischaffen sollte, das von Turner und Muldoon angeführt wurde.

Nicht, dass viel übrig wäre, mit dem man verteidigen konnte. Das Bataillon hatte seine Munition in einer unwahrscheinlichen Geschwindigkeit verbraucht. Es war schwer zu deuten, wie lange die Einheit ihr aktuelles Tempo durchhalten konnte. Lee hoffte nur, dass sie die Mountaineer aus Hays Hall holen konnten, um sie verdammt nochmal aus Fort Drum herauszubringen. Er betete sogar. Es war das erste Mal seit langem, dass er das tat.

»Colonel!«

Lee drehte sich um. Zwei Lightfighter der Alpha Kompanie eskortierten einen weiteren Mann. Im Gegensatz zu seinen Begleitern trug er keine MOPP-Ausrüstung. Der dunkelhäutige Mann hatte leuchtend grüne Augen, die unter einer gerunzelten Stirn leuchteten.

»Colonel?«, wiederholte der Mann.

Lee fühlte, wie das Blut aus seinem Gesicht wich. Der Mann war Brigadegeneral Salvador, der stellvertretende kommandierende General der 10ten Gebirgsdivision.

Lee salutierte.

»Sir, Sie müssen hinter die Linie kommen!«

Salvador sah an Lee hoch und runter. Dann beugte er sich nach vorne und starrte genau auf das dezente Lieutenant Colonel Eichenblatt an Lees Rüstung. Er schaute wieder auf und sah in Lee's maskiertes Gesicht.

»Ich weiß nichts von einem Colonel Lee, der an das Erste Bataillon angegliedert ist. Wer zum Teufel sind Sie, Soldat?«

Lee beschloss, das Problem nicht zu umgehen. Es war im Moment sowieso nicht so wichtig. »Harry Lee, ehemaliger S-3, Erstes Bataillon, Fünfundfünfzigstes Infanterieregiment«, sagte er. »Sie müssen vom Schlachtfeld runter, General. Und zwar sofort.«

»Der S-3? Also sind Sie der *Captain*?«, schnauzte Salvador. »Warum zum Teufel tragen Sie die Insignien eines Lieutenant Colonel? Wo ist der Executive Officer Walker?«

»Major Walker ist nicht hier, Sir. Wenn Sie diesen Soldaten folgen, werden Sie zu ihm geführt und er kann Sie über alles ins Bild setzen. Ich bin hier beschäftigt.«

Salvador kam noch näher. »Haben Sie Ihren verdammten Verstand verloren? Haben Sie eine Ahnung, wie sehr Sie der militärischen Tradition in den Arsch gefickt haben? Ganz abgesehen davon, gegen wie viele Vorschriften Sie verstoßen haben? Mann, Sie sind in ernsthaften Schwierigkeiten!«

Lee sah die beiden Soldaten an, die den General begleiteten. Beide hatten sich wegen der Schüsse, die durch die Luft zischten, hingehockt. Nicht alle dieser Schüsse kamen vom Bataillon. Die Klowns kamen wieder auf die Füße, seit sich Hayes Kompanie zurückzog. Diese Lücke hatte den infizierten Feinden Zeit verschafft, um sich neu zu formieren und sie fokussierten sich ausschließlich auf die Charlie Kompanie.

»Bringen Sie den Mann hier raus!«, brüllte Lee den beiden zu, als mehrere Soldaten, die noch auf der Mauer waren, über ihnen das Feuer mit Vollautomatik eröffneten.

Alle fielen zu Boden, einschließlich Salvador. Der General mochte angepisst sein, aber er hatte nicht vergessen, dass er im Freien stand, inmitten einer kriegerischen Auseinandersetzung. Etwas bohrte sich mit einem scharfen Geräusch in den Schiffscontainer hinter ihnen. Als Lee zurückblickte, sah er einen Pfeil, der sich dort hineingebohrt hatte.

Weiter oben reagierte einer der Infanteristen, die die Verteidigungsstellung hielten, auf die Tatsache, dass ihm ein Pfeil in seinem linken Oberschenkel steckte. *Oh fuck!*

»Bringen Sie Salvador hier raus!«, schrie er und nahm sein Gewehr hoch.

Der Soldat mit dem Pfeil im Bein fing an zu zittern, als ihn die ersten Kicherwellen überkamen und er senkte sofort seine Waffe und eröffnete das Feuer auf die Männer unter ihm. Einer der Soldaten, der Salvador eskortiert hatte, zuckte zusammen, als ihn mehrere Kugeln trafen. Als nächstes grunzte Salvador und fing an, sein M4 in den Boden zu entladen. Lees Funker rollte sich zusammen, als die fehlgeleiteten Schüsse des Generals genau vor ihm kleine Krater in die Erde rissen. Lee feuerte drei Kugeln in den infizierten Soldaten über ihm.

Salvador lag am Boden. Seine linke Hand presste er an der Stelle auf seine rechte Schulter, wo der Hals auf seinen Körper traf. Blut quoll zwischen seinen behandschuhten Fingern hervor. Seine Augen waren vor Angst und Schock geweitet. Er wusste, dass er getroffen worden war, und er wusste, dass es schlimm war.

»Schaffen Sie ihn hier raus!«, rief Lee den beiden verbliebenen Soldaten und dem Funker zu. »Twohy, holen Sie ihm sofort einen Sanitäter!«

Mehrere Menschen rannten auf sie zu und nicht alle von ihnen waren uniformiert. Lee hob sein Gewehr, aber einer von ihnen riss die Hände hoch und winkte in der Dunkelheit.

»Nein, nein! Wir sind aus Hays!«, schrie der Soldat.

»Wie viele sind noch drin?«, fragte Lee.

»Ich denke, wir sind die Letzten. Abgesehen von denen, die die Mauer sichern. Sie sind jetzt auf dem Weg nach draußen.« Der Mann sah auf Salvador herab, als Twohy dem anderen Soldaten dabei half, ihn auf eine behelfsmäßige Trage zu hieven.

»Scheiße, ist das der General?«

»Das ist er«, sagte Lee. »Helfen Sie dabei, ihn hier rauszuschaffen. Twohy, Sie wissen, wo die Rettungswagen sind?«

»Ja, Sir«, sagte der Funker.

»Dann bringen Sie ihn sofort zu Nightingale!«

»Bin dabei«, erwiderte Twohy.

Die Gruppe entfernte sich.

Lee wandte sich wieder dem Kampf zu. Die Charlie Kompanie fiel weiter zurück. Mehr Klowns kamen, kletterten über die Toten und die zuckenden Verwundeten und schnatterten vor Freude, als sie sich mit Sturmgewehren und ihren eigenen Handgranaten rächten. Einer der Container explodierte, als sich eine AT4 in ihn hineingrub. Glühende Splitter wurden durch die Luft gewirbelt. Auch die Verrückten brachten nun schweres Geschütz mit zur Party. Das bedeutete, dass es für das Bataillon an der Zeit war, die Beine in die Hand zu nehmen.

»Wizard, hier ist Sechs!«

Walker antwortete sofort: »Sechs, hier ist Wizard. Over!«

»Wizard, sind wir fertig? Haben wir sie herausgeholt? Wir verlieren die Verteidigungslinie. Chaos wird zurückgedrängt. Die Zeit ist um. Wir müssen gehen. Over.«

»Sechs, hier ist Wizard. Verstanden. Wir haben ein paar Nachzügler, aber sie werden in weniger als zwei Minuten draußen sein. Wir sind bereit, wenn Sie es sind. Over.«

»Wizard, Sechs ist jetzt bereit. Ziehen Sie Alpha unter Deckungsfeuer ab. Dann Charlie und allen anderen Einheiten, die an vorderster Front kämpfen. Fangen Sie sofort damit an. Over.«

Muldoon rollte auf die Seite und nahm ein frisches Magazin aus seinem Waffengurt. Rawlings fing wieder an zu feuern und schrie hinter ihrer Maske, als die Klowns genau vor ihr aus dem Gebüsch stürzten. Nutter feuerte wieder eine Salve auf Vollautomatik ab. Dann schrie er, dass er nachladen musste.

Auf der anderen Seite von Nutter kniete sich ein Soldat hin, schleuderte eine Handgranate und schrie: »Granate kommt!« Bevor der Lightfighter wieder Deckung suchen konnte, wurde er mit einem erstickten Schrei nach hinten gerissen, weil eine Kugel durch seine Maske drang. Er stürzte auf den Rücken und blieb still liegen.

Muldoon feuerte drei Kugeln in den Klown-Schützen, der durch das Gebüsch wankte. Die Bewegungen des Angreifers wirkten unbeholfen, da er kein Nachtsichtgerät hatte und er lachte wie Frank Gorshens Riddler aus der klassischen *Batman* Fernsehserie. Weitere Gestalten tauchten hinter diesem einen auf und erwiderten das Feuer. Muldoon hörte das Krachen der Kugeln, die an ihm vorbeizischten und nur um wenige Zentimeter verfehlten.

»Es ist eine wunderbare Zeit, um diesen Arschlöchern ins Gesicht zu schießen, Duke!«, schrie Nutter. Seine Stimme war schrill, während er verzweifelt versuchte, sein M4 nachzuladen.

Muldoon feuerte sechs schnelle Schüsse auf die nahenden Schützen ab. Einer von ihnen rollte sich mit einem Kichern zusammen und fiel zu Boden, während ein anderer nur lauter lachte, während einer seiner Arme nutzlos an seiner Seite baumelte. Der Dritte duckte sich nach rechts weg und brachte einen kleinen Baum zwischen sich und Muldoon, wobei er blind um sich schoss. Seine Kugeln flogen hoch. Sie töteten nichts weiter als Blätter und vielleicht ein paar Rotkehlchen, die in den Ästen über ihnen saßen. Rawlings jagte zwei Kugeln in den Klown und er sackte gurgelnd zu Boden.

Muldoon hörte berstendes Glas, dann war da ein plötzliches Glühen, dass mit fieberhafter Intensität wuchs. Es schien fast so, als wäre der kleine Wald, in dem sie lagen, von einer Atombombe getroffen worden. Er roch Benzin und durch seine Nachtsichtbrille konnte er nur weiß sehen. Er wusste, dass einer der Klowns einen Molotowcocktail nach ihnen geworfen hatte. Flammen züngelten hell und heiß und fanden mehr als nur Benzin, von dem sie sich ernährten. Vertrocknete Blätter, Büsche und Baumstämme, die schon seit ein paar Wochen keinen Regen mehr gesehen hatten, fingen Feuer und dichter Rauch waberte hoch.

Muldoon schob seine Nachtsichtbrille von den Augen. Das Feuer war nur wenige Meter entfernt und er konnte sehen, wie sich Lees Jungs – Murphy und Foster – von der Feuersbrunst zurückzogen. Foster schlug verzweifelt mit behandschuhten Händen auf die Flammen an seiner Uniform, während Murphy ihn wegzog. Seine SAW hatte er sich um die Brust geschlungen.

Muldoon hatte keine Zeit, sich deswegen Sorgen zu machen, da noch mehr Klowns in das Wäldchen stürzten. Er schoss mehrere von ihnen nieder, aber einige trugen Panzerwesten und er musste sie mehrmals treffen, um überhaupt einen Effekt zu erzielen.

Dann hatte er wieder keine Munition mehr. »Nachladen!«, schrie er und drehte sich auf die Seite, um nach einem neuen Magazin zu tasten.

Einer der Klowns stürzte sich mit einem Schlachtruf auf Rawlings. Er hob eine Axt über seinen Kopf.

»Fuck!«, schrie Rawlings. Sie feuerte dem Klown mit ihrem M4 direkt in den Schritt.

Der Mann heulte vor Lachen, während sein Becken unter der Kraft mehrerer Vollmantelgeschosse zerriss. Er strauchelte zu Boden, schwang dabei jedoch immer noch die Axt, während er fiel. Rawlings drehte sich im letzten Moment weg, und der Axtkopf bohrte sich neben ihr in die Erde.

Muldoon schlug mit seinem leeren Gewehr um sich, und das Bajonett, das an der Spitze des M9 angebracht war, durchbohrte die Brust des Mannes. Das ließ den Klown nur noch lauter lachen. Dieses Lachen machte neben dem saugenden Klang aus der Brust ein schreckliches Geräusch, aber Muldoon stach weiter auf ihn ein, wieder und wieder. Er konnte die Hitze der immer größer werdenden Flammen spüren und das Feuer brüllte, als es alles Brennbare in seinem Weg verzehrte. Nutter hatte endlich sein Gewehr nachgeladen und feuerte zwei Schüsse in den Klown, während dieser zusammensackte und von Muldoon und dessen Bajonett abfiel.

»Danke für nichts, Nutter!«, brüllte Muldoon, während er sein Gewehr zurückzog und ein frisches Magazin aus seiner Weste zog. »Rawlings, ist alles in Ordnung?«

»Alles okay«, sagte Rawlings.

»Wir müssen uns zurückziehen, Duke!«, rief Nutter. »Dieses Feuer wird zu heiß!«

»Verstanden«, antwortete Muldoon, schlug das Magazin in sein Gewehr und betätigte den Verschlussriegel. *Klick!* Das M4 war wieder einsatzbereit. »Fünfzig Meter zurückziehen!« Er feuerte mehrere Schüsse durch den wachsenden Rauch und hoffte, dass er die Klowns lang genug aus dem Gleichgewicht brachte, damit das Team sich zurückziehen konnte. »Nutter, Girard ist am Boden, hilf ihm!«

»Hooah!« Nutter packte die Weste des gefallenen Soldaten und zog ihn durch das Gebüsch.

Rawlings ließ sich zurückfallen, während der Rest der Soldaten seine Positionen verließ. Sie feuerten auf die Gestalten, die in dem Rauch umherschwirrten.

»Komm schon, Rawlings! Rückzug!«, schnauzte Muldoon.

»Was ist mir dir, Sergeant?«

»Mach dir keine Sorgen um mich! Verzieh dich und formiert euch fünfzig Meter entfernt neu!« Er machte lang genug eine Pause, um eine Granate aus seiner Weste zu nehmen, den Stift zu ziehen und sie in den Rauch zu schleudern.

»Granate kommt!«

Muldoon ging in die Hocke, während sich Rawlings widerwillig zurückzog. Sie machte einen Ausfallschritt zur Seite und hielt das Gewehr im Anschlag. Die Granate explodierte und die Detonation verursachte direkt außerhalb der Bäume einen Chor aus Gelächter.

Muldoon kam auf die Beine und machte sich daran, seinem Trupp zu folgen. Plötzlich tauchten weitere Gestalten aus dem Rauch auf und lachten vor manischer Freude laut auf, als sie ihn erblickten. Muldoon fluchte und drehte sich um, um sie anzugreifen. Doch er konnte es nicht. Sein Gewehr hatte sich in den Ranken einer Kletterpflanze verfangen. Vier Klowns eilten mit gackerndem Geheul auf ihn zu.

Muldoon riss sein Gewehr von den Reben frei und schoss eine Salve in den ersten Infizierten, der weniger als einen Meter entfernt war. Der Mann starb sofort, aber seine Schwerfälligkeit trug ihn weiter vorwärts, bis er von Muldoons Bajonett aufgespießt wurde. Muldoon trat zurück, konnte sich aber nicht schnell genug bewegen. Mit einem trockenen Glucksen stürzte der Klown auf ihn und fingerte an Muldoons Maske herum.

»*Fuck!*«, schrie Muldoon, als er über seine eigenen Füße stolperte und auf den Rücken fiel.

Der zuckende Klown fiel mit ihm. Er war immer noch auf dem Bajonett aufgespießt. Muldoon feuerte eine weitere Salve ab. Es war kein Ziel in Sicht. Es war nur ein Versuch, seinen Angreifern Gottesfurcht beizubringen, wenn das überhaupt möglich war. Dann rollte er die Leiche von sich herunter. Für diese Mühe landete ein weiterer Klown auf ihm. Es war eine junge Frau, die ein T-Shirt und zerrissene Jeans trug. Ihr schwarzes Haar wirbelte wie ein wilder Heiligenschein um ihren Kopf.

Mit all ihrer Kraft stach sie Muldoon ein Fleischermesser in seine Brust. Die Klinge traf die Metallplatte seines Brustschutzes, rutschte ab und zerriss etwas Stoff, bevor sie in dem härteren Material seiner taktischen Weste hängenblieb. Muldoon schlug ihr in die unteren Rippen und er wurde mit dem Klang brechender Knochen belohnt, während das Mädchen sich wand. Als sie sich mit einem anhaltenden Kichern krümmte, hämmerte Muldoon ihr seine Faust gegen die Kehle. Dadurch hörte das Mädchen auf zu lachen und fiel von ihm runter. Die Augen waren schon glasig, als sie noch immer versuchte, durch die zerstörte Luftröhre zu atmen.

»*Es ist Throat-punch Thursday, Schlampe!*«, schrie Muldoon, obwohl noch nicht mal Donnerstag war.

Eine Schrotflinte ging los und Muldoon zuckte zusammen, als Erde, zerschredderte Blätter und Zweige auf ihn hinabregneten. Ein weiterer Klown steuerte auf ihn zu und quälte den Verschluss seiner Flinte. Muldoon versuchte das Gewehr hochzureißen, als der lachende, infizierte Mann seine Waffe hob und auf Muldoons Gesicht richtete. Für Muldoon sah die Mündung der Schrotflinte größer aus als der Holland Tunnel.

Der Hinterkopf des Klowns explodierte. Die klebrige Sauerei spritzte auf die schwankende, fettleibige Frau hinter ihm. Der Tunnel verschwand, als der Mann zu Boden fiel.

Muldoon hatte nicht mal Zeit zu blinzeln, da brach auch die Frau zusammen und Blut schoss aus ihren gewaltigen Brüsten. Sie trug nichts weiter, als einen altmodischen Hausmantel. Die massige Frau stürzte auf den Waldboden. Sie strampelte mit den Beinen, während sie versuchte mit Lungen zu atmen, die sich zu einem Äquivalent von blutgetränktem, geschroteten Weizen verwandelt hatten. Er hatte keine Ahnung, was gerade passiert war.

»Muldoon, komm hoch!«

Er setzte sich auf und drehte sich um. Rawling kniete nur einen Katzensprung von ihm entfernt. Sie hatte ihr Gewehr geschultert und sah mit der MOPP Ausrüstung und der Nachtsichtbrille wie ein dämonischer Krieger aus. Sie feuerte wieder und Muldoon hörte, wie in der Nähe etwas ins Gebüsch geworfen wurde.

»*Hee-hee-hee-HEEEEEEE—!*«

Das schrille Kichern eines Klowns wurde immer lauter.

Muldoon stand schwerfällig auf und warf einen kurzen Blick über die Schulter, während er sein Gewehr packte. Ein Klown ging zu Boden. Rawlings hatte nicht nur mehrmals auf ihn geschossen, er stand auch in Flammen. Trotz der Tatsache, dass er brannte, versuchte der infizierte Soldat immer noch auf

Muldoon zuzukriechen, grinste ihn anzüglich mit geschwärzten Lippen an. Rawlings feuerte wieder. Sie schoss nur eine einzige Patrone ab und diese ging dem Klown geradewegs durch den Kopf.

Doch hinter den Leichen überschwemmten immer mehr Infizierte den Wald. Viele waren durch die Angriffe mit Granaten schwer verwundet, aber noch mehr waren körperlich unversehrt und sie wollten auf eine schlimme Art, dass es so blieb. Muldoon feuerte eine Salve auf sie ab. Dann schloss er sich Rawlings an, als diese aufstand und durch die Bäume sprintete. Sie fanden den Rest der Soldaten tiefer im Wald in einer groben Schützenlinie vor.

Nutter gab Muldoon ein Daumenhoch.

»Jetzt finde ich es gar nicht so schlimm, von einem Mädchen gerettet zu werden«, krähte der kleine, drahtige Kerl hinter seiner Maske. »Ich wünschte nur, ich wäre da gewesen, um davon ein Foto zu machen, wie sich *dich* rettet, Duke!«

»Unterstützungsfeuer!«, schrie Muldoon, als er sich neben Nutter auf den Boden fallen ließ und den Kommentar des Soldaten ignorierte. »Wir haben heftigen Feindkontakt!« In sein Funkgerät rief er: »Wizard Sieben, hier ist Crusher Drei-Eins. Wir brauchen sofort eure Fünfziger! Over!«

»Crusher Drei-Eins, hier ist Wizard Sieben. Verstanden. Legt eure Gesichter in den Dreck und haltet den Arsch unten. Jetzt kommt die BDA. Over.«

Kaum hatte Turner die Übertragung beendet, da ratterten drei oder vier .50-Kaliber-Maschinengewehre hinter Muldoons Position los. Große Patronen, manche davon waren Leuchtspurgeschosse, zischten auf einer Höhe von etwas über einem Meter durch die Bäume. Sie flogen durch das Gebüsch und in die Körper der Klowns, die unbesorgt weitergingen, bis ihnen die Scheiße um die Ohren flog.

Es dauerte nicht lange und Leichen stapelten sich auf dem Boden, aber es kamen immer mehr Klowns, die eifrig starben. Maschinengewehrkugeln waren keine Todesstrahlen. Sie konnten nur töten, was sie auch trafen, und es standen reichliche

Bäume zwischen den Humvees und den Klowns. Obwohl viele Infizierte getroffen wurden, drängten etliche mehr vorwärts und traten dem pausenlosen Feuer der Lightfighter entgegen. Zu Muldoons Freude fuhren die Klowns mit ihrer Strategie gar nicht gut. Blutende Körper fielen, starben lachend.

Muldoon bemerkte, dass die Infizierten versuchten, sie zu flankieren, und er befahl seinen Truppen, sich neu zu positionieren, so dass sie ihre Schüsse mehr auf die rechte Seite der Formation richten konnten. Er funkte Turner an und teilte ihm mit, dass er das Sperrfeuer einstellen sollte.

»Ich denke, sie werden uns von der rechten Flanke her angreifen. Over«, fügte er hinzu, nachdem er den Sergeant Major über die aktuelle Situation in Kenntnis gesetzt hatte.

»Drei-Eins, hier ist Sieben. Ihr müsst euch zurückziehen. Wir werden uns von der Kreuzung aus nähern und ihr Interesse wecken, während ihr Jungs euch auf den Weg zum Truck macht. Over.«

»Sieben, hier ist Crusher Drei-Eins. Unsere Mission ist noch nicht erfüllt. Over.«

»Crusher Drei-Eins, hier ist Wizard Sieben. Das Bataillon ist in Bewegung. Eure Mission ist erfüllt. Bleib ruhig, wenn du willst, Muldoon, aber schick den Rest deiner Einheit raus, solange wir sie noch unterstützen können. Over.«

Muldoon schüttelte seinen Kopf. Turner würde es lieben, wenn er in den Wäldern herumhängen und ganz allein mit den Klowns fertig werden müsste, nur um dann selbst verrückt zu werden. Zu schade, dass er ihm eine weitere Dosis bittersüßer Enttäuschung reichen würde.

»Wizard Sieben, Crusher Drei-Eins. Verstanden, wir ziehen uns jetzt zurück.«

»Na schön«, war Turners kryptische Antwort, aber Muldoon lächelte ob der übersprudelnden Ernüchterung, die diese Nachricht enthielt.

Das Bataillon zog sich hastig zurück. Sie legten beim Fuhrpark der Kavallerie eine Pause ein und nahmen sich wertvolle zehn Minuten, um die Anlage nach Munition, Essen, Fahrzeugen, Benzin und auch Ersatzuniformen zu durchsuchen. Die Klowns machten es ihnen nicht leicht, aber Thunder hielt das Tempo. Sie verbrauchten die Mörsermunition mit einer enormen Geschwindigkeit, bis sie die infizierte Horde dann mit Rauchgranaten angriffen.

Das Bataillon hatte tausende Klowns getötet. Sie zermürbten die Streitkräfte der Infizierten, bis nur noch ein harter Kern der Störenfriede übrig war. Dieser konnte von der neu ausgerüsteten Alpha Kompanie eingekesselt werden, die die Plätze mit der Charlie Kompanie getauscht hatte. Sie mussten die Stellung nicht lange halten. Während Echo vorrückte, um den zivilen Konvoi weiter die Straße hinauf zu begleiten und Thunder für den Rückzug Deckung zu geben, räumte Alpha auf.

Als der Konvoi wieder zurück auf der Straße war und über die Fort Drum Road in Richtung Norden auf die kleine Stadt Evans Mills zuraste, waren nicht mehr viele Verfolger übrig. Walker besaß die Weitsicht, eine Raven über Evans Mills zu schicken. Sie hatten ermittelt, dass die Stadt größtenteils leer war. Offenbar war sie eine Woche zuvor niedergebrannt worden. Die Nachrichten wurden von Lee begrüßt, der nicht von einem Kampf in den nächsten rennen wollte. Der Plan war, die Stadt so weit zu umgehen, wie es nur möglich war, und dann hinaus ins Ackerland zu fahren, das sich um die Jenkins Road erstreckte. Dort würden sie die Kolonne pausieren und instand setzen.

Die Lightfighter des Ersten Bataillons der Fünfundfünfzigsten Infanterie hatten sich ein paar Minuten der Ruhe verdient.

Lee ging mit Walker zu der Reihe von Krankenwagen. Es gab mehr Verwundete als in die medizinischen Fahrzeuge passten. Also hatte man viele Verwundete in andere Fahrzeuge gepresst, von monströsen Lastkraftwagen bis zu zivilen SUVs. Walker schien nervös und unruhig. Er versuchte trotz der Anwesenheit von Turner und drei seiner besten Unteroffiziere überall zugleich hinzusehen. Jetzt fanden sie die Zeit, nach General Salvador zu sehen, und es gab kaum eine Chance, dass sich der General nicht über Walker aufregen würde, weil dieser das Kommando eines Lightfighter-Bataillons niedergelegt hatte.

Aber Lee dachte nicht wirklich über Salvador nach. Als die Sonne über dem Horizont aufging, war er glücklich darüber, dass ein neuer Tag anbrach, an dem er keine MOPP-Gesichtsmaske tragen musste. Er konnte die warme Luft riechen, fühlte die leichte Brise auf seinem Gesicht und hörte das Zwitschern der Vögel sowie das Rascheln der Ausrüstung, während das Bataillon sich daran machte, einen schnellen ›Reset‹ durchzuführen. Natürlich konnte er auch seinen eigenen, ranzigen Körpergeruch riechen, aber an jedem Silberstreif war eine kleine Wolke.

Salvador war in einem der Krankenwagen untergebracht. Der medizinische Leiter der Kompanie war vor Tagen getötet worden und jetzt war sein Executive Officer, Captain Wurst, verantwortlich. Wurst hatte Salvador sofort behandelt und als sich Lee und Walker näherten, schüttelte er den Kopf.

»Eine seiner Herzklappen ist beschädigt worden. Es gibt nicht viel, was wir hier draußen tun können«, sagte er.

Lee nickte seufzend.

»Wie lange hat er noch?«

»Er hätte schon vor zwei Stunden sterben sollen. Ich weiß nicht, wie lange er noch durchhält«, sagte Wurst. »Hören Sie, er bekommt Plasmainfusionen, aber wir haben nicht mehr viel davon übrig und wir haben andere Patienten, die es brauchen könnten …«

Lee wechselte einen Blick mit Walker. Dann fragte er: »Also möchten Sie die Erlaubnis, die Behandlung von Salvador abzubrechen?«

Wurst sah zu Lee hoch. Seine Gesichtszüge waren plötzlich hart. »Tut mir leid. Sind Sie nicht der Typ, den ich fragen sollte?«

»Ja«, sagte Lee. »Beantworten Sie die Frage.«

»Muss ich das wirklich, Lee?« Wurst trat zurück und deutete mit einer Hand auf eine Reihe von Krankentragen, auf denen andere Patienten lagen. »Ich habe vierzig Verwundete. Drei von ihnen sind in einem kritischen Zustand und bei einem sind die Verletzungen in einer Feldsituation so gut wie gar nicht behandelbar. Wir müssen eine chirurgische Klinik finden, um diesen Typen und den General zu retten. Wir können nicht zurück nach Drum und wir können nicht nach Watertown rein, oder Brownville oder Dexter oder irgendeine andere Stadt, in der es eine Unfallklinik gibt. Können wir?«

»Wahrscheinlich nicht«, stimmte Lee zu.

»Dann kommt es mir so vor, als sollten wir die Versorgungsgüter für diejenigen nutzen, die wir retten können, und sie nicht an Personen verschwenden, die bald einen größeren Anruf entgegennehmen werden. Aber Sie müssen diesen Anruf tätigen, Lee.« Wurst vermied es absichtlich, Lee mit *Sir* anzureden.

Lee hakte nicht nach. »Retten Sie so viele, wie sie können«, sagte er. »Wenn Sie die Patienten gesichtet haben und wissen, wer auf Primärversorgung anspricht und wer nicht, dann tun Sie, was nötig ist. Machen Sie es den Patienten, die kurz vor ihrem Tod stehen, so angenehm wie möglich, aber heilen Sie diejenigen, die Sie retten können. Einschließlich Salvador. Ist das genug Anleitung für Sie?«

Wurst nickte. »Das wird reichen.« Er sah zu Walker. »Sind Sie damit einverstanden?«

Walker sah überrascht aus. Er fuhr sich mit der Hand über das borstige Kinn und nickte leicht. »Ja, Captain. Ich stimme zu.«

»Können wir Salvador sehen?«, fragte Lee.

Wurst deutete auf den Krankenwagen hinter ihm. »Sicher, er geht nirgendwo hin. Und es ist nicht so, als könnten Sie die Angelegenheit verschlimmern. Sonst noch etwas? Ich habe Patienten, um die ich mich kümmern muss.«

»Legen Sie los«, sagte Lee. »Vielen Dank für Ihre Bemühungen. Im Ernst.«

Wurst atmete tief ein und nickte. »Ja, in Ordnung. Und danke für Ihre. Im Ernst.« Der schmalschultrige Arzt eilte in Richtung der Krankentragen.

»Lassen Sie es uns hinter uns bringen«, sagte Lee und näherte sich dem Krankenwagen. Dessen Dieselmotor lief leise vor sich hin.

Er zog die Hintertür auf und stieg ins Innere des Wagens.

General Salvador lag auf der rechten Seite des Krankenwagens auf einer Trage. Ein Pfleger kümmerte sich um ihn. Salvador trug eine Sauerstoffmaske, die an einen großen, grünen Metalltank angeschlossen war. IV-Beutel hingen über ihm vom Dach des Krankenwagens. Die Uniform des Generals war aufgeschnitten worden und sein Unterkörper war mit einem Laken bedeckt. Blutgetränkte Bandagen bedeckten die Wunden im oberen Brustbereich. Er hatte auch eine größere Wunde am Bauch, wo die Gewehrkugel aus seinem Unterleib ausgetreten war, nachdem sie in seinem Körper gewütet hatte. Seine Haut war blass und seine Brust hob sich langsam, während er flache, mühsame Atemzüge machte. Durch halb geöffnete Augen starrte er an die Deckenlampe des Krankenwagens.

Lee winkte den Pfleger heraus. »Wir müssen mit dem General reden. Wir rufen Sie, wenn wir Sie brauchen.«

Der Pfleger sah auf Salvador herunter. »Er ist im Moment nicht sehr redselig, Sir.«

»Gehen Sie«, sagte Salvador leise hinter der Sauerstoffmaske. »Lassen Sie mich … mit den Lügnern … und Feiglingen allein.«

Der Krankenpfleger sah von Salvador zu Lee und dann wieder zurück. Dann seufzte er und schlüpfte aus dem Fahrzeug.

»Walker«, flüsterte Salvador.

»Ja, Sir. Ich bin hier«, erwiderte Walker.

»Sie sind … ein Feigling. Gehen … gehen Sie mir … aus den … Augen.«

Walker wollte protestieren, aber Lee runzelte die Stirn und nickte zur Tür. Walker warf einen Blick auf den Sterbenden. Dann stieg er wieder aus.

»Vom S-3 … zum Kommandanten … des Bataillons … in wie viel? Einem Monat? Was für eine … Karriere«, sagte Salvador und atmete schwer zwischen den Worten. »Hey … Turner …«

»Ja, General?« Turner lehnte sich nach vorne, um auf Salvadors Gesicht hinunterzusehen.

»Warum … folgen Sie … diesem Lügner?«, fragte Salvador. »Warum … erlauben Sie ihm … so zu tun, als … wäre er ein Colonel?«

Turner dachte einen Moment lang darüber nach. »Weil Sie Recht haben. Walker ist ein Feigling und nicht dazu geeignet, ein Bataillon Lightfighter anzuführen. Er kann nicht mal mit ihnen nach draußen gehen, um sich einen Eisbecher zu holen, noch viel weniger kann er sie in den Kampf führen. Lee hingegen kann Dinge erledigen, Sir. Er hat Ihnen das bewiesen. Und damit sollten Sie die Sache auf sich beruhen lassen.«

Salvador grunzte. »Auf sich beruhen … Ehre … Tradition … Verhaltens … Kodex … ja … das soll ich … vergessen … oder?«

»Konflikte im Kampfgebiet lösen, Sir. Was vor zwei Monaten wichtig war, ist heute nicht mehr aktuell. Wir sind hier und wir werden hier bleiben.«

»Sie … tun das, Sergeant … Major.«

Turner sah Lee an.

Lee beugte sich nach vorne, damit Salvador ihn sehen konnte.

»General, wo sind unsere Familienangehörigen? Die Männer müssen ihre Familien finden. Jemand hat Turner gesagt, dass sie nach Philadelphia geschickt wurden. Ist das wahr?«

»Ja. Die Stadt … wurde vor drei Wochen … gesichert. Verloren den Kontakt nach Drum … überrannt. Nationalgarde ist … verantwortlich. Sie wurden dorthin geschickt. Alle … alle haben es geschafft.«

»Erzählen Sie mir von Florida«, sagte Lee.

Salvador atmete langsam und schwer, bevor er antwortete.

»Special Operations Command … Central Command … Air Force, Navy … sogar die verfluchten … Marines … sie sind alle in Tampa. Das Forces Command ist … auch … verlegt. Bragg ist weg. NCA traf … Entscheidung … Florida zu sichern … nachdem man DC … New York … verloren waren …«

»Wann haben Sie zuletzt mit ihnen kommuniziert? Wer ist verantwortlich?«

»Letzte Nacht… SATCOM ist noch aktiv. Merrill«, sagte Salvador. Lee nickte. General Jackson Merrill war der kommandierende General der U.S. Army Forces Command, ehemals von Fort Dragg, North Carolina. Er war einer der ältesten General Officers, die es noch in der Army gab. Allein die Zeit, in der er seinen Dienstgrad hatte, sorgte dafür, dass er im Falle einer Notsituation wie dieser zuständig war. Lee sah zu Turner und der Sergeant Major seufzte.

»Tampa, über Philly«, sagte Turner. »Verdammt lange Autoreise.«

»Lee …« Salvadors Stimme war jetzt kaum ein Flüstern.

Lee beugte sich vor. »Ja, Sir?«

»Lügner«, seufzte Salvador. Dann starb er.

Ein anderer Truck, eine andere Straße, ein anderer Tag. Muldoon sackte gegen die Seitenschiene. Er war hundemüde, konnte aber nicht schlafen, während der Truck mit fünfundzwanzig weiteren Soldaten noch eine Straße irgendwo im Hinterland hinunterraste. Es war ein Fahrzeug in einem Konvoi von Hunderten. Sie waren zwei Tage durchgefahren. Nur alle vier Stunden hielten sie an, um etwas zu essen, zu pinkeln und die Fahrer zu wechseln.

In den ländlichen Gebieten gab es weniger Klowns, aber die waren nicht weniger engagiert. Zweimal wurden sie von „Landklowns" angegriffen, die riesige Mähdrescher und andere Maschinen fuhren, die so groß waren, dass sie nur mit TOW-Raketen aufgehalten werden konnten. Glücklicherweise hatten sie im Moment reichlich davon. Der Fuhrpark der Kavallerie war mit Panzerabwehrwaffen gut bestückt gewesen, da diese nicht die handlichsten Gerätschaften im Kampf gegen Bodentruppen waren. Das Bataillon hatte alles zusammengesucht, was nicht niet- und nagelfest war, solange es in einen HEMT Cargo Truck passte.

Alles in allem war es keine schlechte Fahrt. Es gab viel Action, und sie hatten nur zwei Soldaten und ein Auto voller Zivilisten verloren. Wenn es zu einem Angriff kam, machten sie keine Unterschiede. Auch Frauen und Kinder waren Freiwild für sie. Das pisste Muldoon irgendwie an. Er dachte, beziehungsweise hoffte, dass er sich, wenn er je ein Killer Klown werden sollte, immer noch wie ein Mann verhalten und es auf die Jungs mit den Waffen absehen würde.

Er schloss die Augen und versuchte, nicht mehr darüber nachzudenken. Er brauchte Schlaf und die meisten Soldaten, die mit ihm im Truck waren, hatten ebenfalls die Augen geschlossen. Vier von ihnen trugen noch MOPP-Ausrüstung. Sie hielten ihre Waffen in der Hand und beobachteten, wie die Landschaft bei fünfundsechzig Sachen die Stunde vorbeizog, während sich der Konvoi eine weitere ländliche Straße hinunterkämpfte. Sie waren in Pennsylvania, Muldoons Heimatstaat. Seine Eltern hatten den Staat verlassen und waren nach Georgia gezogen. Sie waren die Winter leid, aber Muldoon liebte sie immer noch. Das war ein Grund, warum er sich der Army angeschlossen hatte. Damit er in eine Einheit wie die 10te Gebirgsdivision kommen konnte. Der Winter war es, wofür sie lebten. Auch wenn Einsatzgebiete wie Afghanistan ein krasser Gegensatz zu Aspen, Colorado waren.

Und dennoch, auf eine seltsame Art fühlte es sich gut an, näher an dem Ort zu sein, wo er aufgewachsen war.

»Muldoon … geh schlafen, Mann.«

Rawlings sah ihn mit blutunterlaufenen, trüben Augen an. Sie saß ihm gegenüber mit dem M4 zwischen den Beinen. Sie hatte geschlafen, als er das letzte Mal zu ihr herübergesehen hatte und das war vor einer guten Stunde gewesen. Dreck war auf ihrem Gesicht und ihrer Uniform und sie roch im Moment auch nicht sehr gut. Das tat keiner von ihnen. Die Army war nichts für Körperspray-Junkies – dafür hatte Gott die Air Force geschaffen. Aber Muldoon dachte, dass Rawlings, wenn sie jemals die Gelegenheit bekäme, sich zu säubern und sich jemand um ihre kaputten Zähne kümmerte, sie eine Sieben oder so auf der Geilheitsskala bekommen könnte.

»Mach dir um mich keine Sorgen. Ich bin okay«, sagte Muldoon, obwohl sich seine Augen so anfühlten, als ob Schmirgelpapier über sie gezogen wurde, wenn er blinzelte.

»Ich mache mir keine Sorgen um dich, Mann. Ich sage dir nur, dass du etwas schlafen sollst«, entgegnete Rawlings.

»Wie ich schon sagte, mir geht es gut.«

Rawlings zuckte die Achseln. »Hey, wie auch immer.« Sie schloss wieder die Augen und ließ sich auf die Seitenschiene zurückfallen.

»Du hast dich echt gut geschlagen, Rawlings«, sagte Muldoon nach einer Weile. Doch Rawlings antwortete nicht. Sie war bereits wieder eingeschlafen.

»Also datest du sie jetzt?«, fragte Nutter. Er lehnte sich mit geschlossen Augen gegen die Vorderseite der Ladefläche.

»Was? Bist du eifersüchtig oder so, Colonel Nutter?«

»Zur Hölle, nein, Duke. Ich bin kein bisschen scharf auf dich.«

Muldoon schnaubte und sah wieder zu Rawlings. Er fragte sich wirklich, welche Art Frau sie war, wenn sie nicht versuchte, ein Mann zu sein und jeden Klown tötete, den sie sah.

Schließlich übermannte auch ihn der Schlaf, und tiefe Schwärze umfing ihn, wie eine Mutter, die ihr geliebtes Kind verhätschelte.

Lügner.

Lee wachte auf. Er war auf dem Beifahrersitz seines Humvees angeschnallt. Neben ihm saß Murphy. Er sah mitgenommen aus und hatte seine Augen beim Fahren auf das Fahrzeug vor ihm geheftet.

Lee blinzelte und sah auf den Rücksitz. Foster, der ein bisschen nach verbrannter Sahne roch, saß auf der linken Seite der Rücksitzbank. Er trug eine frische Uniform, weil ein Großteil seiner alten bei der Mission gegen die Klown-Verstärkung verbrannt war. Der junge Soldat war nicht schwer verletzt worden, aber er hatte das Gefecht nicht überstanden, ohne einen Preis dafür zu bezahlen. Niemand wusste, wie es passiert war, aber trotz seiner MOPP-Maske war seine rechte Augenbraue versengt worden. Darum schien er immer so auszusehen, als ob er einen fragenden Gesichtsausdruck hätte. Hinter Lee saß ein First Sergeant mit einem mürrischen Gesicht, der unter dem Namen Boats bekannt war. Er trug eine interessante Waffe bei sich, eine Pumpgun, die mit verschiedener Munition und diversem Zubehör ausgestattet war. Lee und Boats hatte nicht viel gesprochen, seit Turner Sienkiewicz herausgenommen und Boats dem kommandierenden Humvee zugeteilt hatte, aber Lee wusste, dass der Mann enttäuscht war, weil er in Drum nicht auf seine Ex gestoßen war. Offenbar hatte er sich eine spezielle Munition für sie besorgt.

»Silberkugel«, hatte Boats ihm gesagt. »Sollte Vampire töten können.«

Lügner.

Lee rieb sich die Augen. Salvadors letztes Wort hatte sich in seinem Kopf festgesetzt. Lee konnte nicht glauben, wie sehr ihn das nach allem, was er durchgemacht hatte, traf. In solch einer Weise bloßgestellt zu werden, hatte eine starke Wirkung und Lee fühlte sich wie ein Schiffbrüchiger.

Der Humvee wurde plötzlich langsamer und rüttelte Lee durch, sodass er seine Gedanken beiseiteschob. Er blickte durch die Windschutzscheibe und sah, dass der Wagen vor ihnen auch langsamer wurde.

Das Funkgerät kreischte. »Wizard Sechs, hier ist Wizard Fünf. Over.«

Lee griff zum Handapparat des Funkgeräts, während sich die Soldaten hinten rührten. »Wizard Fünf, Wizard Sechs. Ich höre. Over.«

»Sechs, hier ist Fünf«, sagte Walker. »Wir nähern uns dem Pennsylvania Turnpike. Also halten wir befehlsgemäß. Over.«

Lee setzte sich auf und blickte nach draußen. Er sah genau hin. Der Konvoi befand sich auf der dreispurigen Straße, die man West Germantown Turnpike nannte. Es dämmerte bereits. Ein Reklame-Schild des ACM Theaters stand an der nächsten Ecke. Es war nicht beleuchtet. Dahinter zeichnete sich ein riesiges Einkaufszentrum ab … oder das, was davon noch übrig war.

Alles in der Gegend war mehr oder weniger zerstört worden. Als Lee und Walker beschlossen hatten, dass der Ort der letzte Halt des Bataillons sein sollte, bevor sie nach Philadelphia drängten, war er nur ein Punkt auf einer Karte gewesen. Niemand hätte ahnen können, dass es ein verlassenes Schlachtfeld war.

»Fünf, hier ist Sechs. Lassen Sie uns nicht hier anhalten«, sagte Lee ins Funkgerät. »Lassen Sie uns weiter nach Philly fahren. Sind Sie damit einverstanden? Over.«

»Sechs, hier ist Wizard Fünf. Ich bin einverstanden. Wir sind nur dreiundzwanzig Kilometer entfernt. Lassen Sie uns in Bewegung bleiben. Over.«

»Wizard Fünf, hier ist Wizard Sechs. Bringen wir es hinter uns. Over.«

Das Erste Bataillon fuhr durch zerschmetterte und dunkle Vororte nach Philadelphia City. Wie eine lange Schlange, die durch hohes Gras glitt.

Es roch nach Asche, Tod und Fäulnis. Die Leichen waren gestapelt und verbrannt worden, als ob ein ordentlicher Prozess durchgeführt worden wäre, um die Ausbreitung von Infektionskrankheiten über die Krankheit hinaus aufzuhalten, die normale Menschen in gackernde, blutrünstige Ungeheuer verwandelte.

Aber es gab Anzeichen, dass solche Monster in der Nähe lauerten – eine Reihe von aufgespießten Köpfen mit lächerlichen Hüten; ausgeweidete Leichen, die auf der Straße verstreut waren; eine ganze Familie, bei dem jedem Mitglied die Kehle durchgeschnitten worden war, saß an einem Esstisch auf dem Bürgersteig mit Gabeln und Messern in den Händen, als ob sie auf die Bedienung warten würden; zwei nackte, männliche Leichen, die so positioniert worden waren, dass es schien, als ob sie einander umarmten. Daneben war ein handgemachtes Schild, auf dem stand: WILLKOMMEN IN PHILLY, DER STADT MIT DER BESCHISSENEN NÄCHSTENLIEBE.

Es war eine Fahrt durch die Hölle, und alle Truppen mit MOPP-Ausrüstung hielten ihre Waffe im Anschlag.

Nichts in der Schwärze der Vororte von Philadelphia schien beruhigend. Eine fantastische Orgie der Gewalt war durch das Gebiet gefegt und hatte alles in seinem Weg ausradiert.

Das Bataillon bog auf die North Broad Street ab. Im Windschatten der alten, verlassenen Hülle des Divine Lorraine Hotels, kam der Konvoi schließlich zum Stehen.

Lightfighter und Zivilisten starrten gleichermaßen in die Dunkelheit – und in einem Land, das aussah, als wäre es von Satans eigener Armee verwüstet worden, passierte etwas Merkwürdiges: Es keimte Hoffnung auf.

Ganz in der Nähe, hinter gewaltigen Barrikaden, die mit Stacheldraht gekrönt und mit festen Maschinengewehrstellungen geschmückt *waren, befand sich Philadelphia City. Es war lichtdurchflutet wie ein Schiff inmitten eines großen, schwarzen Ozeans.*

Umgeben vom Leichentuch des Todes lebte diese Stadt noch.

ENDE

4911534R00134

Printed in Germany
by Amazon Distribution
GmbH, Leipzig